張海鷗 ◎ 主編
郭鵬飛 ◎ 執行編輯

今風雅

——大學生詩詞創作大賽獲獎作品集（2006—2014）

中山大學出版社
·廣州·

版權所有　翻印必究

圖書在版編目（CIP）數據

今風雅：大學生詩詞創作大賽獲獎作品集：2006～2014 / 張海鷗主編；郭鵬飛執行編輯. —廣州：中山大學出版社，2014.7
ISBN 978-7-306-04964-3

Ⅰ. ①今…　Ⅱ. ①張…②郭…　Ⅲ. ①詩詞—作品集—中國—當代　Ⅳ. ①I227

中國版本圖書館 CIP 數據核字（2014）第 160530 號

出 版 人：徐　勁
責任編輯：劉麗麗
封面設計：林綿華
封面題字：陳永正
責任校對：黃艷玲
責任技編：何雅濤
出版發行：中山大學出版社
電　　話：編輯部 020 - 84111996，84111997，84113349，84110779
　　　　　發行部 020 - 84111998，84111981，84111160
地　　址：廣州市新港西路 135 號
郵　　編：510275　　傳　真：020 - 84036565
網　　址：http://www.zsup.com.cn　E-mail：zdcbs@mail.sysu.edu.cn
印 刷 者：虎彩印藝股份有限公司
規　　格：880mm×1230mm　　1/32　　8.5 印張　　214 千字
版次印次：2014 年 7 月第 1 版　2017 年 6 月第 2 次印刷
印　　數：1001～1500 冊　　定　價：22.00 圓

如發現本書因印裝質量影響閱讀，請與出版社發行部聯繫調換

目 錄

那一脈詩魂，在這裏賡續（代前言） ………… 1

首屆蒹葭杯中山大學詩詞創作大賽獲獎作品
（2006 年 6 月） ………………………… 10
首屆穗港澳大學生詩詞創作大賽獲獎作品
（2006 年 10 月） ………………………… 19

第二屆蒹葭杯中山大學詩詞創作大賽獲獎作品
（2007 年 4 月） ………………………… 34
第二屆穗港澳大學生詩詞大賽獲獎作品
（2007 年 10 月） ………………………… 42

第三屆蒹葭杯中山大學詩詞創作大賽獲獎作品
（2008 年 4 月） ………………………… 50
第三屆粵港澳臺大學生詩詞大賽獲獎作品
（2008 年 10 月） ………………………… 58

第四屆蒹葭杯中山大學詩詞創作大賽獲獎作品
（2009 年 4 月） ………………………… 75
第四屆粵港澳臺大學生研究生詩詞大賽獲獎作品
（2009 年 10 月） ………………………… 83

廣東省詩詞傳承與實踐研究生暑期學校獲獎作品

　　（2009 年 8 月）……………………………………… 115

第五屆蒹葭杯中山大學詩詞創作大賽獲獎作品

　　（2010 年 4 月）……………………………………… 124

首屆中華大學生詩詞大賽獲獎作品

　　（2011 年 4 月）……………………………………… 131

中華白海豚杯全國詩詞邀請賽獲獎作品

　　（2011 年 8 月）……………………………………… 149

彭壽眉杯國際大學生研究生詠花詩詞大賽獲獎作品

　　（代第七屆蒹葭杯，2012 年 4 月）………………… 157

第二屆中華大學生研究生詩詞大賽獲獎作品

　　（2012 年 5 月）……………………………………… 167

第八屆蒹葭杯中山大學詩詞創作邀請賽獲獎作品

　　（2013 年 5 月）……………………………………… 184

第三屆中華大學生研究生詩詞大賽獲獎作品

　　（2013 年 6 月）……………………………………… 205

第九屆蒹葭杯中山大學詩詞創作邀請賽獲獎作品

　　（2014 年 4 月）……………………………………… 225

第四屆中華大學生研究生詩詞大賽獲獎作品

　　（2014 年 4 月）……………………………………… 240

那一脈詩魂，在這裏賡續
（代前言）*

新聞鏈接：

2012年6月，由中華詩教學會主辦、我校中文系承辦的中華大學生研究生詩詞大賽圓滿落幕，我校中文系學生再創佳績：本科二年級學生劉梓楠、余煜珣分獲詩、詞組冠軍，碩士一年級學生張加和獲得詩組季軍。

本屆大賽共有中、日兩國113所大學314名學生參賽。其中本科生210人，研究生104人。我校有19人參賽。廣東省是獲獎最多的省區，其中詩、詞組冠軍，詩組季軍均被我校中文系學生摘取。

據悉，此賽事是目前高校界唯一覆蓋大中華文化圈的格律詩詞比賽，已成功舉辦六屆，以其公正高端、清高雅正的聲譽吸引了高校本科生、碩士生、博士生中詩詞高手同臺較量。

張海鷗教授說："中國有幾千年詩教傳統，中山大學有百年詩教傳統，那一脈詩魂，在這裏賡續。目前我校的詩教活動在全國處於領先地位，中山大學已經成爲高校詩教事業的一個發起

---

* 本文見《中山大學校報》第287期，2012年12月31日第一版。本報學生記者張惠琳採寫。

中心。"

學生感言：

郭鵬飛（中山大學嶺南詩詞研習社社長）："我覺得這個比賽鼓勵了很多熱愛詩詞的學生，必將促進當代大學生、研究生傳統詩詞創作水準的提高，對於弘揚傳統文化具有重大意義。"

劉梓楠："參加詩詞大賽對我影響很大，讓我能與來自五湖四海、志同道合的詩友一起切磋，收穫頗豐。我會繼續寫詩，並不強求自己成爲一個詩人，祇是用心去寫。"

余煜珣："本系老師對我的創作有許多直接或間接的影響，不斷鞭策和激勵我用詩歌藝術表達內心世界。包括張海鷗老師的詩詞寫作課，導師吳承學老師的鼓勵和批閱，彭玉平老師、黃天驥老師等諸多老師的講座，等等。此外，與中山大學嶺南詩詞研習社諸詩友的交流也讓我受益頗多。"

張加和："格律詩詞是一種很美的形式。我從高中起對詩詞創作感興趣，獲獎是對我學習成果的肯定。"

詩詞大賽聲譽清雅

2006年9月，由香港中文大學黃坤堯老師和中山大學陳永正老師倡議，我校吳承學老師、張海鷗老師、彭玉平老師等人在中文系支持下共同操持，成功舉辦了首屆穗港澳大學生詩詞創作大賽。此後賽事逐年擴大爲粵港澳臺大學生詩詞大賽、中華大學生詩詞大賽，至今已成功舉辦六屆。大賽知名度越來越高。中山大學在當代中華詩教事業中的地位和作用日益引人注目。

賽事高端純淨

秉持公平公正的信念，六屆大賽一直堅持全程匿名評審。每屆評審都經過格律審查、通訊初評、通訊複評、會議終評四輪。祇有秘書一人負責收稿和管理有作者資訊的原始文檔，不到評審結束，任何人都不知道任何作者資訊。大賽秘書長張海鷗老師自豪地說："國內各種詩詞賽事五花八門，常有黑幕傳聞，但我們的賽事，品質高端純淨，爲當代中國的賽事保護了一份純潔。"副秘書長彭玉平老師說："作爲六屆評委之一，我對學生有明確提醒：不許把自己要參賽的作品給老師看。我們中山大學的學生從來沒犯過這個規。"由於全程匿名評審，所以任何參賽者或任何參賽學校都不可能受到任何"關照"。六屆大賽，獲獎者分佈在多所大學文理各學科，有名校學生，也有普通學校學生。有一年詩、詞兩組的冠軍都被惠州學院計算機專業的一位三年級學生摘得，媒體紛紛報導，轟動一時。

"痛失冠軍"的中大學子

大賽規矩嚴格，不照顧任何方面。比如首屆大賽擬獎作品公示時，排名詩組第一的作品被發現一字出律，即被淘汰。報紙以《錯讀一字，痛失冠軍》爲題報導此事。而這位"痛失冠軍"者正是中大學子。

清雅的聲譽和高端的品質良性互動，中華大學生詩詞大賽漸入佳境，成爲美譽度與日俱增的高端文化品牌。不僅各高校大學生、研究生中的詩詞高手紛紛踴躍參賽，連日本、韓國也有大學生投稿參賽，美國"全球漢詩協會"、"美國加州中華文化筆會"等華僑詩詞組織也慕名而來協商各種合作事宜。國內高校願意承辦賽事者也日漸增多。詩教傳統源遠流長、代有傳人。

"傳燈獎"——全國獨一無二的獎勵

在一次次高端較量中，中山大學學生屢獲佳績。據張海鷗老師介紹，中大學子在六屆大賽中獲獎情況是：冠軍 8 名（共 14 名）、亞軍 6 名（共 14 名）、季軍 6 名（共 14 名）、優異獎 31 名（共 84 名），是參賽高校中獲獎數量最多者，也是獲得高級別獎項最多者。

2008年，中山大學嶺南詩詞研習社榮獲中華詩詞研究院頒發的"傳燈獎"。這是中華詩詞界對中山大學詩教事業的贊許和鼓勵，是全國獨一無二的獎勵。

2011年4月，由教育部語用司支持的"中華誦——2011年兩岸大學生吟誦節"在北京舉行。我校詩社受邀參加並成為"中華吟誦大學生社團聯盟"的發起社團之一。在現場作詩比賽中，我社毛進睿同學獲得一等獎（共一名），郭鵬飛同學獲得二等獎（共三名）。在"原創詩詞大賽"中，我校陳可嘉、張元昊、毛進睿包攬了全部三個特等獎，王衛星、姚達兌、胡志成同獲一等獎，王路、王慶強、顧一心、江雲鵬、黑白同獲二等獎。同時，我校詩社榮獲"中華誦——2011年兩岸大學生吟誦節吟誦展演特等獎"。大會還特別遴選中山大學嶺南詩詞研習社、臺灣輔仁大學東籬詩社、徐州師範大學大學生吟誦團、中央民族大學紫竹詩社作為"詩詞吟誦推廣代表社團"進行專場展演，四社團同獲"中華誦——2011年兩岸大學生吟誦節友誼社團獎"。

中大學子如此出色的表現，與我校詩教事業在國內高校持續領先直接相關。我校擁有不同年齡層次的詩教團隊，包括黃天驥、陳永正、譚步雲、張海鷗、景蜀慧、吳承學、彭玉平、鍾東、黎國韜等老師。多年來，他們在各自的專業研究之外，致力於詩教事業，並有志於把詩教事業規範化、體系化。他們從事詩教學術研究，持續開設舊體詩詞寫作課，編寫詩詞寫作教材，舉辦各種詩詞講座、詩詞大賽，長期義務指導我校學生社團嶺南詩詞研習社。

中大的詩教事業尤其得到中文系古代文學學科的強大支持。長江學者吳承學教授曾親自掛帥申請到美國嶺南基金會資助的"中國傳統詩詞的傳承與實踐"項目。這一資助對中山大學詩詞教育和中華大學生詩詞大賽產生了重要影響。

在中山大學中國文體學研究中心的網站上，有幾個固定欄目成爲校內外、海內外詩友交流切磋的網絡平臺。

老師們常說：自上世紀初新文化運動以來，中華傳統文化出現了嚴重斷裂。文言文和舊體詩詞被邊緣化。新中國成立以來，大陸各級學校都不設格律詩詞寫作課程，這是不應該的。格律詩詞是中華文化數千年淬煉成熟的經典文學體式，具有強大的生命力和表現力，是漢語文化最具特色的表達方式之一。中華文化不可能失去這一經典的文學樣式。人生擁有這份修養，是提高生活品味的雅事。尤其是中文系的學生，應該修習這個課程，掌握這門學問。

中大——當代中國難得的"詩者的校園"

相對於多數未開這門課程的大陸高校而言，中大學子是幸運的。這裏有老師，有課程，有詩詞比賽，有一個古色古香優雅溫潤的詩詞環境。暮靄中散步的白髮長者可能就是全國著名的詩人；林蔭路上年輕的情侶可能就是詩詞修習者；夜色中逸夫樓或隱湖邊的教學樓裏，可能就有老師正在講授詩詞寫作課；月華如水的惺亭下，時不時會看見老師們正和詩社的同學把酒論詩；春風秋月裏，嶺南山水中偶爾出現一行采風人，或許就是康園詩友。

最幸運者——中大嶺南詩詞研習社的同學

研習社成立於 2005 年，在老師們指導下，七年來持續開展社課、講座、采風等活動，每年辦一期《粵雅》，每年辦一次蒹葭杯詩詞大賽。目前中山大學四個校區都有分社，人數不多，在社註冊成員通常不過百人。但在中大學生社團中，這應該是最得老師們特殊指導的社團了。因爲研習的是中華文化中最陽春白雪的格律詩詞，其宗旨是"傳承高貴的人文精神和高雅的詩詞藝術"，沒有前輩指導是很難提高的。而中山大學恰恰擁有這樣一批既擅長詩詞創作又富於使命感和奉獻精神的老師。在詩社定期的"社課"和不定期的各種活動中，同學們閱讀古典詩詞，學寫詩詞，吟誦詩詞，受益多多。指導老師不僅有本校的，還有校外一些著名的詩人。在老師們指導下，在古代文學學科經費支持下，詩詞社同學辦的《粵雅》期刊每年一期，受到高校界和詩詞界的好評。復旦大學著名教授王水照先生親口表揚道："你們學生寄來的《粵雅》，辦得挺好啊！"

我校詩教活動在全國處於領先地位

彭玉平老師說，民國年間國立廣東大學詩人輩出，"嶺南詩社繁多，且現代學術史上嶺南詞派的核心人物就在中大。陳洵曾任中大教授，學吳夢窗詞，其詞深得晚清詞壇領袖朱祖謀的欣賞，可謂晚清夢窗詞風主將。詹安泰先生著有《無庵詞》，其詞30年代風靡一時，當時和黃海章先生在抗戰時期的唱和尤多。與黃海章亦師生亦詩友的還有邱世友先生，亦承吳夢窗詞風。陳永正老師是當代詩詞名家。目前我校有一批老師的詩詞創作均有較深造詣。"

既是學者，又是風雅詩人，我校有這麼多文采絢麗詩意盈盈的老師傳薪續火，共同維係中華詩歌文化傳統，這在當今高校實不多見。

"詩詞黃埔一期"

2009年，廣東省教育廳"研究生教育創新計劃"項目——"詩詞傳承與實踐研究生暑期學校"委託中山大學研究生院承辦。研究生院和中文系請張海鷗、彭玉平教授負責這一項目。面向全國高校招收了77名碩士生、博士生、大學青年教師，進行了為期四週的詩詞創作及吟誦培訓。這在當代中國是沒有先例的，學員們自豪地稱其爲"詩詞黃埔一期"。此舉影響頗大，至今還常常受到高校和詩詞界好評。

大中華詩教事業由中山大學牽頭

2010年3月，中山大學中國文體學研究中心主辦了首屆中華詩教國際學術研討會。來自海內外的42位學者詩人出席。會上選舉成立了中華詩教學會，中山大學陳永正教授任會長，張海鷗教授任常務副會長兼秘書長，彭玉平教授任副秘書長。理事會32人，是大陸、香港、澳門、臺灣著名大學的一批優秀的學者詩人。秘書處設在中山大學中文系。

目前，由中大牽頭的中華詩教事業，正在大中華範圍內展開。2012年11月下旬，由我校"985"經費支持、中文系承辦的傳統詩詞與當代詩教研討會暨中華詩教學會第二屆年會成功舉辦。

在大中華詩教事業中，受惠的不祇是中大學子，其他高校學生受惠者日益增多。

辦賽過程——找錢最難

談到辦詩詞大賽，張海鷗老師不無尷尬地提到經費問題。他無奈地說："詩詞是人類文化藝術活動中的陽春白雪。喜歡詩詞創作的人，更是人類中的少數。因此，企業也好，政府也罷，從中看不到經濟效益，資助的積極性自然就很低。"

大學生詩詞大賽已歷六屆，香港中文大學籌款兩次，澳門大學一次，其餘一半賽事經費由我校老師籌措。爲了籌措經費，一貫潛心學術的學者們不得不四處奔走"化緣"，但多是徒勞，聽起來令人敬佩又不無傷感。

陳永正先生不辭辛苦到處籌款

陳永正先生一向清高，但爲辦大賽，也不辭辛苦到處籌款。吳承學老師、張海鷗老師、彭玉平老師也長期操心此事。從廣東到雲南，從政界商界到新聞界文化界，一次次洽談，一次次寫方案甚至簽訂《合作協定》，卻一次次竹籃打水。有一次雲南某企業求陳永正先生寫字，陳老師順便爲大賽求資，對方當場應允。張、彭二師隨後專程飛往商談。在旅途，兩位教授戲言："堂堂中山大學，爲詩詞這麼高雅的事，居然不遠千里到這麼偏遠的山林拜訪這麼不知名的企業，還不知能否成功。"我們敬愛的兩位老師帶著雙方簽字蓋章的《協議》回到康樂園，忐忑數月，那個企業最終還是沒有下文。

如今，聽說中山大學設立了學生競賽資助渠道，簡直太英明了！希望我們的詩詞大賽能獲得學校資金支持，老師們再也不要爲此而四處"化緣"了。

使命與責任——傳道授業貴在精神

記者：請問老師們從事詩教事業可有報酬？

張海鷗老師：沒有的。這些事也不能計入工作量考核。舉辦大賽的經費來之不易，每一分都要用到賽事上。老師們經常在中大四校區給學生們開辦詩詞講座、指導詩社活動，全都是義務的。學生社團哪有錢，老師們知道沒有課酬，就更不好意思拒絕了。比如已經退休的陳永正先生，多次去珠海做講座。還有一次珠海詩社的同學們幸運地同時請到了陳煒湛、潘智彪、譚步雲、張海鷗、吳承學、王坤、陳偉武、彭玉平等八位老師，師生濟濟一堂，談詩論詞。晚飯還是老師們宴請學生呢。學生們幸福地稱之爲"八教授珠海論道傳詩"。

記者：既然沒有經濟回報，又是什麼驅使老師們堅持不懈呢？

　　張海鷗老師：振興傳統詩教是一項修復文化斷裂，弘揚國學的文化重建工作。自"五四"運動以來，傳統文化就出現了嚴重斷裂。百年來，詩歌領域中新詩佔據主流，古典詩詞文體雖然活躍於民間，沒有死亡，但在主流意識形態中被邊緣化了。還有制度化的後果——小學、中學、大學都不開設格律詩詞寫作課程。現在，隨著經濟發展，人們對傳統文化重新體認，越來越多的人意識到應該把這個斷裂補上。我校老師們共襄詩教事業，正緣於此。傳承高貴的文化精神和高雅的藝術，讓更多年輕人熟悉本民族經典的詩詞文體，這是一項偉大的事業。老師們視此為己任，從中得到的是一種靈魂深處的、精神上的快慰。人活著不能祇為了錢。

　　記者：詩教針對的文體為什麼是格律詩詞？

　　彭玉平老師：格律詩詞生命力很強，不會被輕易取代。詩詞講究格律，意味著音樂與詩歌有密切的關係。平平仄仄的聲音體現出高下曲折、抑揚頓挫的節奏感和韻律感。漢語格律詩詞是深具音樂性的文學形式。從《詩經》開始，中國文學一直以音樂為本位。近年來全社會對格律詩詞關注的力度有所加強。我們舉辦詩詞大賽，凝聚大家的興趣和力量，先在一定的範圍內宣傳、普及和提高，逐漸擴大輻射，促進新舊文化交融。

　　記者：老師們怎樣展望詩教事業的未來？

　　張海鷗老師：我希望詩教事業後繼有人。最重要的還是需要制度保證。最好把詩教課程納入中文系必修課，港、臺高校中文系一直如此。

　　彭玉平老師：詩教大業，任重道遠。我們希望通過中華詩教學會的工作，通過舉辦學術研討會、詩詞大賽等，逐漸擴大影響，把詩教事業做大做好。

首屆蒹葭杯中山大學詩詞創作大賽*
獲獎作品（2006年6月）

詩　組

暮春過成都平原（七律）　　　唐法傑

解珮出城事已休。蜀中天地任人留。
心居野渡關春意，目送浮雲盡古愁。
霸業數雖移兩代，牢籠勢必拜諸侯。
玉成莫畏身漂泊，劉備可能領益州。

感慨高考成七律二首贈弟（選一）　　　王　路

吾友梅君，才博志高，初立志非名校不讀，逢高考竟失意，轉徙一尋常院校，於今一年矣。吾弟今歲值高考，又失意，欲複讀。余扼腕太息之餘，思年來光陰虛擲，歲月消磨，學業荒疏，悵恨久之。因賦七律二首贈之。

兩歲南居嶺海濱。酌泉未慣認前身。
稻香蛙唱西江月，雪霽淮盈北國春。

---

* 按，本賽事無評點文章。

富賈肥差裘馬走，醒紅醉曲寶車轔。
我非都市淹留客，孔子西行不到秦。

端午有懷（二首選一）　　　王衛星

舉世渾茫何所之。中天隱隱有光輝。
纔離霧海將追去，忽睨鄉園不忍飛。

無　題　　余俊斌

池塘細雨又春回。寂寞簫聲更喚誰。
菡萏初香人不採，輕舟祇載晚霞歸。

讀陳寅恪先生詩集後造康樂園東南區一號①先生之故居有感　　康家昕

文章心腹久沉淪。寒柳堂前省此身。
哲聖終爲泉下骨，癡頑獨戀眼中人②。
誰知問學關天意③，眾解填囊顧血輪。
康苑如今鶯亂舞，何人更賞羽毛新。④

作者自註：①康樂園東南區一號，先生本自名之曰："金明館"，余作此詩爲求合律，權以"寒柳堂"代之，幸當不害其意也。
②眼中人：王靜安先生《浣溪沙》詞下半闋云："試上高峰窺皓月，偶開天眼覷紅塵。可憐身是眼中人。"
③誰知問學關天意：陳寅恪《輓王靜安先生》詩頸聯云："吾儕所學關天意，並世相知妒道真。"
④康苑如今鶯亂舞，何人更賞羽毛新：此聯隱"新谷鶯"之名。陳寅

恪先生晚年喜聽京戲，尤愛張派（張君秋）青衣，時廣州京劇團有名伶新谷鶯者，習張派，常入康樂園爲先生清唱，頗慰老懷，先生常有詩聯贊之。

江南夢　　曾凡亮

一湖碧水漲春潮。弱柳依依隱畫橋。
紙傘伴人歸去晚，杏花深處雨瀟瀟。

嶺南秋景　　譽高槐

南國仍聽雁，西風愛綠枝。
荊花爭艷早，菊蕊吐芳遲。
水暖游魚樂，山晴稚雀嬉。
清秋常記取，好景勝春時。

煢　煢　　陳　慧

煢煢人獨立，戚戚渡離禽。
煙水何縹緲，頹巖愈肅森。
潛潮隨漲落，赭葉寄浮沉。
日暮香山遠，孤帆待月臨。

聞中大民樂團古箏獨奏二曲[①]　　楊　悅

忘盡紅塵醉古風。千年雅韻此朝同。
生蓮妙指心弦顫，繞柱清音耳鼓隆。
碧水歸漁舟晚唱，黃河送目魄魂崇。

茫然不省身何處，故夢依稀淚影中。

作者自註：①《漁舟唱晚》、《黃河魂》爲此二首古箏曲名。

春日　李冠蘭

晨起過慵鄰，風消雨未勻。
長雲連曉戶，低霧鎖重筠。
樹雨紛紛落，階痕歷歷新。
愁紅粘滿徑，忍誤惜花人。

午間　謝瑾

古木垂新綠，山村日色嘉。
老翁漫笑語，童子戲分茶。
飛鳥攜風至，炊煙伴日斜。
此中多逸興，天晚不歸家。

詞組

南歌子　王衛星

翠幕分明月，紅羅待好風。人生何處不相逢。何事相逢多在夢魂中。　鬱霧千重隔，靈犀一點通。梧桐雨打五更鐘。怎料今宵夢也不從容。

蝶戀花　陳慧

未繫蓮舟舟自遠。湛湛田田，隱隱芙蕖面。夢裏清風儔戀念。幾回惆悵閒庭院。　　冷月無痕蛙吹遍。簾幕重重，何日參差捲。一夜櫂歌猶未見。蜻蜓漫點空歆羨。

暗香·聞故友尋白石葬處未得　　廖蕾蕾

曉寒漠漠，奈春深孤旅，幽思難托。最念詞仙，健筆多情意高卓。恨入翠瀾萬點，閒看取、野雲孤鶴。有龍笛，驚破梅心，底事可忘卻。　　夢覺。整舊約。歎斷魂江南，又是離索。綠窗冷落，衰草寒煙正情惡。誰把癡心付與，徘徊久、試招吟魄。但見得，疏雨裏，一朕紅萼。

虞美人　　郭釗傑

芙蓉窈窕輕出水。恰似伊人美。園東湖畔碧無邊。時見依依雙燕語風前。　　黃昏黯下絲絲雨。莫也催人去。今宵酒醒倍愁腸。一任思量無限到瀟湘。

浪淘沙　　余俊斌

去去去秋風。莫戀梧桐。天邊離雁正愁濃。便到東風消解雪，別恨難融。　　雨後捲簾櫳。懶入花叢。小心還踏落芳紅。望斷鄉關歸盡處，碧海蒼穹。

八聲甘州　　黃　賢

對蒼茫暮色鎖煙雲，春寒上西樓。望離亭冷落，山河蕭瑟，恰似殘秋。可歎萋萋芳草，黯黯爲誰愁。南北東西路，別意難留。　　應念經年前事，總爐邊聽雨，踏月清遊。問臨江花樹，何處見雙鷗。向黃昏，溪橋流水，欲重來、不見舊蘭州。空懷遠，雨絲飛盡，此恨悠悠。

金縷曲·詠中大　　王曉明

勝似丹青手。看芳園、多嬌圖畫，綠坪青柳。瀲灩湖光參月色，月下飛蓬連藕。尚記得，艱難曾有。輾轉流離幾易址，但國父精神應依舊。酸與苦，週旋久。

而今壯大師資厚。數中華、粲然瓊蔻，功成名就。蔚爲國光出棟梁，問逝者欣然否。嶺南土，鍾靈毓秀。虎嘯龍吟應崛起，遂老人遺願終能夠。謹此札，同酹酒。

採桑子　　劉　莉

紅爐暖酒清霜後，呵手低眸。淺笑輕羞。溫酒新醅君爲留。　　怕人識破頻頻道，一去離憂。一遣閒愁。更盡一杯作送秋。

菩薩蠻·夢闌鄉愁　　姚汝賀

疏星皓月煙猶水。衾寒漏斷孤燭淚。露重泣嬌紅。

落英愁意濃。　　風淒長夜苦。簫起魂銷處。誰與訴歸心。鵑啼腸斷音。

木蘭花慢　　　康家昕

　　過橫塘舊路，絳塵起，縠紋清。正軒外山嵐，棟風過處，眉眼盈盈。青絲半如柳色，繫斜陽倦客幾多情。涼夜堪憐絹扇，隔花笑撲流螢。　　娉婷，豈愛伶仃。卿信美，我煢煢。歎謝老偏憐，黔婁忍對，黯泣嚶嚶。城隅奈何蹀躞，算鴻歸雁至寄難憑。回首長嗟永嘯，不知鬢已星星。

附　錄

一、大賽公告

像李杜蘇辛一樣生活
——首屆蒹葭杯中山大學詩詞創作大賽

　　不管您是嗜詩詞如癡狂，還是偶興至而命筆，祇要作品符合古典詩詞格律規範，就有可能角逐本年度蒹葭詩賽桂冠！

　　大賽分研究生組與本科生組，每組設一等獎一名，獎品為三百元代書券；二等獎二名，獎品為一百五十元代書券；三等獎三名，獎品為五十元代書券；另設入圍獎若干。所有入圍者將獲證書，同時得到海內名家點撥，並直接獲得將於今秋舉辦的穗港澳大學生詩詞大賽參賽資格，角逐豐厚獎金。

本次大賽不限內容，但文體祇限近體詩及詞，不含古風，須格律無誤。詩限用《平水韻》，詞限用《詞林正韻》。

請於 2006 年 6 月 9 日前，將作品發送至 jianjiashisai@126.com，標明您的姓名、院系、學號及手機號。所有參賽作品，將由專人編號糊名，交付評委打分，依照分數高低決定名次。

大賽主辦單位：中山大學中國文體學研究中心

承辦單位：嶺南詩詞研習社

協辦單位：南方文學社、杏林文學社

二、獲獎名單

詩　組

一等獎	唐法傑	中山大學中文系二〇〇二級本科生
二等獎	王　路	中山大學地理規劃學院經濟地理專業二〇〇四級本科生
	王衛星	中山大學中文系二〇〇三級本科生
三等獎	余俊斌	中山大學法學院二〇〇四級三班
	康家昕	中山大學法學院二〇〇四級四班
	曾凡亮	中山大學歷史系二〇〇三級
入圍獎	譽高槐	中山大學中文系二〇〇五級博士生
	陳　慧	中山大學中文系二〇〇二級本科生
	楊　悅	中山大學人類學系二〇〇五級
	李冠蘭	中山大學中文系二〇〇三級本科生
	謝　瑾	中山大學中文系二〇〇三級

詞　組

一等獎	王衛星	中山大學中文系二〇〇三級本科生

二等獎	陳　慧	中山大學中文系二〇〇二級本科生
	廖蕾蕾	中山大學政治與公共事務管理學院行政管理系
三等獎	郭釗傑	中山大學信科院電子系二〇〇五級研究生
	余俊斌	中山大學法學院二〇〇四級三班
	黃　賢	中山大學中文系二〇〇二級本科生
入圍獎	王曉明	中山大學化學與化學工程學院化學工程與工藝專業
	劉　莉	中山大學傳播與設計學院二〇〇四級本科生
	姚汝賀	中山大學中山醫學院二〇〇三級十班
	康家昕	中山大學法學院二〇〇四級四班

首屆穗港澳大學生詩詞創作大賽獲獎作品（2006年10月）

一、獲獎作品

詩　組

負笈歸港　　黃令時

揮手歐盟東復東。歸心思切舊簾櫳。
邇來徽上殘弦靜，更憶瓶間往日紅。
異域聞歌知惜別，碧天裁句意難工。
經年負笈三黌舍，可是相思一例同。

自勉詩一首　　劉勇

浪跡天涯佩寶刀。狂歌痛飲亦堪豪。
小船撐入桃花水，怒馬馳橫瀚海濤。
百世紛紜朝象塔，孑身零落向蓬蒿。
江山助我高風骨，氣盛言宜莫折撓。

秋日遣懷　　洪林濤

紅藕昨宵羞夜月，碧梧今日老秋風。
籬邊人醉黃花後，天外鷹飛細雨中。
雲入深山心益壯，江流滄海目難窮。
興來借問蓬萊路，一葉孤帆動遠空。

讀潮青閣詩集　　程　彥

南園人物領風騷。想見先生一世豪。
回馬天山還看劍，談詩海國起驚濤。
放歌肯讓同光際，吐氣直凌牛斗高。
開卷燈前懷老輩，潮青閣集勝醇醪。

夜山行　　蘇穎添

雲暗夕陽紅。行行意未窮。
亂花迷舊徑，清露泣寒蟲。
林隔禪聲遠，月明泉水空。
我心安出處，飛鳥自西東。

夜遊網絡　　孫嘉敏

寒燈疏淡月玲瓏。牖戶紗簾倚北風。
夜幕低垂歌樂奏，清輝斜探繡床空。
電郵飛訊來無影，網絡知音訴苦衷。

千里故人同把酒，逍遙自在樂無窮。

落花詩　　王　路

隔簾消息總疑空。傾國遙看到水窮。
鎮日風懷憐蛺蝶，昨宵光景惱眠蟲。
江南重見人都老，亭下堆紅雨未終。
知汝明年還嫵媚，相期嶺上白頭翁。

讀陳寅恪詩集懷新谷鶯　　康家昕

猶記清謳康樂東。一時嶺表故都同。
剖柑醆酒聽鸝子，擊節舒懷恪古公。
咫載梨園聲漸寢，千尋粵海韻難通。
北來鶯燕今殘病[1]，剩有微吟弔瞽翁。

作者自註：①原廣州京劇團一琴師告余以新谷鶯今已患老年癡呆症事，余甚哀之。

閱江樓　　胡志成

閱江樓，位於廣東肇慶，建於明朝，原為書院，後歷為練兵場，廣東首場水戰勝利水師則於此練兵，第一次大革命時期葉挺獨立團於此誓師北伐。

落日樓頭立晚風。端城未易舊顏同。
雲橫北嶺浮蒼宇，浪吼西江捲赤空。
古院三朝文會盛，昔庭幾度誓師雄。
人非物是隨流水，笑看風雲自釣翁。

詞　組

蝶戀花　　王衛星

不怕人間離夢苦。祇怕眠時，竟把佳音誤。久佇南樓無雁度。團團月影零秋露。　　光墮迴廊星滿樹。一點鄉心，結在雲深處。欲去還留天未曙。今宵且向雲邊住。

蝶戀花　　張元昊

煙染蛩林聲漸了。閣宇清寒，夜氣藏歸鳥。池上月華秋皎皎。更無一點雲縹緲。　　風定酒闌人悄悄。慕雪尋蘭，遺恨曾多少。立盡殘星天欲曉。滿階落葉催人老。

蝶戀花　　蘇穎添

碧水茫茫秋日暮。一色江天，萬里孤帆舉。落雁隨陽歸極浦。雲峰連嶺無從數。　　風急樓高愁欲雨。潮滅潮生，寂寞終千古。世事悲歡都幾許。白鷗瀟灑輕來去。

蝶戀花　　黃冠禧

滿徑紅霞鋪亂絮。問訊重來，又作陽關句。昔奏高山流水處，東風暗換長亭路。　曲水流觴人似故。諳盡離愁，調寄清商語。幾許年華春盡去。楊花點點纖纖雨。

蝶戀花·江門秋日客裏抒懷　　何弘鉦

瘦菊清霜芳草折。落木孤亭，幾點寒鴉切。阻目叢巒腸暗結。天涯濁酒憑誰熱。　遙想五湖波底月。蘭槳驚暉，一棹愁千疊。執手清觴歌未歇。訪梅瑤影同攀擷。

蝶戀花　　王慶強

誰道秋來渾似病。瑟瑟蘆花，猶浣流霞影。檻外空山蟬噪暝。征鴻飛渡青松頂。　欲握青天橫斗柄。舀盡相思，休謾孤觴冷。醉枕瓊田三萬頃。閒愁盡與西風省。

蝶戀花　　李冠蘭

楊柳依依低宿雨。草蔓東風，無力吹輕絮。蘋渚萋萋何處渡，去來新燕愁無緒。　遠岫含煙迷舊路。懷袖盈盈，也擬閒愁句。欲訪晚林花落處。斜暉卻掩山山樹。

蝶戀花・中大康樂園　　朱　峰

幽探康園名學府。懷士堂前，草木凝仙露。綠瓦紅樓花隱處。鸚哥輕語人輕步。　　竹繞東湖雙蝶舞。魚躍新荷，香滿啁啾路。蟬學詩琴吟唱苦。爲何知了還來住。

蝶戀花・別"哥德堡號"　　黃曉明

獅艏當年身殞處。斷木殘盤，舊跡今猶睹。皕歲新桅風浪步。還循故道重洋渡。　　莫念歸途終苦旅。海不揚波，賓主齊歡舞。別緒情牽都幾許。一船帆索隨君去。

二、大賽評點

首屆穗港澳大學生詩詞創作大賽述評

黃坤堯（香港中文大學）

首屆穗港澳大學生詩詞創作大賽的結果已經公佈，詩賽、詞賽分別決出了冠、亞、季軍各一名，優異獎六名，共有 18 位獲獎者，並於 2006 年 12 月在廣州中山大學舉行頒獎典禮。這是一次穗港澳跨境合辦的盛會，由於缺乏合作的經驗，評審的過程比較倉促，又有些人爲的出錯，幸能一一克服過去。例如糊名評審之後，再檢出原作者，基於保密原則，結果公示時張冠李戴，得失之間，十分尷尬。如果沒有公示的程序，就鬧出大問題了。又每組的評委五人，大家審美的標準並不一致，有人欣賞明朗豪放的作品，有人則以渾成婉約爲美。加以港澳和廣州社會文化差異亦大，特別是牽涉地方色彩的，感覺就完全不同了，有時要協調也不容易。此外，詩賽限定用上平"一東"韻，但很多人"東"、"冬"不分，混叶了上平"二冬"韻，平時寫作無傷大雅，但比賽講求公平，那就絕不容許借叶了。否則頒獎後大家議論紛紛，胡思亂想，更爲不妙。有人用"唯唯"對"諾諾"，我們遍檢《佩文韻府》、《漢語大字典》諸書，原來上平聲四支韻並沒有"唯"字，祇有"惟"、"維"二字。在傳統韻書裏，"唯"字祇見於上聲四紙韻，意義就是"唯唯諾諾"。在日常的用法中，"唯"字一般可通於"惟"、"維"二字，都讀平聲；可是在"唯唯諾諾"這個組合中，由《廣韻》以至普通話、粵語，"唯"字都祇讀上聲，讀平聲也就是誤讀及失律了，必須割愛。其實比賽就是十分殘酷的，有瑕疵的都被擠掉了；剩下來的可能都是比較平穩，甚至是平庸的作品，相對來說只是毛病較少而已，不一定光芒四射。但我們仍要在餘下的一大堆作品中決出名次，實在也不好說。

此次比賽是跨境進行的，而且參賽的全是 2006 年度在學籍的大學生，大家對電腦科技的應用都很熟悉，因此我們全程採用網上投稿及公示，省去了郵遞。雖然港、穗兩地的協調工作不大純熟，缺乏經驗，在過程中有些瑕疵，總算有驚無險，安然渡過了。如果這個方法能爲大家所接受，那麼，下一屆我們希望可以將詩詞比賽的地域擴大至全粵、全國，以至全球的大學生。此次比賽我們祇是選用一個比較容易控制的小範圍作試驗而已。此外，現在大學裏還有大批的研究生，如果能闢出另一個賽場，容納他們，可能對推廣詩詞功效更大。此次詩、詞的冠軍各得港幣四千元，全部發出了三萬元的獎金，這是來自澳門沈先生的捐獻。下一屆如果要增加研究生，詩詞兩組的獎金就會倍增，那可要大家努力籌款了。至於將比賽推廣至全國或全球的大學生，網上收發訊息是沒有困難的，我們反而擔心的是學生的誠信問題，如果有人冒用學生的身份參加比賽，這可難查找出來。現在局限在穗港澳三地，選出作品以後可以利用面試核實身份，比較可靠。否則與人作偽，可真是得不償失，自然也失掉詩詞比賽的意義了。

　　首屆的詩賽表現一般，缺乏令評判一致叫好的作品。加上剔除了很多在格律上有毛病的作品，能入圍的都算是比較完好的了。最後經反覆商議，詩組決出的冠軍是黃令時的《負笈歸港》，他由初中一開始就在香港的詩詞比賽中獲獎，比賽經驗老到。現在就讀於香港中文大學翻譯系，去年剛赴芬蘭遊學一年，回港後算五年級。詩云：

　　　　揮手歐盟東復東。歸心思切舊簾櫳。
　　　　邇來徽上殘弦靜，更憶瓶間往日紅。
　　　　異域聞歌知惜別，碧天裁句意難工。
　　　　經年負笈三黌舍，可是相思一例同。

首聯賦別思歸。頷聯回憶逝去了的琴音和花紅，可能象徵一段靜好的日子。頸聯寫濃得化不開的離愁，沒有適當的言辭可供表達。末聯寫在大學讀書多年，這一次的離別相思可真有點不同了。此詩富於生活質感，語言自然雅正，和婉渾成，自是佳製。可是中間兩聯的對仗稍欠穩當，例如"瓶間"就很生硬費解，作者說是花瓶，我看似酒瓶多些；而"知"與"意"詞性不同，在討論的過程中差點就被擯出三甲之外。黃令時富於才氣而不屑於修飾，很容易犯錯而不自知，須知詩詞還是千錘百鍊的好，除了一氣呵成之外，古今的名作很多時還是不斷地修改出來的。

　　亞軍是劉勇的《自勉詩一首》，華南師範大學中文系二〇〇四級二班。詩云：

> 浪跡天涯佩寶刀。狂歌痛飲亦堪豪。
> 小船撐入桃花水，怒馬馳橫瀚海濤。
> 百世紛紜朝象塔，孑身零落向蓬蒿。
> 江山助我高風骨，氣盛言宜莫折撓。

這首詩英雋豪邁，明快爽朗，容易得到評判的好感。首聯襲用秋瑾"不惜千金買寶刀。貂裘換酒也堪豪"（《對酒》）、"主人贈我金錯刀，我今得此心雄豪"（《寶刀歌》）詩意，亦不脫模仿的痕跡。頷聯大小動靜的境界不同，寫出對比的感覺，也是詩人的壯懷。頸聯"象塔"即象牙塔，用詞牽強，刻意諷刺俗世知識分子的迷失，而自己流落草野之中，保持孤獨清醒的頭腦。末聯故作高昂的語調，大聲疾呼。全詩高低跌宕，節奏感十分強烈，但祇是直接的表述，稍乏餘味。

季軍是洪林濤的《秋日遣懷》，華南師範大學中文系二〇〇四級二班。詩云：

> 紅藕昨宵羞夜月，碧梧今日老秋風。
> 籬邊人醉黃花後，天外鷹飛細雨中。
> 雲入深山心益壯，江流滄海目難窮。
> 興來借問蓬萊路，一葉孤帆動遠空。

此詩摹寫秋日的景色尚佳，首聯夏去秋來，韶光飛逝。頷聯更是入神之作，頗有陶潛"采菊東籬下，悠然見南山"的韻味，而意象不同，亦見脫胎之意。頸聯空泛帶過，扣不住前四句。末聯問路，冀有遠行，"蓬萊"用典表現多義，或指日本，或指仙境，或指仕途，以至個人的事業前景。詩題的"遣懷"不明，問路亦不明，主旨朦朧，把持不定，貿然出海，亦見危險。大抵前四句較佳，後四句接不上，文字華麗，但詩意卻嫌隱晦。

其他優異獎六名，香港三名，其中樹仁學院二名、香港中文大學一名；中山大學獨佔三名，各有佳勝。例如程彥《讀潮青閣詩集》寫曾希穎，乃顒園五子之一。中間兩聯云："回馬天山還看劍，談詩海國起驚濤。放歌肯讓同光際，吐氣直凌牛斗高。"領導風騷，氣象雄豪，表現一代詩聲，亦見精鍊和博大。蘇穎添《夜山行》乃唯一入選的五律，末聯云："我心安出處，飛鳥自西東。"中規中矩，禪機頓悟。可惜仿古的痕跡過於明顯，缺乏個人的表現。孫嘉敏《夜遊網絡》題材新穎，但祇有頸聯"電郵飛訊來無影，網絡知音訴苦衷"入題，其他六句陪襯夜色，稍嫌空泛。王路《落花詩》頸聯"江南重見人都老，亭下堆紅雨未終"亦佳，古色古香，詩意濃郁；唯頷聯以"眠蟲"對"蛺蝶"就稍嫌生硬了。此詩在優異獎六首中最有機會威脅三甲。康家昕《讀陳寅恪詩集懷新谷鶯》及胡志成《閱江樓》二詩專寫廣東本地的人文風光，兼具詠史意味，然不免流於平鋪直敘，聊備一體。又二詩原本都附有注釋，編印"獲獎作品"的單張時，為統一體例而刪去。一首詩要靠注釋來補充說明，也就說不上是獨立的個體了，甚至更讓人有詩質單薄的感覺。在這九首獲獎的詩作中，大抵香港學生的作品較具創意，直接從生活中汲取靈感，例如寫歐盟和互聯網，題材新穎，表現新風格、新感覺。而廣州學生學習古典，十分努力，追求高雅，整體的水平亦佳；但思想保守，取材狹窄，步步為營，缺乏創意，雖有佳句，卻未成篇。如果能多寫新時代、新景物，表現個人的觀點和議論，加上良好的根柢，前途未可限量。

詞組限填《蝶戀花》，韻部則依《詞林正韻》。詞組的評選意見比較一致，整體的表現亦遠較詩組為佳，表現婉約的情懷，風神搖曳，文字精煉，聲韻悠揚。中山大學共奪六個獎項，成績

彪炳。冠軍王衛星,中山大學中文系二〇〇三級。詞云:

> 不怕人間離夢苦。衹怕眠時,竟把佳音誤。久佇南樓無雁度。團團月影零秋露。　光墮迴廊星滿樹。一點鄉心,結在雲深處。欲去還留天未曙。今宵且向雲邊住。

此詞寫的是鄉愁的主題,千迴百轉,想睡而不敢睡。末句仿李煜"今朝好向郎邊去"(《菩薩蠻》)句法,融化如同己出,想落天外,亦見新意。

亞軍是張元昊,中山大學生命科學學院生物科學二〇〇六級二班。詞云:

> 煙染蛩林聲漸了。閣宇清寒,夜氣藏歸鳥。池上月華秋皎皎。更無一點雲縹緲。　風定酒闌人悄悄。慕雪尋蘭,遺恨曾多少。立盡殘星天欲曉。滿階落葉催人老。

此詞摹寫寧靜的秋色,上片佈景,下片抒情,天地澄明,若有所待。在寧靜之中,總有一種難以言傳的意緒,揮之不去。

季軍蘇穎添,香港中文大學中文系三年級,在本屆的詩賽、詞賽中都能獲獎,表現傑出。詞云:

> 碧水茫茫秋日暮。一色江天,萬里孤帆舉。落雁隨陽歸極浦。雲峰連鎖無從數。　風急樓高愁欲雨。潮滅潮生,寂寞終千古。世事悲歡都幾許。白鷗瀟灑輕來去。

此詞亦寫秋意,上片蘊釀出一種茫茫孤寂的感覺,氣象雄渾。下片急風驟雨,象徵思緒的波動。末句"白鷗"的意象故作輕鬆瀟灑,與上文沉重的感覺並不協調,可能寫的是書齋生活,而有衝破牢籠的意味。

　　優異獎亦選六名。其中黃冠禧寫纏綿的春色，用典亦多，例如"陽關"、"高山流水"、"曲水流觴"、"清商"等，放在一塊易起衝突，堆砌的痕跡比較明顯。何弘鉦詞情景交融，天涯孤旅，顯出技巧的熟練和意境的涵渾，亦屬佳製。但他的題目原是"江門秋日客裏抒懷"，但詞中完全沒有江門的景色，換一句話說，也就是泛寫了，自然不妙。王慶強詞境中有情，摹寫刻骨的相思，十分動人。末兩句想象出奇，尤爲精煉，亦屬有資格問鼎三甲的佳作。李冠蘭詞上片有楊柳、草蔓、蘋渚、新燕等，春意翩翩，十分熱鬧。下片則釀造一片淒迷寂滅的境界，晚林花落，刻意抹掉了璀璨的春色，顯得有些矛盾。而且上片低宿雨，下片則見斜暉，亦見堆砌之意。朱峰的"康樂園"以刻畫中山大學的景色爲主；末二句"蟬學詩琴吟唱苦，爲何知了還來住"，語帶雙關，寫出學詩的甘苦，同時也帶有自嘲意味，無怨無悔，表現癡心。黃曉明寫"別哥德堡號"，重塑一艘沉船風光的歷史，見證新桅的誕生，"還循故道重洋渡"，融合今古，亦見奇詭。大抵詞作以抒情爲主，年輕人易於把握，成績亦佳；詩作講求學力和經驗，可能就要求有些老成了。

　　本屆比賽以廣州的成績最佳，文化底蘊尤爲深厚，相信這也是陳永正、吳承學、張海鷗、徐晉如以至中山大學同人努力經營一年的成果。中山大學出版《粵雅》，培育新人，還帶動其他大學青年學子對詩詞寫作的興趣，配合傳媒的宣傳功效，增加一點星味和光芒，短時間就改變了廣州詩壇的面貌，氣象煥然一新，經驗特爲可貴。香港學生雖然有十多年豐富的比賽經驗，可是此次宣傳的力度不足，表現稍遜一籌。至於澳門方面參賽的人數更少，相形冷落，有待努力。詩詞寫作不純以欣賞古典作品爲目標，更宜於鑄造新時代的情懷和格調，創造特有的審美觀念，超越於普世庸俗的商業價值之上，講求高雅的品味，重塑規範的精神，尋找自我的靈魂，抗衡一個非理性的，以至混淆是非的世界。

附　錄

一、大賽公告

　　本次大賽由香港中文大學中國語言及文學系、澳門大學中文系、中山大學中國文體學研究中心聯合舉辦，後者承辦。穗、港、澳高校2006年9月在學大學生（不含研究生）均可參賽。大賽分詩賽和詞賽兩組，參賽者可參加一組，也可同時參加兩組，並可同時在兩組中獲獎。每種文體參賽作品一至二首，獲獎則以一首爲限。參賽作品須爲本人未經發表原創之作。

　　大賽投稿專用電子信箱：sjscds@hotmail.com 或 sjsicidasai@yahoo.com.cn。2006年10月1—31日接受電子投稿。稿件須寫清姓名、校系班級、學生證號、身份證號、電話、電子郵箱或QQ號。

　　參賽作品糊名評選，入選作者須於11月間在原居地與大賽評委見面，確認作品之真實性。獲獎名單及作品12月上旬在網上公佈。

　　2006年12月9日下午三時，在中山大學中文堂會議廳舉行頒獎典禮。

　　查詢大賽信息可登錄中山大學中國文體學研究中心網站：http：//wtx.sysu.edu.cn/，或通過電子郵件（如上）。

　　詩賽規則：五律或七律，題目自定，不宜長。用韻以《平水韻》或《佩文詩韻》爲準，限用上平"一東"或下平"四豪"（注意粘對，不可犯孤平。出句末可用三仄，對句末不可用三平。

五律拗句可用"平平仄平仄，仄仄仄平平"及"仄仄仄仄仄，平平平仄平"兩種；七律拗句可用"仄仄平平仄平仄，平平仄仄仄平平"及"平平仄仄仄仄仄，仄仄平平平仄平"兩種）。

詞賽規則：詞牌《蝶戀花》，題目自定，儘量不用序，更不宜用長序。用韻以《詞林正韻》爲準（上去聲通叶。入聲不可作平、上、去聲用。如用入聲韻，則單獨叶韻。平仄悉依《詞譜》及《詞律》第一闋馮延巳詞爲準）。

獎項：詩賽、詞賽各設冠軍一名四千元，亞軍一名三千元，季軍一名二千元，優異獎六名一千元（共18名，獎金爲港幣）。

詩賽評委：陳永正教授（中山大學）、黃坤堯教授（香港中文大學）、戴偉華教授（華南師範大學）、郭德茂教授（廣東外語外貿大學）、張海鷗教授（中山大學）。

詞賽評委：施議對教授（澳門大學）、韋金滿教授（香港新亞研究所）、彭玉平教授（中山大學）、趙維江教授（暨南大學）、吳晟教授（廣州大學）。

二、獲獎名單

詩　組

冠　軍	黃令時	香港中文大學翻譯系五年級
亞　軍	劉　勇	華南師範大學中文系二〇〇四級二班
季　軍	洪林濤	華南師範大學中文系二〇〇四級二班
優異獎	程　彥	香港樹仁學院中文系二〇〇二級
	蘇穎添	香港中文大學中文系三年級
	孫嘉敏	香港樹仁學院中文系二〇〇二級
	王　路	中山大學城市區域規劃系二〇〇四級經濟地理專業

　　　　　康家昕　中山大學法學院二〇〇四級四班
　　　　　胡志成　中山大學中山醫學院醫學影像系二〇〇四級十
　　　　　　　　　四班本科生

詞　組

冠　軍　王衛星　中山大學中文系二〇〇三級本科生
亞　軍　張元昊　中山大學生命科學學院二〇〇六級二班
季　軍　蘇穎添　香港中文大學中文系三年級
優異獎　黃冠禧　香港中文大學 LED 四年級
　　　　　何弘鉦　華南師範大學文學院中文系二〇〇三級五班
　　　　　王慶強　中山大學中山醫學院生物醫學工程二〇〇五級
　　　　　　　　　本科生
　　　　　李冠蘭　中山大學中文系二〇〇三級本科生
　　　　　朱　峰　中山大學工學院交通工程二〇〇五級
　　　　　黃曉明　中山大學中文系二〇〇三級本科生

第二屆蒹葭杯中山大學詩詞創作大賽*

獲獎作品（2007年4月）

詩　組

春登中山紀念碑有感　　王慶強

木棉如火滿城巒。極目春雲燒欲殘。
碑石層層應有恨，紅羊劫劫豈無端。
金甌尚缺遣誰補，遺訓猶存掩泪看。
莫向霜蓬添怨緒，數聲望帝勸加餐。

聞友人將登岳陽樓，因夢成詩以寄　　任家賢

洞庭烟水起心瀾。御氣翩然上畫欄。
依舊浩波連楚宇，分明螺髻映銀盤。
樂憂古有希文慣，家國今無老杜歎。
千里夢回空悵惘，憑君一笑對重巒。

---

* 按，本賽事無評點文章。

金沙灣觀海作　　毛進睿

鯤鵬翩擊起危瀾。魏武揮鞭且笑看。
道蹇乘桴思子路，心灰濯髮學陳摶。
沙鷗萬里伶仃客，夜火千家惶恐灘。
孤嶼馮唐何日遣，狂沙盡後識金難。

求醫雜感　　賀林欣

余足傷詣校門診求醫，彼醫工不精醫術不秉仁心，面疾痛竟養懶慵，處聖職而失道義。余嗟歎古之不存，原之，或以孫思邈之言爲是，知慎與畏則人事畢矣。

天臺漢武覓仙丹。可比今朝問診難。
痛見岐黃持謬理，空登太白吊醫官。
雲歸遠岫千峰暗，月現蒼穹隻影寒。
無畏長空無盡夜，青燈咽淚幾家歡。

詠菡萏　　楊悅

嫁與東風料也殘。愛非所愛亦何歡。
常憐藕首千絲皓，忍負蓮心一點丹。
炬頂當風弄碧影，毫尖對月寫清瀾。
周郎已去千年後，滿抱馨香尚未闌。

春夜感懷　　葉聲遠

丁亥二月，余因面試欠佳而遭調劑，難眠達旦，聞笛聲如幻，思保研、考研兩面試之失意。歎時運之不濟，亦悲余未省光陰寶貴，得意之時孤芳自賞，不知奮進。特成此拙作以遣懷，並效鳳凰之重生以自勉。

　　玉笛飛聲入夢殘，斜風細雨夜闌珊。
　　青燈未省春光暖，孤鶩先知逆水寒。
　　逸豫亡身思懈怠，憂勞克己念艱難。
　　東隅失卻淒涼歎，且待桑榆縛鳳鸞。

客中作　　王衛星

　　尚有西窗月未殘。孤光可似舊時寒。
　　一泓烟水縈天際，萬古情愁觸筆端。
　　雲浦當年芳草碧，叢蘭今夜露珠丹。
　　其間諸色安能畫，身上羅衣枉自寬。

秋夜登樓詠懷　　張元昊

　　中庭月落井梧殘。城上西風畫角寒。
　　蔓草秋來人杳杳，蓮花凋盡夜漫漫。
　　漫勞濁酒三巡醉，敢爲蒼黎一笑難。
　　千古登樓唯寂寞，此身剩有寸心丹。

春　日　　余俊斌

　　高樓倚望雨盤桓。把酒扶頭醒覺難。
　　一道風簾羅暮色，萬家庭院鎖春寒。

綺雲氣散消人事，青草叢長掩笑歡。
獨羨冰霜能自化，已然楊柳不相干。

詞　組

臨江仙　　王衛星

入夜秋聲零落，啓簾意緒闌珊。庭前新綻菊花團。都經三日雨，可有一枝安。　　却是殘英無數，須臾飛在雲端。寒烟初霽月新彎。暗香深處立，風露滿衣冠。

臨江仙·五月五日遊蘇州虎丘劍池懷南社諸子有作　　姚達兌

去病稼軒朋侶，吳根越角才賢。騷魂曾把國魂傳。嘯風丘上虎，鳴劍壁間泉。　　幾代風流安在，而今隔世經年。縱橫車馬作長喧。當時吟拍處，空見暮雲殘。

臨江仙　　陳志峰

每逢清明，憶親倍切。作此篇，兼歎歲去不歸。

時節花飛須盡，經年春逝無端。徘徊雁去暮雲間。和風新柳岸，斜日舊闌干。　　幾度夢回何處。長堤灩灩江瀾。相攜如昨望舟還。潮聲留夜靜，明月攬千山。

臨江仙　　劉　莉

別後那堪重憶，東陽瘦損經年。臨窗復攬舊紅箋。

春闌花自老，人遠鳥空喧。　　綠綺餘音猶在，可憐塵黯徽弦。夜分匡坐久無言。幽懷誰得似，明月洗欄杆。

臨江仙　　陳　慧

新柳魂牽淮岸，落紅香動鶯弦。琴孤聲苦不堪彈。碧紗人夢裏，流水雁天邊。　　隱約蟬蛙初唱，去年今日猶寒。雲歸風靜意難寬。透簾珠一點，長夜兩相看。

臨江仙　　陳慧娟

數點蛙聲池上，兩行閒淚更前。深庭月暗夢初殘。柳邊新燕壘，雲外舊家山。　　北地笙簫何怨，南樓笛管休喧。故鄉留與月明還。滿傾蕉葉酒，齊唱杏花天。

臨江仙·憶舊友　　謝　韓

隔雨西窗人靜，寂寥霧鎖鞦韆。曾經小院立雙鬟。晴嵐侵鬢色，笑語動花喧。　　十載芳華如訴，枕邊舊夢清圓。綠羅裙外水雲寒。一江星燦燦，珍重伴人間。

臨江仙　　張元昊

紅豆橋邊流水，綠楊影裏鞦韆。落花深處小重山。病中人似燭，窗外雨如烟。　　短夢飄零雲外，春心潦倒樽前。黃昏把酒祝餘妍。弦歌從此絕，青鳥莫蹁躚。

臨江仙　　　黃思雅

冷月迷離窗外，夢醒夜半無眠。柔腸怎奈鏡花緣。蕭蕭風自在，瑟瑟影孤寒。　　今夜故人何處，小梅獨映幽泉。飛紅香徑覓歡顏。嬋娟千里共，思憶寄清天。

附　錄

一、大賽公告

羣彥俊秀，皆爲惠連；吾人詠歌，何如康樂
——第二屆蒹葭杯中山大學詩詞創作大賽

　　本次比賽分詩組與詞組，中山大學研究生與本科生同等參賽。參賽者最多可投詩、詞各一首。
　　詩賽規則：體爲七律。題目自定，序用文言。韻限上平聲"十四寒"，以《平水韻》或《佩文詩韻》爲準。
　　詞賽規則：詞牌爲《臨江仙》，格依晏幾道"夢後樓臺高鎖"一詞。題目自定，序用文言。韻限《詞林正韻》第七部平聲韻，即"十三元（半）十四寒十五刪一先"，平仄悉依《詞譜》及《詞律》。
　　投稿作品須標明作者姓名、院系、學號及手機號碼。
　　所有參賽作品將由專人編號糊名，交付評委打分以定名次。詩組、詞組均設一、二、三等獎各一名，優秀獎六名，獎金分別爲三百元、二百元、一百元、五十元。獲獎者還將獲得證書及詩社社刊《粵雅》創刊號一冊。

不有佳作,何伸雅懷!煙景相召,諸君忍負春光?
徵稿郵箱:jianjiashisai@126.com
徵稿日期:4月20日至5月15日
公示日期:5月29日至6月2日
張榜及頒獎日期:6月上旬
詳情請密切留意本網站新聞及論壇公告
主辦:中山大學中國文體學研究中心
承辦:中山大學嶺南詩詞研習社

二、獲獎名單

詩　組

一等獎　　黃思雅　中山大學中文系二〇〇四級本科生
二等獎　　任家賢　中山大學中文系二〇〇三級本科生
三等獎　　毛進睿　中山大學中文系二〇〇六級本科生
優秀獎　　賀林欣　中山大學法學院
　　　　　楊　悅　中山大學人類學系
　　　　　葉聲遠　中山大學信科院電子系
　　　　　王衛星　中山大學中文系二〇〇三級本科生
　　　　　張元昊　中山大學生命科學學院二〇〇六級二班本科生
　　　　　余俊斌　中山大學法學院

詞　組

一等獎　　王衛星　中山大學中文系二〇〇三級本科生
二等獎　　姚達兌　中山大學中文系二〇〇二級本科生
三等獎　　陳志峰　中山大學理工學院光學
優秀獎　　劉　莉　中山大學傳播與設計學院新聞系

陳　慧　中山大學中文系二〇〇六級碩士生
陳慧娟　中山大學中文系
謝　韓　中山大學中文系二〇〇四級本科生
張元昊　中山大學生命科學學院生物科學專業二〇〇六級二班本科生
黃思雅　中山大學中文系二〇〇四級本科生

第二屆穗港澳大學生詩詞大賽[*]
獲獎作品（2007 年 10 月）

詩　組

嶺南居感　　溫子成

余求學於廣州，鄉鄰多謂余曰：嶺南終歲暖如盛夏，恐汝不服水土。余不以爲然。居月餘，有感於南國勝景，作此篇。

雖言南國不飛霜。莫怨天涯離恨長。
兩袖薰風羅綺暖，一簾微雨桂花香。
蛩音漸次啼紅瓦，蝶影翻飛過畫牆。
茶代杜康書作枕，和衣結夢水雲鄉。

詠史戲呈諸君子　　劉　勇

聞于丹、易中天、劉心武事，有感而作。

聖之時者逐名場。大句高言肯細量。
避席終南尋捷徑，藏書通邑售天璜。
實難求利輕聞過，弗易居京廣積糧。

---

[*] 按，本賽事無評點文章。

一卷太玄嘲鶴髮，新聲鄭衛正堪張。

有感其一　　張元昊

馮驩歌罷食無魚。長鋏悲風萬古初。
地轉荒原藏險瀨，潮回滄海葬金蛛。
絕途懶覓三生石，呵壁翻聞異世書。
教授伏生仍在否，當時白髮已蕭疏。

中秋寄故人　　洪林濤

海月粘天夜未央。夢回春雨舊池塘。
一陂鳧雁聲聲暖，半榻霜風日日涼。
遠目難尋鴻爪印，素心聊寄桂華香。
尚思笠屐曾攜手，不覺星河是兩鄉。

赴澳比武觀日人所練八極拳有感　　毛進睿

中華絕技滿東洋。妙棍生花劍挽霜。
宗匠劫餘吟白髮，山川珠去歎紅羊。
千文懷草存孤島，一品倭刀出盛唐。
若禁習傳通異域，達摩折葦自何航。

秋來詠懷　　葉一舟

一夜秋風朔氣涼。寒空雁陣向衡陽。

傷心海外煙塵漫，寄意壺中日月長。
笑語龍門歌雅頌，傳薪絳帳繼章黃。
揚州騎鶴非吾願，坐擁書城樂且狂。

石楣杆　　侯名揚

舊時士子考取功名，多於祖祠前立柱石記之，謂之石楣杆，或曰石筆，而今多湮沒頹敗矣。

獨映斜陽暮色蒼。龜紋裂跡盡風霜。
當時衣錦矜榮表，到此荒臺對老楊。
世故青雲隨轉斗，功名白首費窮章。
此身應作擎天筆，豈爲浮生守稻粱。

初春少女　　林宗衡

紗窗日落黃昏後，冬去春來幾點涼。
鏡裏凝眸含蓓蕾，湖邊垂柳弄鴛鴦。
愁肥夜靜桃花瘦，夢短燈昏笛曲長。
悵望茫茫天際外，不知何處是牛郎。

重　陽　　蔡業希

重陽宜有插茱萸。風俗從來豈可除。
狂客莫嫌吹破帽，陶君肯愛種秋蔬。
翠微高處愁何在，金菊熟時醪不如。
猶是暮雲粘雁影，歸飛憑寄一封書。

詞　組

臨江仙・晨起見菲舞水袖唱戲有懷　　馮日虹

夢覺銀屏秋瑟瑟，垂簾風跡銷凝。遠峰霧薄曉雲輕。誰將青水袖，舞到百花零。　　海島冰輪纖月影，畫廊金粉零星。此生忘卻是他生。回眸輕一瞥，刹那直傾城。

臨江仙　　王　路

明月微霜涼玉簟，清風絡緯初更。蹁躚木葉舞空城。分飛風莫挽，聚散總無憑。　　驚起寒鴉宵耿耿，短檠照影煢煢。前生心事此生盟。秋山思邈邈，秋水望盈盈。

臨江仙・詠菊　　林曉珍

孰遣西風傳急信，繁花不待天明。一宵零落滿中庭。霜枝偏獨立，沾染露晶瑩。　　料得此生終寂寞，黃華總在秋榮。東籬對影忍淒清。奈何陶令去，誰個惜多情。

臨江仙・西恩納（Siena, Italy）　　張綺霞

古道牆高斜日冷，風眠拱柱丘陵。千年氣傲漸消聲。清泉灰鴿飲，聖殿賈人迎。　　路轉山迴人影邈，紅磚舊夢孤清。興衰百載道來輕。雲低承遠景，塔矮接空晴。

臨江仙　　黃倩敏

獨上小樓春欲暮,幾多心事瑤箏。涼風淅淅雁空鳴。梨花疏雨後,片月倍淒清。　　憶昔曲橋時共聚,回頭翰墨凋零。重重簾幕望中亭。煙波浮一葉,浩淼寄衷情。

臨江仙　　黃燕燕

日暮園庭秋色晚,微茫冷焰無聲。疏枝瘦影最傷情。獨吟侵夜半,玉鏡照空城。　　兩鬢蒼蒼歸舊里,悠悠往事難平。長堤柳暗客船橫。更闌人跡絕,枯坐到天明。

臨江仙·秋寒悼亡母　　李國波

月洗高梧霜幄冷,桐陰苒苒侵庭。秋深逐客一浮萍。西風驚鵲影,落木起秋聲。　　五載長眠如一夢,悲聞切切叮嚀。潸然和淚寄孤塋。殘燈明滅處,回首已三更。

臨江仙並序　　李一斌

吾壯年時,諾蘭星人進襲地球,曾隨衛軍天艦與一戰,克。常憶此役,乃作。

蜃影浮荒空宙海,銀河雪浪誰平。欲將皓月貫繁星。艨艟三百萬,慷慨赴征程。　　醉裏曾誇驅虜事,當年壯志豪情。夢殘老淚舉頭生。魂歌天宇裏,夜夜可堪聽。

臨江仙　　劉　勇

溪水綠時真是酒，魚兒醉了輕盈。野花香透不知名。肥梅藏雨夢，折筍訴風靈。　　隔岸青山春已滿，相牽巧笑頻縈。天涯行到總傾情。一川籠淡月，杯酒勸長星。

附　錄

一、徵稿啓事

　　爲促進中華傳統詩詞創作，增進穗、港、澳高校文化交流，中山大學中文系、香港中文大學中文系、澳門大學中文系自2006年起聯合舉辦"穗港澳大學生詩詞創作大賽"。

　　第二屆大賽由澳門大學中文系承辦，中山大學中國文體學研究中心協辦。穗、港、澳地區在學籍大學生（不含研究生）均可參賽。大賽分詩賽和詞賽兩組，每組各設冠軍一名，獎金四千元；亞軍一名，獎金三千元；季軍一名，獎金二千元；優異獎六名，每名獎金一千元。共設獎金三萬澳元。

　　每位參賽者可同時參加詩賽和詞賽，也可祇參加一種文體的賽事。參加每種賽事的作品以一首爲宜，最多可交兩首，但每人祇能以一首獲獎。同一參賽者可以同時在詩賽和詞賽中獲獎。本次大賽詩限七律，韻依《平水韻》上平聲"六魚"韻或下平聲"七陽"韻；詞限《臨江仙》（六十字體：仄仄平平平仄仄，平平仄仄平平。平平仄仄仄平平。平平平仄仄，仄仄仄平平），韻限《詞林正韻》第十一部平聲"庚、青、蒸"通用。詩、詞均不限題目，如用題或序，均宜簡短。

詩組評委：陳永正教授（中山大學）、張海鷗教授（中山大學）、程中山先生（香港中文大學）、劉衛林教授（香港城市大學）、戴偉華教授（華南師範大學）。

詞組評委：施議對教授（澳門大學）、陳伯輝教授（澳門特區政府高等教育輔助辦公室主任）、黃坤堯教授（香港中文大學）、彭玉平教授（中山大學）、趙維江教授（暨南大學）。

10月15—31日接受投稿。大賽專用電子信箱：sgascds@hotmail.com，稿件須寫清姓名、所在校、系、班級、學生證號、身份證號、電話、電子信箱。

11月18—24日，擬獎作品在 http：//wtx.sysu.edu.cn/（中山大學中國文體學研究中心）網站公示。

12月13日下午三時，在澳門大學舉行頒獎典禮。

查詢網站：http：//wtx.sysu.edu.cn/（中山大學中國文體學研究中心網站）。

廣州中山大學中文系電話：020 - 34027887。電郵：sgascds@hotmail.com。

香港中文大學中文系電話：852 - 26097086。電郵：kuaniowong@cuhk.edu.hk。

澳門大學中文系電話：853 - 66193535。電郵：hongumac@yahoo.com.hk。

二、獲獎名單

詩　組

冠　軍　溫子成　中山大學環境科學與工程學院環境科學專業二〇〇七級二班

亞　軍　劉　勇　華南師範大學文學院中文系二〇〇四級二班

季　軍　張元昊　中山大學生命科學學院生物科學專業二〇〇六級二班本科生
優異獎　洪林濤　華南師範大學文學院中文系二〇〇四級二班
　　　　毛進睿　中山大學中國語言文學系二〇〇六級本科生
　　　　葉一舟　澳門科技大學行政與管理學院
　　　　侯名揚　華南師範大學文學院二〇〇四級漢語言文學六班
　　　　林宗衡　華南師範大學文學院中文系二〇〇六級〇一班
　　　　蔡業希　華南師範大學生命科學學院二〇〇四級生物技術一班

詞　組

冠　軍　馮日虹　中山大學中文系二〇〇四級
亞　軍　王　路　中山大學地理學院經濟地理專業二〇〇四級
季　軍　林曉珍　香港中文大學中國語言及文學系二〇〇四級
優異獎　張綺霞　香港中文大學中國語言及文學系
　　　　黃倩敏　澳門大學中文系二〇〇五級
　　　　黃燕燕　澳門大學工商管理學院博彩管理二〇〇五級
　　　　李國波　中山大學政治與公共事務管理學院社會學系二〇〇六級
　　　　李一斌　華南理工大學電力學院電氣一班二〇〇七級
　　　　劉　勇　華南師範大學文學院中文系二〇〇四級二班

第三屆蒹葭杯中山大學詩詞創作大賽[*]獲獎作品（2008 年 4 月）

詩　組

憶武侯　　張靜思

漢末黃河飲馬年。南陽諸葛備才賢。
三分漢土隆中定，七縱夷王蜀後全。
佐帝扶孤千載仰，出師誡子世間傳。
今尋八陣圖何在，但見天燈夜幕懸。

清明弔友　　王慶強

宿草淒淒臥晚煙。荒山何處不啼鵑。
淚珠泣下霑碑石，詩稿焚來作紙錢。
碧落塵寰悲此際，青梅竹馬憶當年。
倩君知我童心在，夢裏相逢兩可憐。

---

[*] 按，本賽事無點評文章。

詠　史　　　毛進睿

青衿自笑是狂狷。獨向秋波哭逝川。
射虎北平空叱吒，獲麟西鄙尚迍邅。
登樓劍氣星同碎，拜月江皋袂已捐。
曼倩何勞答客誚，未央垂侍有韓嫣。

寒食遊　　　廖海斌

暗藻浮萍催野煙。遠遊何處不凄然。
簫分雨魄和春畹，月走冰魂入夢妍。
斗酒微寒翻袷絮，一燈灼澀照吟鞭。
清狂未減劉伶醉，數尺桐陰傍可眠。

康園聽雨　　　葉聲遠

臥闌聽雨未成眠。卻憶浮生事萬千。
昨日書山花逐霧，今晨嶺海柳隨煙。
半壺玉液三分醉，數載相知兩處緣。
未省春風吹夜短，且留幽夢寄嬋娟。

白蓮洞踏莎行　　　陳　容

戊子春，訪白蓮洞，聽聞古有僧人隱跡於此，遍種白蓮，悠然神往，作此篇。

春風萬里邀賢客，幾步華胥幾步蓮。

細雨無聲飄紫陌，飛花有意落清川。
人間祇見長生夢，世上何來不老禪。
欲與山僧說往事，聲聲暮鼓打船舷。

暮至江南村　　王洪波

落日幽山曲水前。竹橋茅舍又炊煙。
老翁樹下輕搖扇，稚子花間漫戲泉。
野徑清蟬鳴五柳，小池碧月映青蓮。
誰人識盡人間味，最是田家黍飯鮮。

清明夜感　　胡志成

夢破燈昏未復眠。寒衾孤枕自堪憐。
花飛空院銷魂雨，燕覓前巢插柳天。
祖墓應知繁草蔓，今人可記祭先賢。
奈何久作天涯客，望斷鄉關又一年。

七律·無題　　溫子成

悲聞蜀中地動。盡廢前作，成此篇。

獨上高樓望汶川。汶川望斷忍留連。
尚聞蜀道臨風哭，安可花堂載酒眠。
寂寂殘燈如有淚，迢迢夜月更難圓。
欲為寶劍穿天去，長鎮青城第一巔。

詞　組

青玉案　　胡志成

西風驟起梧桐瘦，更忍見、凋紅藕。萬物秋來難復舊。花無春鬧，草無春綠，日也無春久。　　新愁何事年年有。誰道銷愁盡憑酒。綠綺瑤琴重漫奏。盈盈輕撫，知音何在，望斷雲歸後。

青玉案　　劉晚澄

暮春細雨黃昏後。隱湖畔，風扶柳。漫步雲街涼意透。星光流轉，仙音遙奏。閒飲杯中酒。　　離情繾綣難消受。常憶同窗舊時友。只歎韶光相去久。范張雞黍，至今留候。情誼君知否。

青玉案　　張元昊

水雲涵月涼生蚴。夢遊處，啼痕透。浣盡緇塵春也瘦。冪庭煙冷，烘蓮波暖，此恨而今有。　　空階悄立燈如豆。暗碧離離落紅厚。一慟人間堪白首。爲誰中露，爲誰僝僽。殘夜星凝袖。

青玉案·春　　王　路

東君懷抱淒然久。燕相喚、鶯來叩。小女誰家纔豆蔻。翠裾輕曳，拂堤垂柳。欲挽纖纖手。　一襟花氣蜂來嗅。三月春如齔兒幼。綠陌紅簪相訝否。晴波眉眼，紙鳶衫袖。盡是春之鏤。

青玉案・荷　　王衛星

碧煙浦上輕回首。聽新雨、催殘漏。翦翦香衣雲織就。不隨萍轉，不隨波皺。玉立晨曦後。　慣教露染重衫透。未使流塵汙羅袖。一片冰心零落否。水晶簾外，風華依舊。只是霓裳瘦。

青玉案　　黃思雅

同窗四載相知久。想昨日、曾攜手。雨潤風和新葉茂。綠茵幽徑，紅牆碧瓦，盡是康園秀。　流年暗惹傷情透。月灑惺亭可如舊。更待他朝重聚首。鬢絲飄雪，歲痕難掩，卻念當時友。

青玉案　　曹冠雄

年時明月年時柳。一入夢、難揮走。錯把故園相問候。斜陽喬木，畫堂簾繡，只有春如舊。　關山路遠頻回首。客裏風光怎禁受。作個歸期天許否。至今猶記，從前杯酒。曾祝人長久。

青玉案·汶川地震後作　　王慶強

卅年過了紅羊又。但觸目、誰禁受。斷壁殘垣如亂岫。傷心無數，烏頭父母，痛抱兒屍吼。　　淚痕已染緇衣透。天若諳情也應瘦。夜色沉沉何所有。燭光千點，安魂一首。相待黎明候。

青玉案·奠舊日海棠　　溫子成

有感於今繁華盛世中，古雅難尋，遂信筆自嘲。

珠江細雨連山秀。又正是、春時候。醉裏溪橋尋覓久。紅殘香斷，相思唯有，照水枝如舊。　　群香看倦朱顏瘦。漫撚花枝露沾袖。一曲瓊簫吹折柳。可堪留聽，淒淒三疊，更逐離人後。

附　錄

一、大賽公告

投稿人須從中國文體學研究中心網站首頁 http：//wtx.sysu.edu.cn/下載比賽用表，依次填入作品以及作者姓名、院系、學號、手機號碼，以附件形式投入大賽徵稿專用電子郵箱。

本次比賽分詩組與詞組，中山大學研究生與本科生同等參賽。參賽者最多可投詩、詞各一首。

詩賽規則：體爲七律。題目自定，序用文言，儘量簡短。韻限下平聲"一先",以《平水韻》爲準。

詞賽規則:詞牌爲《青玉案》,格依辛棄疾"東風夜放花千樹"一詞。題目自定,序用文言,儘量簡短。韻限《詞林正韻》第十二部仄聲韻"上聲二十五有、去聲二十六宥通用",平仄悉依《詞譜》及《詞律》。

所有參賽作品將由專人編號糊名,交付評委小組打分以定名次。詩組、詞組均設一、二、三等獎各一名,優秀獎六名,獎金分別爲三百元、二百元、一百元、五十元。獲獎者還將獲得證書及詩社社刊《粵雅》一冊。

本屆比賽評委小組,由《中華詩詞》編委、著名詩人熊東遨及中山大學中文系教授陳永正、張海鷗、彭玉平組成。

徵稿郵箱:jianjiashisai@126.com

徵稿日期:4月1日至4月20日

公示日期:5月11日至5月17日

張榜及頒獎日期:5月下旬。詳情請密切留意本網站新聞及論壇公告

主辦:中山大學中國文體學研究中心

承辦:中山大學嶺南詩詞研習社

二、獲獎名單

詩 組

一等獎	張靜思	中山大學中文系二〇〇七級
二等獎	王慶強	中山大學中山醫學院生物醫學工程二〇〇五級本科生
三等獎	毛進睿	中山大學中文系二〇〇六級本科生
優秀獎	廖海斌	中山大學翻譯學院二〇〇六級

　　　　　葉聲遠　中山大學軟件學院二〇〇七級
　　　　　陳　容　中山大學中文系二〇〇七級
　　　　　王洪波　中山大學中文系二〇〇七級
　　　　　胡志成　中山大學中山醫學院醫學攝像系二〇〇四級本科生
　　　　　溫子成　中山大學環境科學與工程學院二〇〇七級

詞　組

一等獎　胡志成　中山大學中山醫學院醫學攝影系二〇〇四級本科生
二等獎　劉晚澄　中山大學中文系二〇〇七級本科生
三等獎　張元昊　中山大學生命科學學院二〇〇六級本科生
優秀獎　王　路　中山大學地理學院二〇〇四級本科生
　　　　　王衛星　中山大學中文系古代文學二〇〇七級碩士生
　　　　　黃思雅　中山大學中文系二〇〇四級本科生
　　　　　曹冠雄　中山大學信息科學與技術學院二〇〇六級本科生
　　　　　王慶強　中山大學中山醫學院二〇〇五級本科生
　　　　　溫子成　中山大學環境科學與工程學院二〇〇七級本科生

第三屆粵港澳臺大學生詩詞大賽
獲獎作品（2008年10月）

一、獲獎作品

詩　組

感　懷　　詹居靈

去日堂堂何所適，春愁如海況秋深。
一枝猶向鷦鷯借，高廟每爲狐鬼侵。
誠不吾欺長裕者，偏無人識飲冰心。
胸中沸血兼奇氣，噴作江天萬里吟。

秋　興　　張元昊

暮秋清景，瞬息數變。閒登小閣，百念生焉。
答颯秋風萬籟喑。斜陽孤塔勢森森。
竭來驟雨鳴空館，暗裏昏鴉點暮林。
凍合霜天歸俯仰，滴殘蚓影任棲尋。
閒登小閣陰晴望，獨有人間不易心。

秋遊阿里山　　江曉輝

信步寒山綠意侵。秋來草莽已森森。
未逢櫻瓣飄幽徑，也伴煙波入翠林。
百代荒苔披木石，今朝輕雨洗胸襟。
樊籠多是由人造，一笑尋回自在心。

餞　別　　余華茵

與君一揖隔天涯。從此風霜各自持。
樓上離歌知恨晚，樽前淚眼笑情癡。
花開花落終無數，雲捲雲舒自有時。
只是當年無限事，他朝回首莫遲疑。

中秋悼汶川地震亡友　　林宗衡

莫撫琴弦空怨月，尋君千度曲終時。
小橋人去花凋早，深巷光來影退遲。
落葉含霜傷往事，寒風散淚皺秋池。
今宵多少無情夢，一寸肝腸萬丈思。

憶故人　　胡志成

人間別久不成思。君去天涯音信遲。
雨滴幽階花自瘦，塵封綠綺鳥空窺。
未知書劍淩南斗，已覓乾坤棲一枝。

他日相逢應白髮，陶然共醉話東籬。

詩課有感　　陶永德

縱筆淩雲意欲馳。無端寂寞望天涯。
高樓獨上開襟抱，清夜低吟入夢思。
不恨道窮思古聖，但將萬象鑄新詩。
臨風對月誰曾問，滿紙荒唐信有知。

國考不第有懷　　許朝發

蟾光留紙化丹曦。欲入公門久自持。
意氣夢中疑國士，蚊蠅字底度春時。
乏才墨卷終無用，不第愁腸祇獨知。
載酒郊行避親友，一杯遙敬杜羔詩。

秋雨有感　　黃　昇

召父羊公百世師。多情到此兩堪悲。
閣中黃雀聲流遠，天外冥鴻勢起遲。
受俸何勞計長日，拂鬚都更趁清時。
九州遺轍今安在，蕭颯秋深未可知。

詞 組

青玉案　　詹居靈

平蕪暗減行雲陌。但看取、青眉薄。夢裏精魂紅灼灼。開無人賞，謝無人愕，夢醒無人覺。　　前生許盡今生諾。未到今生已斑駁。院冷衾寒煙漠漠。雨教輕聽，酒教輕酌，淚眼教輕閣。

青玉案　　王慶強

鴛鴦戲得春波皺。更綺語、聲聲扣。憶昔風清新月秀。彩虹橋畔，紫荊花下，初執紅酥手。　　相逢莫比今誰瘦。檢點香瘢兩依舊。祇恨情天難補就。我還釵股，卿還珠淚，盟誓須還否。

青玉案　　張元昊

旅穗十年，濡染漸成，故園習尚，亦趨消匿，唯夢中時時可見。因念柳州蝦蟆之譏，頗覺黯然。賦此以記之。用方回韻。

十年夢繞煙波路。泛一舸、迢迢去。恍惚亂雲生野渡。芹泥門徑，綠陰庭戶，都是相思處。　　奈他彈指成朝暮。別後空吟斷腸句。一晌清愁愁幾許。畫屏塵冷，筱牆蠻絮，點滴紗窗雨。

青玉案　　孫妙凝

灞橋信步遊絲懶。落芳徑、香千瓣。拾到春深羅帶緩。小山低處，長亭煙斷，顰損東風面。　流年若許穿針綫。願揀君心繡圖卷。總是那年楊柳岸。有花初曳，有雲微遠，有月深深見。

青玉案　黃倩敏

秋陰漸向園東路。有社燕、隨風去。翠竹淡煙嗟日暮。樓臺臨水，羅裳當戶，雁過人無語。　椒花曉滴金盤露。一曲哀弦共誰訴。白首相依天已許。壩河西岸，冷楓紅舞，月照鴛鴦浦。

青玉案　彭桂濤

綠蕪漸鎖來時路。更忍見、雲山阻。久盼青鸞無覓處。畫梁雙燕，不傷春暮，卻笑離人苦。　韶華不爲多情駐。屈指歸期未能數。萬盞離愁消不去。子規聲斷，芭蕉惹雨，酒盡誰賒與。

青玉案·中秋　毛進睿

新涼初試青衿軟。衹聽得、雲間雁。盡是遊人芳草岸。年來簫鼓，望中仙袂，環佩空流昄。　紫薇閣外吹葭管。未吐高花暗香滿。月浸愁漪聲漸遠。殘燈明滅，西窗悄碧，幾度閒庭院。

青玉案·秋情　　張　曦

露凝雛菊風蘭舞。卻無計、留芳住。殘藕丹楓霜滿路。玉池朱閣，曲橋西戶，歲歲秋如故。　　雁樓妝影盈盈佇。月上闌干恨無數。望斷重巒千里霧。彩箋猶在，新詞難賦，空歎梧桐雨。

青玉案　　曹冠雄

西風吹遍江頭草。卻不把、離愁掃。誰念新詩紅葉稿。迴廊深處，秋聲唱晚，正是斜陽好。　　相思莫共春衫老。衣帶無情自寬小。別緒幾番應未了。當時明月，羅裙顏色，夢裏長亭道。

二、大賽點評

噴作江天萬里吟
——粵港澳臺大學生詩詞大賽評述

黃坤堯（香港中文大學）

　　第三屆粵港澳臺大學生詩詞大賽（2008年）由香港中文大學、澳門大學、中山大學、臺南成功大學的中文系聯合主辦。這是在前兩屆穗港澳大賽的基礎上，擴大至粵、臺兩地。我們設定網上投稿及公告訊息，完全消除了地域的局限，整個程序都很順暢。加上評審過程採用糊名方式，而評審結果也先放在網站上公示，讓大家監督及審查，纔敢確認名次。相對比較公平，儘量小心及慎重。

大賽分詩組與詞組，詩限五、七言律，韻依平水韻上平"四支"或下平"十二侵"韻；詞限《青玉案》，韻以《詞林正韻》爲準，不限韻部。詩組評委：陳永正、張海鷗、吳榮富、劉衛林、程中山。詞組評委：王偉勇、施議對、彭玉平、趙維江、黃坤堯。

本屆詩組參賽人數340人，作品440首。其中廣東281人，詩367首；香港20人，詩24首；澳門21人，詩28首；臺灣18人，詩21首。而廣東則以中山大學116首、韶關學院49首、廣東外語外貿大學42首、暨南大學33首、惠州學院33首最多。

本屆詞組參賽人數338人，作品412首。其中廣東274人，詞337闋；香港11人，詞11闋；澳門30人，詞35闋；臺灣23人，詞29闋。而廣東亦以中山大學126闋、韶關學院44闋、暨南大學35闋、廣東外語外貿大學26闋、韓山師範學院19闋佔多。

在本屆全部十八個獎項中，廣東得十二項，香港三項，澳門一項，臺灣二項。其中惠州經濟職業技術學院計算機多媒體系的詹居靈同學囊括了詩組及詞組的冠軍，而中山大學生命科學學院生物科學專業的張元昊同學則連奪詩組亞軍及詞組季軍，此外，臺灣"國立"中山大學中文系的江曉輝同學得詩組季軍，而中山大學中山醫學院的王慶強同學獲詞組亞軍。總計全部獎項之中，各地中文系或漢語言文學系得獎者纔六人，詩組、詞組各三人，祇佔三分之一。須知道我們詩組及詞組是分別由兩組評判選出來的，互不影響，而三甲的人選竟然有些接近，祇能說詩詞審美所見略同了。又惠州經濟職業技術學院祇有詹居靈一人參賽，分別提交了兩篇作品，即囊括了詩、詞兩組的冠軍，可見擴大了賽區的範圍，即能引出更多的臥虎藏龍了。

詩組冠軍詹居靈《感懷》云：

去日堂堂何所適，春愁如海況秋深。
一枝猶向鷦鷯借，高廟每爲狐鬼侵。
誠不吾欺長裕者，偏無人識飲冰心。
胸中沸血兼奇氣，噴作江天萬里吟。

此詩格局宏大，意境奇崛，曲折幽深，神氣迸發。而用典亦多，精於鑄鍊，有必要釐清故實，顯出作意。首聯感慨青春易逝，秋意方深，"堂堂"訓公然地，日子說走就走。頷聯分別用《莊子·逍遙遊》引許由之言曰："鷦鷯巢於深林，不過一枝。"《閱微草堂筆記》（卷七）云："又先農壇西北文昌閣之南，匯有積水，亦往往有溺鬼殺人。"自注稱："文昌閣俗曰高廟。"乃是說託身無所，處境艱虞，世上好的地方都給狐鬼佔用了。此聯譏刺現實世界的不公和扭曲。頸聯出《周易·繫辭》："益，長裕而不設"，王弼注云："有所興爲，以益於物，故曰長裕。因物興務，不虛設也。"孔穎達疏以"能長養寬裕於物"釋之。又白居易《三年爲刺史》二首之二："三年爲刺史，飲水復食蘗。唯向天竺山，取得兩片石。此抵有千金，無乃傷清白。""飲水"一作"飲冰"，喻保持清醒的頭腦。蘗，音 bó 或音 bò，即黃檗，也叫黃柏，木材堅硬，樹皮可入藥；則喻心境不寧，生活清苦。梁啟超有《飲冰室文集》，宣揚變革之道，可能也是作者的寓意所在。此聯蓋指從益卦中學得寬裕待物的道理，但內心的冰涼貞苦可就無人理解了。末聯血氣方剛，自信必然可以在天地間成就一番偉大的事業，奇情壯采，豪氣干雲。劉衛林教授評云："此篇結構完整而氣魄大，學宋人以文爲詩特色，而造語典雅。"顯然是高出於其他參賽同學之上。

亞軍張元昊《秋興》云：

答颯秋風萬籟喑。斜陽孤塔勢森森。

> 竭來驟雨鳴空館，暗裏昏鴉點暮林。
> 凍合霜天歸俯仰，滴殘虯影任棲尋。
> 閒登小閣陰晴望，獨有人間不易心。

此詩營造秋深的氣氛，斜陽驟雨霜天暮林，完全籠罩在一片幽暗的景色之中。末聯登高望遠，陰晴不定，雖然形勢險惡，但仍然堅持個人的理念。

季軍江曉輝《秋遊阿里山》云：

> 信步寒山綠意侵。秋來草莽已森森。
> 未逢櫻瓣飄幽徑，也伴煙波入翠林。
> 百代荒苔披木石，今朝輕雨洗胸襟。
> 樊籠多是由人造，一笑尋回自在心。

此詩專寫阿里山的秋色，語言流麗。首聯寒山綠意，莽莽森森；頷聯從想象中醞釀出一片翠林櫻瓣的春色；頸聯寫山中的世界地老天荒，心靈已被輕雨洗濯一番；末聯重返自然，破除樊籠的束縛，也就是捨棄虛妄的執著，而悟出大自在的道理。以上三甲之作各有造境，冠軍之作氣勢凌人，亞軍撥開雲霧，季軍瀟灑自然，依次排列，而整體結構亦高下立判了。以下優異獎六首亦見佳勝，例如：

> 花開花落終無數，雲捲雲舒自有時。（余華茵《餞別》）
> 　小橋人去花凋早，深巷光來影退遲。（林宗衡《中秋悼汶川地震亡友》）
> 　未知書劍凌南斗，已覓乾坤樓一枝。（胡志成《憶故人》）
> 　臨風對月誰曾問，滿紙荒唐信有知。（陶永德《詩課有

感》)

乏才墨卷終無用，不第愁腸祇獨知。（許朝發《國考不第有懷》）

受俸何勞計長日，拂鬚都更趁清時。（黃昇《秋雨有感》)

余華茵詩平白淺易，語言流暢。林宗衡詩哀悼地震中的亡友，充滿光影迷離的幻覺。胡志成詩典麗雅正，氣宇軒昂，祝願故人壯志凌雲，得覓容身之所。陶永德在詩課中構思意境，浮想聯翩，雖說滿紙荒唐，也是難得的寫作經驗。許朝發專寫落第後的悽惶心境，還引唐代杜羔早年的落第體驗為喻，連妻子也看不起他，因此刻意說自己也要"載酒郊行避親友"了。黃昇《秋雨有感》一詩多用典故，貫通史實，首聯"召父羊公百世師，多情到此兩堪悲"，案《漢書·循吏傳》云："信臣為人勤力有方略，好為民興利，務在富之。""吏民親愛信臣，號之曰召父。"《晉書·羊祜傳》云："祜樂山水，每風景，必造峴山，置酒言詠，終日不倦。"分別寫出召父富民、羊公墮淚碑的多情故事，都是他所要師法的對象。頸聯"受俸何勞計長日，拂鬚都更趁清時"，蓋出《宋史·寇準傳》："初，丁謂出準門至參政，事準甚謹。嘗會食中書，羹污準鬚，謂起，徐拂之。準笑曰：'參政國之大臣，乃為官長拂鬚邪？'謂甚愧之。"原指丁謂逢迎官長，有失身份而言。這裏反其意而用之，意指受薪盡忠職守，不必計較長日的辛勞，而逢迎長官也要把握適當的時機行事，否則就會自討沒趣，遭人訕笑了，具有深刻的反諷意味。

至於詞賽《青玉案》方面，以賀鑄、辛棄疾兩體為準，上下片四言兩句，或用對仗，或不對仗，或多叶一韻，或少叶一韻，皆可。又下片第二句依傳統全用"仄仄平平仄平仄"句法，獲獎作品無一例外。冠軍詹居靈《青玉案》云：

平蕪暗減行雲陌。但看取、青眉薄。夢裏精魂紅灼灼。開無人賞，謝無人愕，夢醒無人覺。　前生許盡今生諾。未到今生已斑駁。院冷衾寒煙漠漠。雨教輕聽，酒教輕酌，淚眼教輕閣。

此詞叶第十六部入聲韻。上片寫花的精魂，草色暗淡，陌上的行雲漸次消散，但眼中依稀反覆重現青眉的影象，象徵花容。夢中的花魂鮮紅亮麗，可是現在花開花謝，以至睡醒都無人理會了，瀰漫著一片幽暗淒冷的情調。下片寫感情的變化，前生今生許下了很多諾言，可是都未能實現，早就變得斑駁模糊了。院子內外籠罩在一片漠漠淒冷的煙光之中，聽著輕輕的雨聲，帶著一點酒意，而眼淚也漸漸流乾了。"教"字三見都讀平聲，音 jiāo，訓使也；"閣"即"擱"字，解爲放下。此詞寫出了愛情撲朔迷離、不可捉摸的特性，在似有若無之間，刻意營造出濃厚的感人氣氛，甚至還帶有些神秘的感覺，哀怨纏綿，意象迷離。加以花與人的生命融爲一體，幽光和合，語言精煉，寫出如煙如幻的感覺，境界獨特。

亞軍王慶強《青玉案》云：

鴛鴦戲得春波皺。更綺語、聲聲扣。憶昔風清新月秀。彩虹橋畔，紫荊花下，初執紅酥手。　相逢莫比今誰瘦。檢點香瘢兩依舊。衹恨情天難補就。我還釵股，卿還珠淚，盟誓須還否。

此詞叶第十二部上去韻。上片鴛鴦戲水，花前月下，兩情相悅，色彩鮮艷。下片感情已逝，回天乏力，"檢點香瘢"也就是創傷後所留下的疤痕，瘢，音 bān。結尾三句"我還釵股，卿還珠淚，盟誓須還否"表現惘惘不甘之情，哀音似訴，餘情嫋嫋，同時更帶出語言敏銳的機鋒。

季軍張元昊《青玉案》叶賀鑄韻第四部，詞云：

> 十年夢繞煙波路。泛一舸、迢迢去。恍惚亂雲生野渡。芹泥門徑，綠陰庭戶，都是相思處。　奈他彈指成朝暮。別後空吟斷腸句。一晌清愁愁幾許。畫屏塵冷，筱牆蛩絮。點滴紗窗雨。

此詞上片回望柳州故園的景色，十年來還是縈念不已。下片則寫廣州現實的生活，刻意創造出一種幽冷凝寒的感覺。語句自然流動，可是擺脫不了賀鑄的構思和意境，過於著意。有時上下片的意象，例如"芹泥門徑，綠陰庭戶"、"畫屏塵冷，筱牆蛩絮"，造境相似。作者甚至要靠小序來說明作意，削弱了作品本身的表現力，放諸四海"都是相思處"，也就缺乏明確的書寫對象了。

在優異獎中，孫妙凝《青玉案》叶第七部也很出色，詞云：

> 灞橋信步遊絲懶。落芳徑、香千瓣。拾到春深羅帶緩。小山低處，長亭煙斷，顰損東風面。　流年若許穿針綫。願揀君心繡圖卷。總是那年楊柳岸。有花初曳，有雲微遠。有月深深見。

上片摹寫遊春意境，灞橋煙柳，情深款款。下片意象優美，色澤鮮妍，末三句輕巧流動，神魂迴蕩，尤具韻味，其實亦屬三甲之選。其他各詞亦以摹寫感情為主，幾乎全都具有婉約的風神，寫出詞體的本色。例如：

> 椒花曉滴金盤露。一曲哀弦共誰訴。白首相依天已許。

（黃倩敏）

　　　　韶華不爲多情駐。屈指歸期未能數。萬盞離愁消不去。（彭桂濤）
　　　　年來簫鼓，望中仙袂，環佩空流晒。／紫薇閣外吹葭管。未吐高花暗香滿。月浸愁漪聲漸遠。（毛進睿）
　　　　玉池朱閣，曲橋西戶。歲歲秋如故。（張曦）
　　　　當時明月，羅裙顏色，夢裏長亭道。（曹冠雄）

以上佳句琳琅，琅琅可誦。黃倩敏詞富麗堂皇，寫出美麗的遐想。彭桂濤詞仿馮延巳《鵲踏枝》之作，頗有美人遲暮、憂傷念亂之感。毛進睿中秋詞仙意翩躚，高情遠韻，明顯帶有姜夔詞的痕跡，"漪"音 yī，讀平聲。張曦秋情詞釀造一番秋色，衝開雨霧，旖旎動人。曹冠雄詞寫出花間小令搖曳的風神，尤多用和凝、柳永、晏幾道、牛希濟的名句入詞，這是學習的必經階段，如果以後能逐漸擺脫古人的影子，成就更大。

　　我們評選詞作大抵以合律、本色及意境爲主，更希望有些創意。初選時本來也選入一些現實的題材，可是後來由於格律失誤而一一淘汰了，結果決賽時只留下了這批作品，可能情韻比較狹隘，但清詞麗句，情景交融，亦屬佳製。可是很多同學都無法擺脫仿古的痕跡，說來未免有些遺憾，希望將來能夠有所改善，有所提高。

附　　錄

一、大賽公告

（一）宗旨
第三屆粵港澳臺大學生詩詞大賽由香港中文大學中國語言及

文學系、澳門大學中文系、廣州中山大學中文系、臺南成功大學中國文學系聯合主辦，旨在弘揚國粹，促進中華傳統詩詞創作，加強粵港澳臺大專院校之學術及文化交流。

（二）組別

第三屆粵港澳臺大學生詩詞大賽由香港中文大學中國語言及文學系承辦。大賽分爲詩賽和詞賽兩組。香港、澳門、廣東、臺灣四地各公立、私立大專院校、高校二〇〇八年九月持有學籍之大學生（不包括研究生）均可參賽。

參賽者可單獨參加詩賽或詞賽，亦可同時參加詩賽和詞賽。參賽作品以一首爲宜，最多可交兩首，每人獲獎以一首爲限。參賽者可以同時在詩賽和詞賽中獲獎。參賽作品糊名評選。入選作者須於十一月間在原居地與大賽評委見面，確認其作品之真實性，始得獲獎。未入選者身份予以保密。參賽作品必須爲未經發表之原作，頒獎前亦不能在網上發佈，倘發現有抄襲及違規成分，則取消獲獎資格。

（三）大賽評委

詩賽：陳永正教授（中山大學）、張海鷗教授（中山大學）、吳榮富教授（臺灣成功大學）、劉衛林教授（香港城市大學）、程中山博士（香港中文大學）。

詞賽：王偉勇教授（成功大學）、施議對教授（澳門大學）、彭玉平教授（中山大學）、趙維江教授（暨南大學）、黃坤堯教授（香港中文大學）。

（四）獎項

冠軍一名，獎金港幣四千元。

亞軍一名，獎金港幣三千元。

季軍一名，獎金港幣二千元。

優異獎六名，獎金各港幣一千元。

詩賽、詞賽各設獎額九名，合共 18 名。

（五）規則

1. 詩賽規則。

體裁：五律或七律。

題目：作者自定。以簡單明白爲主，不宜太長。儘量不用注釋。

用韻：以《平水韻》或《佩文詩韻》爲準，限用上平"四支"韻或下平"十二侵"韻。

2. 詞賽規則。

詞牌：《青玉案》。賀鑄、辛棄疾兩體皆可。

題目：作者自定，可以不寫。儘量不用小序，更不宜用長序及注釋。

用韻：以《詞林正韻》爲準，不限韻部。一韻到底。上去聲通叶，入聲單獨叶韻。

譜式參考：

凌波不過橫塘路。但目送、芳塵去。錦瑟華年誰與度。月橋花院，瑣窗朱戶。只有春知處。　飛雲冉冉蘅皋暮。彩筆新題斷腸句。若問閒情都幾許。一川煙草，滿城風絮。梅子黃時雨。（賀鑄《青玉案》）

東風夜放花千樹。更吹落、星如雨。寶馬雕車香滿路。鳳簫聲動，玉壺光轉，一夜魚龍舞。　蛾兒雪柳黃金縷。笑語盈盈暗香去。眾裏尋他千百度。驀然回首，那人卻在，燈火闌珊處。（辛棄疾《青玉案》）

（六）投稿

2008年10月1日至20日接受電子投稿，作品寄第三屆粵港澳臺大學生詩詞大賽專用網站：http://win2003.chi.cuhk.edu.hk/poetry-comp。稿件必須依格式填寫姓名、所在地學校、院系、班級、學生證號碼、身份證號碼、電話、電郵地址各項。

（七）結果公佈

2008 年 12 月上旬在網站（http：//win2003.chi.cuhk.edu.hk/poetry-comp）公佈獲獎作品，違規者將被取消獲獎資格。

2008 年 12 月 20 日下午三時，在香港中文大學謝昭傑室舉行頒獎典禮，並正式宣佈獎項名次。

（八）查詢及聯絡

香港中文大學中國語言及文學系

電話：852-26097074

電郵：poetry-comp@cuhk.edu.hk

中山大學中文系

電話：86-20-34145047

電郵：bzsurj@gmail.com

澳門大學中文系

電話：853-66851379

電郵：sunnytea18@yahoo.com.hk

臺灣成功大學中國文學系

電話：886-6-2757575 轉 52101，52127

電郵：wwy43@mail.ncku.edu.tw

二、獲獎名單

詩　組

冠　軍　詹居靈　惠州經濟職業技術學院計算機專業二〇〇六級
亞　軍　張元昊　中山大學生命科學學院生物科學專業二〇〇六
　　　　　　　　級二班本科生

季　軍	江曉輝	（臺灣）"國立"中山大學文學院中文系四年級
優異獎	余華茵	香港浸會大學工商管理金融系二年級
	林宗衡	華南師範大學文學院中文系二〇〇六級一班本科生
	胡志成	中山大學中山醫學院二〇〇四級十四班本科生
	陶永德	香港中文大學歷史系二〇〇八級本科生
	許朝發	臺灣遠東科技大學夜二技機械學士班機一義
	黃　昇	華南師範大學文學院漢語言文學系二〇〇五級

詞　組

冠　軍	詹居靈	惠州經濟職業技術學院計算機二〇〇六級本科生
亞　軍	王慶強	中山大學中山醫學院生物醫學工程二〇〇五級本科生
季　軍	張元昊	中山大學生命科學院生物科學專業二〇〇六級二班本科生
優異獎	孫妙凝	香港教育學院中文學系
	黃倩敏	澳門大學社會科學及人文學院二〇〇五級本科生
	彭桂濤	中山大學傳播與設計學院新聞學二〇〇六級本科生
	毛進睿	中山大學中文系二〇〇六級本科生
	張　曦	中山大學中文系二〇〇七級本科生
	曹冠雄	中山大學信息科學與技術學院二〇〇六級本科生

第四屆蒹葭杯中山大學詩詞創作大賽[*]
獲獎作品（2009 年 4 月）

詩　組

過寒柳堂　　戴永福

康園寂寂學人魂。芳草堂前幾度春。
寒月無心空照影，落花有意自歸塵。
河汾續夢楚山側，洙泗微吟珠水濱。
可奈此生隨化盡，文章已是萬年身。

戲為臛詞　　毛進睿

悲者卿卿更孰親。落花心緒例千春。
青衿未濕西陵雨，白首相期北牖人。
吹到參差辭氣厚，求諸零露肺肝淳。
踟躕數誤歸鴻影，眉目盈盈顧未真。

---

[*] 按，本賽事無評點文章。

傷別　　馮俊熙

花發枝頭柳色新。平蕪碧處起芳塵。
千山目極陽關唱，萬里魂銷別賦陳。
滄海茫茫珠濺淚，瀛洲渺渺月迷津。
此緣一滅成虛夢，何日天涯遇故人。

無　題　　王　路

忍令明鏡落纖塵。白髮青絲有宿因。
十里春風曾識我，一鉤夜月正懷人。
流光頗覺成藏鹿，蝶夢何勞到採薪。
淚眼芳菲難挽住，但憐傾國也憐身。

二十年大夢初覺賦為此記　　顧一心

漠漠寒侵袖底春。縈懷心事已生塵。
洛陽花下蹉跎客，姑射山中寂寞身。
一枕清愁如故我，十年哀賦泣騷人。
青衫俱與琴簫逝，且作歌聲渭水濱。

感時事作　　王衛星

可是偃師身後身。機關如鬼勢通神。
消沉藝苑雕龍手，奮起江湖打虎人。
白簡盈箱同扼腕，黃沙蔽道獨埋輪。

點睛破壁非無日，祇恐吾公不好真。

留園　吳明波

留園爲盛氏宣懷舊宅，想見其爲人，有所感，是以記之。
宦途卅載一卑身。移目千山萬古塵。
浩蕩末朝崇武略，承平四海患儒臣。
移風未果江山墮，濟國無心聖教湮。
何不武丘邀澹月，待將胡馬怒蒸民。

感懷　胡志成

長嘯乾坤不許真。古來幾客見陽春。
滄洲猶自愁狐鼠，大道奈何縈棘榛。
霧鎖長戈難返日，酒沉綠綺且安貧。
登樓極目微茫處，耿耿稀星渡旅人。

遊清暉園紅葉書屋　任家賢

戊子夏某日，余晨遊清暉園。時颱風甫定，遊人稀少。至紅葉書屋（今名狀元坊），見館閣清幽，遂有作。
幾番風雨洗紅塵。漫許苔痕入戶新。
伴讀松濤來繞閣，爭鳴鶯語漸侵晨。
素箋尚染憂民淚，檀案空憑與國臣。
料得明朝佳日麗，捲簾定是趕科人。

詞　組

天仙子　　陳可嘉

記得東園攜手遍。驗取紅衣渾未變。碧桃花謝太傾城，隨夢遠。和愁亂。春色從來容易斷。　　百丈遊絲無計綰。人世別離今已慣。江南誤種是情根，都成幻。空吹散。莫聽啼鵑雲水畔。

天仙子·柳　　王衛星

二月東風初試剪。未學入時先學怨。纖纖翠黛爲何顰，晴山亂。鄉山遠。更惱雲山遮望眼。　　多少柔腸牽一綫。數曲陽關都折遍。送春歸去又逢君，青漸展。絲猶綣。淚跡深來塵跡淺。

天仙子　　張　曦

畫閣疏窗簾半捲。玉案銅爐香一綫。東風如昨柳如煙，碧池滿。鶯聲軟。飄絮霑衣人不見。　　微雨遮來山色淺。新草連天雲欲剪。閒愁非爲苦傷春，飛花岸。斷腸院。醉裏偏逢雙彩燕。

天仙子·贈愛琪及石頭二好友　　陸巧賢

曾記賞春花滿苑。長嘯碧天同望遠。孔明燈起月纖纖，談笑宴。如初見。喬木鳥鳴星暗轉。　　吟得寸心空淚眼。祇道別離傾玉盞。才情猶被世消磨，無計挽。隨風散。零落此生何日返。

天仙子　　溫子成

雨過小橋紅杏倦。柳影暗移青玉幔。飛花祇解嫁東風，垂楊岸。琉璃盞。吹去相思無復返。　　猶記溪橋春踏遍。風冷雨淒驚夢斷。十分離恨算如今，歸燕晚。朱顏換。畫閣軒窗塵積滿。

天仙子　　顧一心

玉漏聲聲催驟晚。此夜春風悲畫扇。樓臺深處已霑衣，清商轉。紅牙慢。一曲雲山輕隔斷。　　夢裏不諳花事短。辜負平生青眼看。曉來殘念竟茫然，簾未捲。人初散。又是何年芳草岸。

天仙子·荷　　江雲鵬

浣罷粉妝新霽晚。照水數痕香繾綣。翠裙紅玉憶娉婷，風漸懶。衣初緩。翻認碎瓊凝淚眼。　　一枕朔寒霜鬢亂。冷雨助秋敲碧盞。芳心挼盡證來生，清夢斷。纖雲散。煙月滿汀猶婉轉。

天仙子　　艾輝兵

殘夢依稀知夜短。黯黯雙眉愁未展。窗前霏雨燕輕盈，當時見。桃花面。憶裏春華紅滿院。　　自在浮雲舒又捲。連亙翠微窮目遠。衡陽去雁幾時歸，今望斷。勞生亂。花落中庭三兩片。

天仙子　　曹冠雄

王粲春遊何極遠。落盡芳菲猶不返。夢回當日別君時，楊柳岸。金樽滿。曲曲離歌聽未半。　　莫把庾郎詞筆喚。欲寫相思腸已斷。拈針織就彩羅巾，青玉案。梨花院。堂上白頭雙息燕。

附　錄

一、大賽公告

　　本次比賽分詩組與詞組，研究生與本科生同等參賽。參賽者最多可投詩、詞各一首（超出者祗取第一首）。
　　詩賽規則：體爲七律。韻限上平聲"十一眞"，以《平水韻》爲準。題目自定；若有序，請用文言，儘量簡短。
　　詞賽規則：詞牌爲《天仙子》（雙調），格依張先"水調數聲持酒聽"一詞。平仄悉依《詞譜》及《詞律》。韻依《詞林正韻》"第七部仄聲：上聲十三阮（半）十四旱十五潸十六銑去聲十四願（半）十五翰十六諫十七霰通用"。題目自定；若有序，請用文言，儘量簡短。

投稿人須在中國文體學研究中心網站首頁（http://wtx.sysu.edu.cn/）下載比賽用表，填寫完整，投入大賽徵稿專用電子郵箱：jianjiashisai@126.com。

所有參賽作品將由專人糊名編號，交付評委打分以定名次。詩組、詞組均設一、二、三等獎各一名，優秀獎各六名，獎金分別爲三百元、二百元、一百元、五十元。獲獎者還將獲得證書及詩社社刊《粵雅》一冊。

徵稿日期：4月6日—5月3日
公示日期：5月15日—5月20日
張榜及頒獎日期：5月下旬
詳情請密切留意：http://wtx.sysu.edu.cn

主辦：中山大學中國文體學研究中心
承辦：中山大學嶺南詩詞研習社

二、獲獎名單

詩　組

一等獎　戴永福　中山大學中文系二〇〇六級本科生
二等獎　毛進睿　中山大學中文系二〇〇六級本科生
三等獎　馮俊熙　中山大學地球科學系二〇〇七級本科生
優秀獎　王　路　中山大學地理科學與規劃學院二〇〇四級本科生
　　　　　顧一心　中山大學中文系二〇〇七級本科生
　　　　　王衛星　中山大學中文系古代文學二〇〇七級碩士生
　　　　　吳明波　中山大學哲學系美學二〇〇七級碩士生

     胡志成 中山大學附屬第一醫院醫學影像系二〇〇九級碩士生
     任家賢 中山大學中文系古代文學二〇〇七級碩士生

詞　組

一等獎 陳可嘉 中山大學中文系古代文學二〇〇八級碩士生
二等獎 王衛星 中山大學中文系古代文學二〇〇七級碩士生
三等獎 張　曦 中山大學中文系二〇〇七級本科生
優秀獎 陸巧賢 中山大學中文系二〇〇五級本科生
   溫子成 中山大學環境科學與工程學院二〇〇七級本科生
   顧一心 中山大學中文系二〇〇七級本科生
   江雲鵬 中山大學中山醫學院二〇〇八級本科生
   艾輝兵 中山大學藥學院二〇〇七級碩士生
   曹冠雄 中山大學信息科學與技術學院二〇〇六級本科生

第四屆粵港澳臺大學生研究生詩詞大賽獲獎作品（2009年10月）

一、獲獎作品

（一）大學生詩組

讀《湘真閣存稿》有感　　黃文新

萍絮可知身似寄，天涯除卻已無家。
高樓月落琴聲遠，玉枕香銷鬢影斜。
每過新亭垂涕淚，但聽杜宇望京華。
人間識盡離愁味，況又傷心見杏花。

秋　思　　張　曦

酒冷燈殘竹影斜。幾番離索恨無涯。
西風昨日纔侵袖，寒雨今朝又落花。
遍憶浮生皆是幻，偶爲鄉夢竟成奢。
素心欲寄何由寄，淡月孤城滿暮笳。

將畢業感懷　　柯德飄

昨日清歡不可延。稻粱消盡舊纏綿。
南山草塞難尋徑，員嶠濤迷叵放船。
異代空彈馮子鋏，同儕多著祖生鞭。
此身未向靈氛卜，且待摶搖翼奮天。

有　感　　江雲鵬

俯仰乾坤歎眇然。玉闌倚遍訴心箋。
竭來苦雨鳴高閣，暗裏寒蛩趁斷弦。
已恨瘏痪銷病骨，偏將葵藿負吟肩。
中腸剖出秋風冷，短夢人間又一年。

對　月　　黑　白

獨倚高樓望碧天。清姿何處是嬋娟。
花移殘影秋江曲，聲斷寒鴉老樹邊。
舞遍霓裳酬冷月，吟成珠淚換衰年。
情真未必同心意，夜夜幽思抱夢眠。

西湖消夏　　嚴　偉

江南蓮葉漫田田。綠滿橋亭生碧煙。
飲賦東坡堤側客，畫眉西子鏡中天。
月明影動芙蕖長，風淨香飄自在眠。

樓外青山環翠遠，曉來一棹忘漁荃。

讀義山錦瑟詩　　唐詩嫣

永夜牽懷祇此篇。蕭蕭錦瑟益潸然。
憐誰舊夢思新夢，剩爾詩弦化管弦。
百味浮沉心不易，孤身寥落月長偏。
何如解得書生恨，愁緒無非是鄭箋。

登潮州韓文公祠侍郎閣　　侯潔曉

高閣登臨淥水前。扁舟一葉荻花邊。
西風古道無行客，殘日霜林幾杜鵑。
秦嶺雲深愁似海，藍關雪聚恨連天。
詩人不幸潮人幸，從此蠻荒多俊賢。

春日北憶　　劉　帆

鴻雁尋鄉背晚霞。天涯遙望暮雲遮。
和風初剪村頭柳，細雨還沾巷尾花。
思入琴弦聲滯澀，夢回窗月影欹斜。
何須惆悵身爲客，春滿河山處處家。

遊西樵山　　李林濤

詩情催發煙霞癖，越徑穿橋訪石泉。

風入千林枝簌簌，巖留一綫水濺濺。
娉婷花落伽藍裏，寂寞鶯啼書院前。
山色清奇難盡詠，倩誰妙筆寫鴻篇。

(二) 研究生詩組

無 題　　姚達兌

碧海紅雲幾夢痕。嗟誰著意與招魂。
江東新義何曾少，海上浮槎竟或存。
左氏遺才埋草澤，狙公賦芧換乾坤。
定庵早感春愁重，獨詠殘花遠帝閽。

感 懷　　莫岸洪

玉兔豈知孤客意，清輝長夜繞秋魂。
東南誰補金甌缺，西北猶聞羌笛喧。
斷雁已鳴悲遠路，游魚偏困覓龍門。
依稀歌舞忍回首，萬里江天倚陋軒。

有 感　　胡志成

子立天涯欲斷魂。無端風雨又黃昏。
寒侵小院花空發，翠轉深山鳥自喧。
百劫成灰塵世換，半生迷夢素心存。
微茫漫起人間路，耿耿疏星獨佩萱。

與舊友集　　翁礪鋒

瀟瀟急雨付湘波。岸泛微光映碧蘿。
分坐亭中山水闊，回看身外感懷多。
銜杯早改難勝酒，聞訊輕歎復縱歌。
但得相逢且相守，請君莫問夜如何。

旅京偶感　　吳明波

少年適魯慕丘門。荏苒千秋禮樂敦。
絕地胡塵喧楚甲，歲華零雨泣黃昏。
哀矜詞客傷時弊，破碎河山驚夢魂。
此夜故園心上過，院深簾重掩春痕。

水　　方淑範

昨夜山泉翠谷過。微風細雨潤池荷。
長江漲落寧無際，大澤瀠洄豈不波。
小澗千秋何所慮，清流異代總如梭。
汪洋遼廣憑魚躍，月色溶溶與世和。

無題　　陳可嘉

月華盈手倍銷魂。一片冰心賴此存。
專夜情愁成魅影，入秋風露幻雲痕。
人間寂寞我初識，花下榮枯誰細論。

莫笑庭前歌與泣，蒼茫立盡已無言。

霽　夜　　蘇穎添

霹靂驚開萬古昏。雲煙初霽浩無垠。
鏡湖碧合江山影，苔石寒添歲月痕。
松竹風聲新境界，斗牛神氣貫乾坤。
翠微澹蕩平林暖，搖曳波光泛曉暾。

題梅關古道　　吳曉妹

嶺海城關幾廢存。兩江分際亂雲翻。
聖朝豪傑皆南播，一路梅花向北繁。
野老方思全盛日，屬車又出永寧門。
天風浩蕩吹山木，擬喚精魂細與論。

送友人　　周晏生

君歎江湖秋水多。沉浮欲泛武陵波。
彈冠莫怨滄浪水，知命時披煙雨蓑。
天地無言四時律，興亡有責兩拳摩。
停雲遠望詩何益，菊亂東籬醉亦歌。

飲　茶　　張志豪

銷愁對酒月前歌。我獨烹茶發興多。

細水引思金闕瀑，淺甌試擬玉梨渦。
香開倦眼風塵散，筆寫蕪章歲候過。
休訝尋常浮世客，逍遙壺內豈蹉跎。

(三) 大學生詞組《蘇幕遮》

蘇幕遮　　張　曦

草痕深，苔徑淺。嘉樹彤雲，半映西窗暖。花影窺簾香似綻。煙水盈盈，幾抹鶯啼軟。　　憶歡遊，懷舊苑。驟雨無情，不若郎情短。望極蓬山遮淚眼。薄夢如絲，一夜隨風遠。

蘇幕遮　　黃文新

綺羅香，眉黛翠。月冷軒窗，柳蕩輕煙碎。獨倚斜闌人不寐。零落梨花，疊作冰綃淚。　　斷橋亭，分袂地。夢裏相尋，卻是他年意。可奈情深終未悔。寒夜簫聲，愁入西湖水。

蘇幕遮　　范旭艷

月痕濃，花意巧。東舍寒梅，相見殷勤道。輕繞芳叢人語悄。心事千重，都作低眉笑。　　雨茫茫，煙渺渺。冷夜孤燈，搖曳隨風小。山水迢迢歸路杳。夢醒無言，一夜聽潮老。

蘇幕遮　　張元昊

竹煙涼，桐影碎。繞閣秋星，雲外秋鴻逝。一枕清寒消薄醉。瑟瑟昏燈，殘夢還相避。　　篋中詩，衣畔淚。一種相思，兩樣銷魂味。驀地霜風欺素袂。倦聽江聲，闔眼雞聲起。

蘇幕遮·柳　　江雲鵬

剪東風，凝翠羽。記取初妝，但向差池語。淺黛梳成千萬縷。一縷鄉心，一縷秋情緒。　　倚清寒，留醉舞。欲折柔條，恨結長亭路。倦客何堪聽夜雨。怕解湘環，歸夢隨輕絮。

蘇幕遮　　毛進睿

句成灰，人似舊。袂上題痕，半惹啼痕透。樓盡西關還執手。君有他心，我意君知否。　　荔支灣，甘竹酒。月近樽前，夢覺終難偶。玉影盈盈流去後。擲與魚龍，刻骨雙紅豆。

蘇幕遮　　歐陽逸風

鬢雲遮，腮雪度。曉燕催簾，簾捲驚飛去。柳拂曾經攜手處。一夜春風，展盡花千樹。　　數歸期，傷別緒。夜夜應憐，孤月清如許。也道蓬山無遠路。半掩幽窗，漫聽行人語。

蘇幕遮　　林澤武

白萍花，黃葦葉。漠漠江天，雲外勾新月。浪捲寒汀沙似雪。隔岸丹楓，搖落愁千疊。　　遠帆停，芳草歇。鷺鷥徘徊，孤影傷情切。何處疏鐘聲漸咽。滿鬢西風，此景無人說。

蘇幕遮·悼八八水災　　王翠屏

密雲飛，迷霧繞。阿里山高，螢點緋櫻俏。頃刻風光成險沼。天際無常，未可凶災料。　　疾風驅，霪雨掉。滾滾汪洋，浪捲林村曉。屋塌垣殘人跡杳。無盡瘡痍，朗日何時照。

蘇幕遮　　曹冠雄

武陵寒，黃葉積。秋月當年，長照沱江舴。曾是承平詩酒客。臨水登山，夜夜聞輕笛。　　暮初濃，燈漸晰。秋月今年，祇照離人屐。羈旅唯知風瑟瑟。莫問明年，何處看秋色。

蘇幕遮·雨　　劉奕航

整還斜，朝復夕。一匝何情，遍洗人間色。花底難飛愁盡濕。轉落泥塗，漫自闌紅織。　　促詩魂，蘇病骼。欲話巴山，遙夢輕無力。望斷黃梅天咫尺。意任東君，霽曉西窗寂。

（四）研究生詞組《淡黃柳》

淡黃柳　　陳可嘉

相思倦也，影事誰追惜。陌上啼紅歸寂寂。點檢三年素約，空有盈盈斷腸碧。　　咽寒笛。芳洲亂雲隔。甚情緒、恨無極。步幽窗竹淚成涓滴。一片冰心，夢尋千度，回首江星熠熠。

淡黃柳·中秋詠荷　　酈希恩

心香一瓣，花落蓮蓬結。藕斷絲連情切切。寫盡經書萬卷，誰想因緣似燈滅。　　又佳節。枯荷聽愁月。置杯酒，忘離別。料從今杳杳音塵絕。淚眼成空，素心人遠，唯見西風捲葉。

淡黃柳　　姚達兌

樓頭倦月，曾照當年別。夢裏鶯花情切切。夢斷歌沉舞歇，難覓幽香不堪說。　　甚清絕。良辰又虛設。碧樓隔，鳳簫咽。算人間月也圓還缺。舊約相尋，舊遊如我，唯有飛來夢蝶。

淡黃柳　　胡志成

煙濃月冷，掩映輕黃弱。跡遠情疏香漠漠。未減蟾宮秀色，同沐清光奏清樂。　　素心託。因緣怨微薄。莫惆悵，且酬酢。奈容銷鬢減遺斑駁。漫撿殘英，錦囊收了，還待嬋娟再約。

淡黃柳·西湖曲院風荷　　翁礪鋒

花新草嫩，蘇白皆遊客。靜望孤山溶水色。翠袖紅衣未發，唯有風裳著松柏。　　向橋北。廊深內湖窄。倚窗坐，忽清寂。似仙人欲訪凡塵隔。柳絮徐飛，水煙初起，相勸徜徉此夕。

淡黃柳·向晚遊成功湖　　林淑華

風穿老樹，光浸青榕隙。課罷餘鐘聲漸寂。夕日醺黃泛紫，交織浮雲染糖蜜。　　柳閒拭。清波彩瓷珀。入奇景，駐行客。伴垂髫更拾湘靈跡。綠水紅霓，小山容褪，黌舍書城靜熠。

淡黃柳　　王　路

檀痕照眼，任是東風拭。拭到心傷春寂寂。又苦深宵冷雨，敲斷殘紅夜如織。是何夕。迢遙水山隔。負相許，莫相憶。怕泠泠暗減傾城色。我愧精禽，劇憐滄海，溶盡無邊月白。

淡黃柳　　許淑惠

寒蟬泣露，日夕人沉寂。斷雁西風聲歷歷。淚滿衣衫袖重，凝佇雲窗獨追憶。　　酒痕浥。前塵竟難覓。片帆遠，絕消息。悵魚書欲寄無行跡。永夜迢迢，亂弦慵理，唯有秋蟲唧唧。

淡黃柳　　金春媛

疏星淡月，籬角濤聲寂。兩兩青禽飛復息。岸上行人散去，霜菊嬌黃自秋色。　　朗吟客。攜將醉春碧。協騷韻，入琴席。待南枝一點芸窗白。促織鳴先，塞鴻來早，飛夢天門八翼。

淡黃柳·莫拉克風災有感　　郭修賢

滂沱驟雨，蕭颯風吹急。水漫重山天地坼。斷岸千尋落寞，回夢頻催異鄉客。　　怎將息。沉吟半寥寂。小樓月，故園宅。又傾杯酒滿長悽惻。盡歇繁華，古都名勝，終付秋波暮色。

淡黃柳　　許嘉瑋

雲間嗣短，興替終分陌。浪湧金陵常惻惻。試問鴻詞舉辟，青兕前身可曾識。　　燕飛寂。煙花乞爲食。半生憶、冒襄宅。共漁洋錫鬯分秋色。倩取紅巾，異紋真艷，珠淚澄清轉碧。

二、大賽評點

素心人遠
——第四屆粵港澳臺大學生研究生詩詞大賽
黃坤堯（香港中文大學）

第四屆粵港澳臺大學生研究生詩詞大賽（2009）由香港中文大學、澳門大學、中山大學、臺南成功大學的中文系聯合主辦。本屆除了原有大學生組的詩、詞比賽之外，還新設了研究生組的詩、詞比賽。此外，大會臨時還各增添了特別獎兩名，鼓勵各組的佳作。此次評判決出獲獎作品之後揭名，照往例放在網站上公示，其中一首發現出韻，取消了獲獎資格。又公示期間從網頁上看到很多的批評意見，主要針對律詩的對仗方面，共十一例，分屬七位作者。

> 高樓月落琴聲遠，玉枕香銷鬢影斜。（黃文新）
> 每過新亭垂涕淚，但聽杜宇望京華。（黃文新）
> 花移殘影秋江曲，聲斷寒鴉老樹邊。（黑　白）
> 分坐亭中山水闊，回看身外感懷多。（翁礪鋒）
> 絕地胡塵喧楚甲，歲華零雨泣黃昏。（吳明波）
> 哀矜詞客傷時弊，破碎河山驚夢魂。（吳明波）
> 聖朝豪傑皆南播，一路梅花向北繁。（吳曉妹）

野老方思全盛日，屬車又出永寧門。（吳曉妹）
天地無言四時律，興亡有責兩拳摩。（周晏生）
長江漲落寧無際，大澤瀠洄豈不波。（方淑範）
小澗千秋何所慮，清流異代總如梭。（方淑範）

　　很多批評者認爲律聯中有些詞語或詞組不成對仗，例如"高樓"對"玉枕"、"月"對"香"等，未見工整，不宜獲獎。我們認爲大家看待律聯過於嚴謹，有時還要照顧上下文的整體表現，寬對無傷大雅，看來還是可以接受的。其他還有讀音、句法、興味、用典、拼湊、因襲等，指出問題所在，頗爲激烈。可見大家關心詩賽的表現，自是好事。不過詩無達詁，表現的手法亦多，審美的標準不同，藝術風格各異，很難完全一致。其實參賽作品中有很多犯律的作品，平仄叶韻錯了，根本不能入圍。剩下完整的作品不多，評判在有限的作品中選出入圍佳作及加以排序，不同的評判各有好尚，其實都已兼顧不同的品味了。此外，評判對於三甲及優異獎之間的排名也不見得完全一致，大家對每首作品都經過嚴格的評頭品足，肆意挑剔，點出死穴所在，辯證優劣，有時爭持不下，最後還得用投票及計分的方式決定名次高下。因此詩詞賽果往往就是相互遷就、相互妥協的結果，不是某一位權威說了算的。這祇能說是有限時空下的藝術表現，不同的評判組合可能會有不同的排名，冠軍也不見得就是最好的作品，並不奇怪。如果由網民投票，可能又別有一番氣象了。

　　本屆大學生組的詩組冠軍黃文新是詞組的亞軍，而詞組冠軍張曦剛好又是詩組的亞軍，江雲鵬同獲詩、詞兩組的優異獎。又研究生組的詩組冠軍姚達兌是詞組的季軍，詞組冠軍陳可嘉兼得詩組的優異獎；詩組季軍胡志成兼得詞組的優異獎，翁礦鋒詩詞俱獲優異獎。兩組的評判完全不同，又是糊名選出來的，這是巧合，還是說明他們七人的詩詞造詣俱佳，很容易獲得評判的垂青,在眾多的作品中脫穎而出,值得大家注意。又本屆張曦、胡志成、蘇穎添、張元昊、毛進睿、王路六人都曾在前三屆中獲獎,實至名歸,絕非僥倖,有待繼續不斷的努力,再上層樓,開拓新境界。

當然,在公示過程中,有時也會被人批評得體無完膚的,甚至要求拉下來,撤換作品,改變名次。例如大學生組冠軍黃文新《讀〈湘真閣存稿〉有感》云:

萍絮可知身似寄,天涯除卻已無家。
高樓月落琴聲遠,玉枕香銷鬢影斜。
每過新亭垂涕淚,但聽杜宇望京華。
人間識盡離愁味,況又傷心見杏花。

有人不喜歡這首詩,認為首句是詞句,全無詩味。第二句"天涯除卻"犯了倒裝毛病,不合文法。末聯結得毫無興味。此外最要命的是中間兩聯完全不成對,所有的語句、對仗笨得不能再笨。言外之意可能評判更笨。面對這麼嚴重的指控,真的不知道該怎麼說了。根據題目所說的,此詩蓋寫讀陳子龍詞的感受。首句亡國之後身世飄零,第二句用倒裝句法更見精煉,突出"無家"的感覺,一切斷絕,天涯萍絮,也就構成首聯沉哀百感的身世了。頷聯辜負美人的一番情意,頸聯專寫國祚淪亡,其實都是突出"無家"之感。此詩對仗稍寬,但也不見得不對。末聯"杏花"既是《湘真閣存稿》中的實景,同時也暗用了宋徽宗《燕山亭》"北行見杏花"的喻意,寄託明朝亡國之恨。這首詩可能沒有太多的新意,但勝在結構平穩,音節跌宕,孤臣孽子,表現興亡的主題,奪魁祇是相對的表現而已。如果跟亞軍張曦《秋思》"遍憶浮生皆是幻,偶為鄉夢竟成奢"、季軍柯德飄《將畢業感懷》"南山草塞難尋徑,員嶠濤迷叵放船"相較,亞軍輕巧，季軍迷惘，而冠軍之作綺靡纏綿，詩的容量和意境可能亦高下立判了。至於優異獎中，江雲鵬《有感》一詩大量挪用了同門的詞語和句法，但他重新組裝，並不構成抄襲嫌疑，而且運用之妙，得到評判的賞識，也是一種嘗試。其實我們寫詩所用的詞語，很多時都是反覆模仿前人的，哪有太多的新詞和新意。嚴偉《西湖消夏》用了綠、碧、翠、青四種顏色，有人以爲拼湊，其實墨有五彩，西湖的翠綠在遠近高低之中自然也有不同層次，這會牽涉詩藝的高下嗎？

至於研究生組冠軍姚達兌的《無題》云：

> 碧海紅雲幾夢痕。嗟誰著意與招魂。
> 江東新義何曾少，海上浮槎竟或存。
> 左氏遺才埋草澤，狙公賦芧換乾坤。
> 定庵早感春愁重，獨詠殘花遠帝閽。

此詩賦詠陳寅恪的一生，所以用了很多陳寅恪詩中的句子，例如"紅雲碧海映重樓"、"古人久死欲招魂"、"江東舊義饑難救"、"江東舊義雪盈頭"、"狙公賦芧意何居"、"細雨殘花晝掩門"等，可以說是融化，也有人認爲用典太多，語感欠佳。大抵首聯寫滄桑之後，誰可招魂。頷聯"江東新義"出《世說新語・假譎》："權救饑爾，無爲遂負如來也。"這是愍度道人渡江求生的權宜之計，但陳寅恪浮槎南下，仍是著述不斷。頸聯盛稱陳寅恪兼具史學家和思想家的風範。末聯則以龔自珍的知幾（jī）爲喻，落紅護花，遠離昏暗的朝廷。全詩一氣呵成，典雅厚重，自然也表現出冠軍詩的神采了。其他亞軍莫岸洪《感懷》云："斷雁已鳴悲遠路，游魚偏困覓龍門。"季軍胡志成《有感》云："百劫成灰塵世換，半生迷夢素心存。"都處於困境之中，未得突破。又優異獎中方淑範《水》云：

> 昨夜山泉翠谷過。微風細雨潤池荷。
> 長江漲落寧無際，大澤濚洄豈不波。
> 小澗千秋何所慮，清流異代總如梭。
> 汪洋遼廣憑魚躍，月色溶溶與世和。

此詩句句寫水，甚至連末句"月色溶溶"其實也就是月華如水的意象。四聯寫出水的動感，水從四面八方、千秋異代流過，擺脫時空的局限，一片浩瀚。全詩精巧平和，頗見新境。特別獎張志豪《飲茶》云：

> 銷愁對酒月前歌。我獨烹茶發興多。
> 細水引思金闕瀑，淺甌試擬玉梨渦。
> 香開倦眼風塵散，筆寫蕪章歲候過。
> 休訝尋常浮世客，逍遙壺內豈蹉跎。

首聯對月烹茶，表現雅興；次聯由細水、淺甌比擬瀑布及梨渦，想象出奇；三聯寫飲茶可以消解風塵，觸動文思；末聯寫出了浮世逍遙的意境，更爲動人。寫實之中，浮想聯翩，殆屬佳製，惹人喜愛。

第四屆詞賽網上的議論不多，頗爲平靜。大學生組填《蘇幕遮》，冠軍張曦詞云：

> 草痕深，苔徑淺。嘉樹彤雲，半映西窗暖。花影窺簾香似綻。煙水盈盈，幾抹鶯啼軟。　　憶歡遊，懷舊苑。驟雨無情，不若郎情短。望極蓬山遮淚眼。薄夢如絲，一夜隨風遠。

上片摹寫春景，香軟柔媚。下片抒發怨情，"驟雨無情，不若郎情短"一句尤爲凄楚動人，然後又逐漸消解，而薄夢亦隨風遠逝了。寫出詞體的本色和神味。

亞軍黃文新《蘇幕遮》云：

綺羅香，眉黛翠。月冷軒窗，柳蕩輕煙碎。獨倚斜闌人不寐。零落梨花，疊作冰綃淚。　斷橋亭，分袂地。夢裏相尋，卻是他年意。可奈情深終未悔。寒夜簫聲，愁入西湖水。

上片摹寫夜景，寧靜綺靡，其中"零落梨花，疊作冰綃淚"一句柔情似水，意象優美。下片專寫西湖斷橋情事，化作了"寒夜簫聲"。中間兩句翻來覆去，稍嫌直露，衹是自怨自艾，也就比不上冠軍婉約渾成的表現了。冠軍及亞軍分別在詩詞中各領風騷，兩人才情相若，評審出來的結果，不約而同的，看來也有些巧合了。季軍范旭艷《蘇幕遮》上下片兩結"心事千重，都作低眉笑"、"夢醒無言，一夜聽潮老"，寫情意也很細緻傳神，有些生動。又優異獎王翠屏《蘇幕遮》"悼八八水災"最具寫實意味，呼應時事。特別獎劉奕航《蘇幕遮·雨》云：

整還斜，朝復夕。一匝何情，遍洗人間色。花底難飛愁盡濕。轉落泥塗，漫自闢紅織。　促詩魂，蘇病骼。欲話巴山，遙夢輕無力。望斷黃梅天咫尺。意任東君，霽曉西窗寂。

上片漫天飛雨，瀟瀟灑灑；下片雨中懷想，渴望雨霽。此詞句句寫雨，照應嚴密。唯下片首句"促詩魂，蘇病骼"有些例外，其實也是由雨景促成的，叫人精神一振，亦爲佳製。

研究生組填《淡黃柳》。冠軍陳可嘉詞云：

相思倦也，影事誰追惜。陌上啼紅歸寂寂。點檢三年素約，空有盈盈斷腸碧。　　咽寒笛。芳洲亂雲隔。甚情緒、恨無極。步幽窗竹淚成涓滴。一片冰心，夢尋千度，回首江星熠熠。

起句"相思倦也"破空而來，顯得凌厲。上片舊盟已逝，空餘斷腸之感。下片笛聲繚繞，幽窗竹淚，釀造出複雜的感覺世界。結拍夢中尋覓，江星閃爍，自然又帶出一番新希望來了。此詞結構輕巧，意象鮮明，詞語華麗，感情深刻，"三年素約"亦虛亦實，風神搖曳，更可以豐富讀者的想象。

亞軍鄺希恩《淡黃柳·中秋詠荷》云：

心香一瓣，花落蓮蓬結。藕斷絲連情切切。寫盡經書萬卷，誰想因緣似燈滅。　　又佳節。枯荷聽愁月。置杯酒，忘離別。料從今杳杳音塵絕。淚眼成空，素心人遠，唯見西風捲葉。

此詞以蓮花的凋謝象徵素心人遠，而且多用佛經意象，頗有脫落出塵的意蘊。上片"心香一瓣"，摹寫自我情懷，而藕斷絲連，綿綿無盡。第三句"寫盡經書萬卷，誰想因緣似燈滅"，比喻新穎，見證了一段刻骨銘心的因緣。下片枯荷對月，復歸沉寂，結拍"淚眼成空，素心人遠，唯見西風捲葉"，再次冒起，仙凡之間，色空如幻，不期然又對著荷葉勾起一番永恆的思念，令人充滿遐想，不讓冠軍之作專美於前。季軍姚達兌《淡黃柳》鳳簫聲斷，表示絕望之情，但末拍"舊約相尋，舊遊如我，唯有飛來夢蝶"，似有還無，忽然又帶出人生的希望所在。可見三甲的結拍都很精彩，各有造境。

其他優異獎翁礪鋒《淡黃柳·西湖曲院風荷》云："柳絮徐

飛,水煙初起,相勸徜徉此夕。"冰姿融洩,令人神往。林淑華《淡黃柳・向晚遊成功湖》云:"風穿老樹,光浸青榕隙。"風光穿透,觀察入微。"夕日釅黃泛紫"、"清波彩瓷珀"等句,湖水疑真疑幻,更見色彩繽紛。又工路《淡黃柳》云:

> 檀痕照眼,任是東風拭。拭到心傷春寂寂。又苦深宵冷雨,敲斷殘紅夜如織。　是何夕。迢遙水山隔。負相許,莫相憶。怕泠泠暗減傾城色。我愧精禽,劇憐滄海,溶盡無邊月白。

上片釀造傷春冷雨,長夜漫漫的景象;下片說是要忘掉一份情緣,可又放不下,自是人性最真實的流露,哪有太多的瀟灑。結拍精禽填海,惘惘不甘,就是要融化整個世界。寫情細膩,深得我心。其他特別獎郭修賢《淡黃柳・莫拉克風災有感》、許嘉瑋《淡黃柳》摹寫冒襄的才情,深具寫實意味,都很出色。

欣共南村數夕晨
——第四屆粵港澳臺大學生研究生詩詞大賽頒獎禮上發言

劉衛林

各位前輩、各位方家、各位嘉賓、各位同學:

　　第四屆粵港澳臺大學生研究生詩詞大賽經各評委審定後,賽果已於日前公佈。所有作品糊名後經評委逐一評審,得獎各篇均由各評委投票選出,亦在作品評選會上經一眾評委逐字逐句斟酌討論。正如評委之一的沚齋先生於評定結果後所提到,是次評選過程及討論極爲公平及公正。在此謹綜合詩組各評委意見及個人體會,對詩組得獎各篇表現提出想法,其間如有問題,敬請座中各評委補充或訂正。

這次比賽由於較以往多出研究生組，另又加設特別獎，故此評選所涉及的得獎作品相對較多。然而時間及篇幅所限，以下祇能點題式地重點說明一下評委意見，是以務請諸位見諒。

綜觀這屆詩組比賽情況，若以比賽涵蓋粵港澳臺四地計算的話，本屆參與作品在數量上並不算多。詩組參賽作品當中雖不乏佳作，然而這次參賽作品格律方面出問題的情況相對於以往而言尤其嚴重，有些優秀作品即以此未能入選。

黃文新同學的《讀〈湘真閣存稿〉有感》是這次詩賽大學生組的冠軍作品，也是詩組中唯一一篇五位評委同時都選出，而且都給予高分的作品。這篇作品的好處在於典雅有味，如"天涯除卻已無家"一句，既學陳寅恪"人間紅袖尚無家"，又上承杜甫"我已無家尋弟妹"。頸聯"新亭"對"杜宇"亦巧用借對。收筆"人間識盡離愁味，況又傷心見杏花"兩句，除以"傷心見杏花"扣陳子龍詩外，"離愁"又與起筆點出寄身如萍絮一節相互呼應。末句以景作結，見杏花而倍添傷心，結出更深一層感喟，具見詩家比興之妙。

亞軍是張曦同學的《秋思》。這篇作品在意境營構方面極見匠心，如起句"酒冷燈殘竹影斜"，連用三組意象；而頷聯西風侵袖，寒雨落花；以至收筆孤城淡月，暮笳滿耳，通篇營構意境不僅至具詩意，渲染營造冷落蕭條氣氛也極爲成功。唯一可斟酌的是五六句"遍憶浮生皆是幻，偶爲鄉夢竟成奢"，兩句以說明出之，與一篇所致力營構的淒美意境未免格格不入。幸得"偶爲鄉夢竟成奢"一句，雖以說明出之，而"偶"字、"奢"字用意也巧——蓋因家在夢中固可悲，而祇能偶一爲之，則又更見其悲，然而偶一爲之亦成奢侈之事，就更加倍可悲之矣。此句較前人"家在夢中何日到"更爲曲折意深。加以通篇意象選取得好，亦深得詩人比興之體。綜合以上各項考慮，這篇最終被評爲亞軍。

　　季軍屬於柯德飄同學的《將畢業感懷》。本篇好處在於能寫出同學當下處境及真切感受，像「南山草塞難尋徑，員嶠濤迷叵放船」兩句，就把大學生行將畢業，要面對前路茫茫，投入現實社會的種種困境的這份深刻感受與無奈以典雅筆觸寫出。全篇雖未刻意提鍊意象，然而能以流暢的文筆，以典雅筆觸寫出今日大學生心底真切感受，收筆「此身未向靈氛卜，且待搏搖翼奮天」兩句莊、騷並用，點出一己懷抱，也是很有力的收束。

　　至於第四名江雲鵬同學的《有感》，因為與上一屆得獎作品在個別用語上有相近之處，故此在評選會上，參與的評委就曾提出並且仔細地討論過。正如先前網上提到評委對此的意見，本篇祇是一些句子中用了同門作品中的詞語，在詩中重新組裝運用，故此並不構成抄襲嫌疑。本篇較突出的地方在於意境的統一，通篇造語亦見工整。詩中抒寫在秋風苦雨中抱病登樓望遠，一篇在情景交織中倍見感喟深刻，像篇中「竭來苦雨鳴高閣，暗裏寒蛩趁斷弦」兩句，先寫深秋中苦雨寒蛩，繪影繪聲地渲染一片淒苦景象後，接以「已恨瘡痍銷病骨，偏將葵藿負吟肩」，纔點出因抱病而令此志難伸的深沉慨歎。「已恨」和「偏將」亦將事與願違、才命相妨的悲哀，在四字中精鍊地帶出。這篇作品雖吸收了詩友間的一些文字，然而通篇意象統一，文句鍛鍊也見功夫，能體現出一己深刻感喟，故此也是篇出色的作品。然而同時也考慮到若干詞語及意象採自他人，故本篇未能晉身三甲之列。

　　第五名是黑白同學的《對月》。通篇意象選取集中，皆能緊扣對月主題下筆。由登樓望月到獨傷懷抱，全篇層次井然而又意境統一。或謂本篇收筆的「思」字未合律，其實「思」字作名詞用時，本有平仄兩讀，唐人以下至明清詩多見。如賈島《寄孟協律》：「欲酬空覺老，無以堪遠持。岩嶢倚角窗，王屋懸清思。」其中「思」字即作平聲讀。至於「幽思」一詞，清高宗

《題惠山園八景》:"魚負冰過波躍時。橋頭小步契幽思。"魏裔介的《遲友人不至》:"朝來飛雨灑層城。便有幽思滿畫楹。"其中"幽思"的"思"字便都作平聲讀。此篇美中不足處,其實在於"情真未必同心意"一句,稍嫌其流於直露。考慮全篇整體表現後,評委將這篇作品定在這一名次。

其餘得獎諸篇,如嚴偉同學《西湖消夏》的"江南蓮葉漫田田。綠滿橋亭生碧煙",詩句意境開闊,"飲賦東坡堤側客,畫眉西子鏡中天"刻意以借對為之,對仗工巧又能緊扣西湖,筆下寫出滿眼青翠,將西湖"十里平湖綠滿天"的特色鮮明地呈現;唐詩嫣同學《讀義山錦瑟詩》的"憐誰舊夢思新夢,剩爾詩弦化管弦",用句內自對刻意學義山句法(如義山的《荊門西下》"一夕南風一葉危,荊雲回望夏雲時"即典型的當句對);侯潔曉同學《登潮州韓文公祠侍郎閣》的"秦嶺雲深愁似海,藍關雪聚恨連天"的氣魄壯大,又能切合昌黎貶潮州典故;劉帆同學《春日北憶》"思入琴弦聲滯澀,夢回窗月影欹斜"的化虛為實,善於取境;李林濤同學《遊西樵山》一篇內"娉婷花落伽藍裏,寂寞鶯啼書院前"的用筆細膩,諸篇各有特色,俱可說是大學生詩作中的佳構。

研究生組方面,冠軍是姚達兌同學的《無題》。這篇格調和用語上都刻意模仿陳寅恪先生詩,如首句"碧海紅雲幾夢痕",與第三句"江東新義何曾少",便是化用陳寅恪先生"紅雲碧海映重樓"與"江東舊義饑難救"等詩句而成。收筆"定庵早感春愁重,獨詠殘花遠帝闈"兩句,兼用龔自珍《長相思》詞("小別風絲與雨絲,春愁亂幾絲")與《己亥雜詩》("罡風力大簸春魂,虎豹沉沉臥九閽"),而格調句法則一本於陳寅恪先生("讀書久識人間苦,未待崩離早白頭")。本篇能將兩大家詩句與詩法共冶一鑪,足見其學養與功力。此外這篇的另一好處,在於雖用大家語而又能自出機杼,具一己手眼。如"江東新義何曾少"一句，雖與陳先生《予挈家由香港抵桂林已逾兩月尚困居旅舍感而賦此》詩之"江東舊義饑難救"，同用《世說》支愍度過江，標舉般若學心無義，不過志在救饑的典故，然而卻變陳先生詩意，以此諷刺當世多有不學無術之人，可謂善於鎔鑄翻新。綜觀全篇造語典雅，意象組合與典故運用具見功力學問，而寓意也深刻，故評委選爲研究生組冠軍。

　　亞軍由莫岸洪同學的《感懷》奪得。全篇由望月帶起，而又能與時局扣連，由此抒發個人感慨。領聯"東南誰補金甌缺，西北猶聞羌笛喧"，其中"金甌缺"與"羌笛喧"均有所指，妙在於篇中既不點破，又能由上句"清輝長夜繞秋魂"，從詠月而自然生發帶出。頸聯"斷雁已鳴悲遠路，游魚偏困覓龍門"兩句，由時局一下轉寫己身感嘅，收筆"依稀歌舞忍回首，萬里江天倚陋軒"兩句總攬，將上文寫時局與己身一併收歸眼前。通篇情景交融，由此抒發孤客感懷之意，亦洵屬研究生詩作中佳構。

　　至於季軍胡志成同學的《有感》一詩，其中亦不乏見出陳寅恪先生詩的影子，如次句"無端風雨又黃昏"，即明顯學自陳寅恪先生的"未妨風雨送黃昏"。本篇一起筆寫望盡天涯，黃昏中無端風雨，不獨善於營造氣氛，亦由此叫起下文。三四句"寒侵小院花空發，翠轉深山鳥自喧"皆有所寄託，亦即作者有感與一篇寄意所在，然而純以白描出之，借寫境抒發個人懷抱，可謂深刻而委婉。收筆"微茫漫起人間路，耿耿疏星獨佩萱"兩句，取境清麗悲婉。疏星微茫，漫起於人間路上，造境至爲淒清幽美。"獨佩萱"三字既呼應開篇之"孑立天涯"，亦暗點忘憂之意，將一篇沉重感嘅於此悉數包攬消融。通篇意象豐富而又寓意深刻，祇是頸聯"百劫成灰塵世換，半生迷夢素心存"兩句稍嫌傷於直露，故經評委仔細考慮後，得名列研究生組第三名。

　　詩組第四名是翁礪鋒同學的《與舊友集》。全篇意象鮮明，加之通篇造語清新渾成。"分坐亭中山水闊，回看身外感懷多"

兩句，採用借對亦具見心思。全篇寫與舊友相會，集寫景、敘事與抒情於一篇，而文筆又極流暢自然。收筆"請君莫問夜如何"用杜公詩（《春宿左省》"數問夜如何"），典雅而又切合與舊友相敘一事。一結深情款至，而相得之情見於言外，亦屬研究生組中佳作。

吳明波同學的《旅京偶感》在比賽中名列第五。本篇領聯雖用寬對（"楚甲"對"黃昏"），然而傷時感事與鄉愁交織於一篇之中，筆下寫由黃昏而入夜，通篇層次結構分明。收筆"此夜故園心上過，院深簾重掩春痕"兩句借景抒情，尤其"院深簾重掩春痕"將一夜故園心上思憶之情，都凝固在深院重簾的春痕之上，可謂收得委婉沉著。

第六名是方淑範同學的《水》。本篇集中寫水，題材新穎而又脈絡清晰。一篇由水之在山中生發，歷經山泉翠谷，長江漲落，以至瀠洄大澤，中間流經清流小澗，最終入於汪洋，寫水之剛柔巨細，靡不處處照顧，其結構之縝密，意象之統一，殊見結撰之用心。五六兩句用借對——"慮"字借音（淚）對"梭"——借音之法，唐宋大家筆下屢用（如杜甫《送楊六判官使西蕃》之"子雲清自守，今日起爲官"），以此見作者巧思與學力。收筆"汪洋遼廣憑魚躍，月色溶溶與世和"兩句，言外之意分明寓意於處世，然而寄託若有若無，既別具深意，亦能照應開篇潤物之意。加以一篇命意清新，僅寫水而背後深意絕不點破，此正一篇立意高明之處，亦爲諸評委激賞所在。

其餘得獎諸篇，如陳可嘉同學《無題》的"人間寂寞我初識，花下榮枯誰細論"；蘇穎添同學《霽夜》的"鏡湖碧合江山影，苔石寒添歲月痕"，皆在對仗工整用語典雅之外，又能造到聲調鏗鏘而寓意深刻。此外如吳曉妹同學的《題梅關古道》，通篇脈絡清晰而結構分明，兼能集山川風貌、歷史掌故與寫景抒懷於筆下。至於周晏生同學《送友人》的"停雲遠望詩何益，菊亂東籬醉亦歌"，能化用陶公詩句；張志豪同學《飲茶》起筆"銷愁對酒月前歌。我獨烹茶發興多"的以酒襯茶，以人襯己，以銷愁而襯發興，構思之具見匠心——諸篇佳妙在在均多有可擊節稱賞之處，然而限於時間篇幅，於此僅能與各位窺其一斑，略陳所見如上而已。

　　綜觀是次詩賽評選，評委對作品格律等基本要求至為重視，由是次不少作品因格律問題而未能入選，即可反映此節。然而從上述對於獲獎作品的說明中亦可見出，一眾評委在詩賽評選時所著眼者，除斟酌格律問題之外，其餘如作品通篇的意象選取、造語遣詞、聲調音節，以至格調與命意的高下、通篇的結構組織，起筆與收結的佈局安排、篇中寄託的深淺、典故運用與意境營構的巧拙，甚至情思的表達、鎔裁的匠心、筆法的虛實、一篇的開闔照應與用筆取境等問題，一一均在考慮之列。以此知詩賽評審其實不獨自格律上論其得失，評委更自不同角度與層面詳加審視同學所作，冀能較全面地論定參賽作品的優劣高下。

　　固然若進一步檢定參賽作品以至得獎各篇的話，其中也許仍然可以發現多少總有不足之處，然而在細意斟酌論定作品得失的同時，作為評委所一併要考慮的是，參與比賽各篇終究不過出於大學中諸位同學之手的作品。對於同學在學習階段中所寫下的詩篇，事實上也不應過分挑剔苛求。

　　舉辦詩賽的目的與意義，原在於鼓勵同學投入詩歌創作，此所以在評論同學作品時，評委會刻意多從包容與欣賞角度審視，務求不以一眚掩大德，令同學可以藉著參與比賽觀摩學習，以至在詩藝上得以進步成長。以此之故無論這次比賽中成績如何，祇要大家能抱持著一顆謙遜的心，不斷努力學習向上，相信他日定能在詩國上有所成就——謹藉著這個機會與座中各位同學共勉。謝謝各位！

　　　　2009 年 12 月 25 日於東莞詩書畫研究院

附　錄

一、大賽公告

（一）宗旨

粵港澳臺大學生研究生詩詞大賽由中山大學中文系、香港中文大學中國語言及文學系、澳門大學中文系、臺灣成功大學中國文學系聯合主辦，旨在弘揚國粹，促進中華傳統詩詞創作，加強粵港澳臺大專院校之學術及文化交流。

第四屆粵港澳臺大學生研究生詩詞大賽由中山大學中文系承辦，東莞詩書畫研究院協辦。

（二）組別

大賽分大學生組、研究生組，設詩賽和詞賽。香港、澳門、廣東、臺灣四地各公立、私立大專院校、高校 2009 年 9 月在學籍之大學生、研究生均可參賽。參賽者可單獨參加詩賽或詞賽，亦可同時參加詩賽和詞賽，但參加每組比賽之作品僅限一首。參賽者可同時在本組詩賽和詞賽中獲獎。參賽作品糊名評選。入選作者須在原居地接受大賽評委面試，確認真實性後始得獲獎。未入選者身份保密。參賽作品須爲未發表之原作，倘發現抄襲，即取消參賽資格。

（三）評委

詩賽：陳永正教授（中山大學）、張海鷗教授（中山大學）、吳榮富教授（成功大學）、劉衛林教授（香港城市大學）、程中山博士（香港中文大學）。

詞賽：王偉勇教授（成功大學）、黃坤堯教授（香港中文大學）、施議對教授（澳門大學）、彭玉平教授（中山大學）、趙維江教授（暨南大學）。

（四）獎項及獎金（人民幣）

冠軍一名，四千元；亞軍一名，三千元；季軍一名，二千元；優異獎六名，各一千元。詩賽、詞賽各設獎額九名，又分大學生、研究生兩組，共 36 項獎額。

（五）規則

1. 詩賽規則。

體裁：七律。可無題目。若用題目，宜簡短。儘量不用注釋。

用韻：以平水韻或《佩文詩韻》爲準，研究生組限用"元"或"歌"韻，大學生組限用"先"或"麻"韻。

2. 詞賽規則。

研究生組：詞牌《淡黃柳》，限用入聲韻。

平平仄仄，（平）仄平平仄（韻）。仄仄平平平仄仄（韻）。仄仄平平仄，平仄平平仄平仄（韻）。　仄平仄（韻）。平平仄平仄（韻）。仄平仄、仄平仄（韻）。仄平平仄仄平平仄（韻）。仄仄平平，仄平平仄，平仄平平仄仄（韻）。

譜式參考姜夔詞《淡黃柳》：

空城曉角，吹入垂楊陌。馬上單衣寒惻惻。看盡鵝黃嫩綠，都是江南舊相識。　正岑寂。明朝又寒食。強攜酒、小橋宅。怕梨花落盡成秋色。燕燕飛來，問春何在，唯有池塘自碧。

大學生組：詞牌《蘇幕遮》。

仄平平，平仄仄（韻）。（仄）仄平平，（仄）仄平平仄

（韻）。（仄）仄平平平仄仄（韻）。（仄）仄平平，（仄）仄平平仄（韻）。（下片同）

譜式參考范仲淹《蘇幕遮》：

碧雲天，黃葉地。秋色連波，波上寒煙翠。山映斜陽天接水。芳草無情，更在斜陽外。　黯鄉魂，追旅思。夜夜除非，好夢留人醉。明月樓高休獨倚，酒入愁腸，化作相思淚。

題目自定，可不用題目。儘量不用序及注釋。用韻以《詞林正韻》爲準，不限韻部。上去聲通叶，入聲單獨叶韻。

（六）投稿

2009 年 10 月 1 日至 20 日接受電子投稿，作品寄大賽專用郵箱：廣東：shicidasai4 @ hotmail. com，港澳臺：shicidasai4 @ yahoo. com。

可登錄中山大學中國文體學研究中心網站（http：//wtx. sysu. edu. cn/）了解大賽資訊。

稿件必須填寫姓名、所在學校、院系、班級、學生證號、身份證號、電話、電子郵箱各項。

請參賽同學在 http：//wtx. sysu. edu. cn/下載比賽用表。

（七）結果公佈

2009 年 11 月 16 日至 12 月 6 日在中山大學中國文體學研究中心網站公示擬獎作品，違規者取消獲獎資格。

2009 年 12 月 19 日下午三時，在中山大學中文堂舉行頒獎典禮，並正式宣佈獎項名次。

（八）查詢及聯絡

香港中文大學中國語言及文學系：電話：852 – 26097086

　　　　　　　　　電郵：poetry – comp@cu-hk.edu.hk
　中山大學中文系：電話：86 – 20 – 34022541（陳老師）
　　　　　　　　電郵：shicidasai4@hotmail.com

二、獲獎名單

（一）大學生詩組

冠　軍　黃文新　廣東輕工職業技術學院管理系二〇〇七級本科生
亞　軍　張　曦　中山大學中文系二〇〇七級本科生
季　軍　柯德飄　廣東工業大學材料與能源學院二〇〇六級本科生
優異獎　江雲鵬　中山大學中山醫學院臨床醫學二〇〇九級本科生
　　　　　黑　白　中山大學嶺南學院二〇〇八級本科生
　　　　　嚴　偉　香港中文大學中國語言及文學系二〇〇八級本科生
　　　　　唐詩嫣　香港中文大學語言學二〇〇七級本科生
　　　　　侯潔曉　韓山師範學院中文系二〇〇六級本科生
　　　　　劉　帆　澳門大學社會科學及人文學院中文系二〇〇七級本科生
特別獎　李林濤　華南師範大學文學院二〇〇八級本科生

（二）研究生詩組

冠　軍　姚達兌　中山大學中文系現當代文學二〇〇九級博士生
亞　軍　莫岸洪　暨南大學文學院少數民族語言文學二〇〇八級

季　軍	胡志成	中山大學附屬第一醫院醫學影像系二〇〇九級碩士生
優異獎	翁礪鋒	暨南大學文學院漢語言文字學二〇〇九級博士生
	吳明波	中山大學哲學系美學二〇〇九級博士生
	方淑範	中山大學人文學院哲學系宗教學二〇〇九級碩士生
	陳可嘉	中山大學中文系古代文學二〇〇八級碩士生
	蘇穎添	香港中文大學文學院中文系二〇〇九級博士生
	吳曉妹	華南師範大學文學院二〇〇八級
特別獎	周晏生	臺灣師範大學國文研究所二〇〇八級碩士生
	張志豪	香港大學中文學院二〇〇八級

（三）大學生詞組《蘇幕遮》

冠　軍	張　曦	中山大學中文系二〇〇七級本科生
亞　軍	黃文新	廣東輕工職業技術學院管理系二〇〇七級本科生
季　軍	范旭艷	中山大學中文系二〇〇六級本科生
優異獎	張元昊	中山大學生命科學院二〇〇六級本科生
	江雲鵬	中山大學中山醫學院臨床醫學二〇〇八級本科生
	毛進睿	中山大學中文系二〇〇六級本科生
	歐陽逸風	華南理工大學電力學院二〇〇七級本科生
	林澤武	惠州學院中文系二〇〇七級本科生
	王翠屏	香港中文大學中國語言及文學系二〇〇七級本科生
特別獎	曹冠雄	中山大學信息科學與技術學院二〇〇六級本

　　　　　　　　科生
　　　　劉奕航　香港浸會大學中國語言及文學系二〇〇九級本
　　　　　　　　科生

(四) 研究生詞組《淡黃柳》

冠　軍　陳可嘉　中山大學中文系古代文學二〇〇八級碩士生
亞　軍　鄺希恩　中山大學中文系古代文學二〇〇八級碩士生
季　軍　姚達兌　中山大學中文系現當代文學二〇〇九級博士生
優異獎　胡志成　中山大學附屬第一醫院醫學影像系二〇〇九級
　　　　　　　　碩士生
　　　　翁礪鋒　暨南大學文學院漢語言文字學二〇〇九級博
　　　　　　　　士生
　　　　林淑華　臺灣成功大學中國文學系二〇〇六級博士生
　　　　王　路　中山大學嶺南學院西方經濟學二〇〇九級碩
　　　　　　　　士生
　　　　許淑惠　臺灣成功大學文學院中國文學研究所碩士生
　　　　金春媛　澳門大學社會科學及人文學院中文系碩士生
特別獎　郭修賢　臺灣成功大學工學院土木工程學系研究所大地
　　　　　　　　工程組
　　　　許嘉瑋　臺灣政治大學文學院中國文學系二〇〇九級博
　　　　　　　　士生

廣東省詩詞傳承與實踐研究生暑期學校獲獎作品（2009年8月）

詩　組

過寒柳堂憶陳公　　李　冰

老樹空堂立惘然，泠泠孤月照炎天。
寒花合拜先生柳，劫壁應虛夫子篇。
爭說文章秦可炬，豈聞大道漢猶傳。
風來一夜鳴何勁，久矣人間四十年。

遊學康園有感寄友　　顧一心

不見衣冠塚，難尋康樂祠。
初爲門下客，久作篋中詩。
對影成知己，鳴琴感舊時。
遙憐秋水外，君子一何癡。

過寒柳堂憶陳公　　李亞丹

一去春風四十年，此身猶得謁堂前。
雲心豈肯徵微利，病目偏能識大千。
白路跫聲衰草地，清宵孤影肅霜天。
祇今不見中庭柳，獨倚高寒入暮煙。

遊學康園有感寄友　　陳慧娟

我著謝公屐，來從康樂師。
吟風歸靜夜，采韻向荷池。
嶺外雲浮日，湘中月落時。
關山無限好，莫道夢回遲。

遊學康園有感寄友　　毛婭琪

康樂舊園在，芝蘭生意滋。
荷風清潯暑，竹韻動新辭。
妙語延嘉會，靈心賦好詩。
清溪棹欲去，落月一江隨。

重過寒柳堂懷陳公　　姚達兌

幽懷獨具學關天，千古文章箭在弦。
寄表哲人何懼死，辱韜精義未曾傳。
清園夢斷斯人疾，白馬經成奇女箋。

今我重來生浩歎，杜鵑仍歲發堂前。

遊學康園有感寄友　　于莎雯

鬱鬱康園夏，飛雲度海時。
行吟追長者，酬唱憶微之。
樹挾蓬瀛勢，蓮含吳越姿。
嶺南收綠雨，研墨代春枝。

遊學康園有感寄友　　謝　韓

此地徘徊久，獨憐芳訊遲。
晴窗疏翰墨，寒柳駐高姿。
爲學方知遠，看花意轉癡。
思君千里外，翠袖倚東籬。

遊學康園有感寄友　　張　曦

學罷歸廬晚，風回月影移。
天低銀漢淺，竹冷素衿滋。
縱酒無琴劍，抒懷有畫詩。
聞君憐古徑，待約落花時。

詞　組

木蘭花慢·於康園寄外子　　李亞丹

問君能算否，自別後、幾多年。念十里荷花，滿城煙雨，都在鄉關。誰憐。故園已隔，祇當時、皓月水雲間。最是惱人榆柳，殷勤扶上詩肩。　　闌珊。獨對木蘭。新羽袖、碧雲鬟。恨故人一夕，飛身不到，攜我登船。無眠。且教眉黛，對菱花、描畫出春山。暫向樽前醉倒，與君夢裏相看。

木蘭花慢　　于莎雯

對千行恨墨，卷初掩，淚浪浪。甚細逐心灰，漫拋夢屑，焚盡詩香。淒涼。怕花落盡，祇春風、暗度舊時堂。空斷蕭搔白髮，忍將往事輕忘。　　堪傷，嶺海微茫。雲路短，雨絲長。任彩筆凋零，素弦落寞，劍氣如狂。思量。憶留戀處，剩無情、綠柳繫人腸。唯把泠泠月色，釀成薄酒如霜。

減字木蘭花　　陳　慧

月吟香頌。河漢低回連曉夢。枕畔天涯。愁結橫波蕩不開。　　憑誰脈脈。一片秋聲煙水隔。恍惚蓬山。萬點相思寫翠瀾。

木蘭花慢　　陳永紅

正花前病酒，過疏雨，濕年華。恨一徑蘭幽，十圍柳老，景物偏嘉。殘霞。殢人望眼，但雲山、渺渺日斜斜。客裏光陰寂寂，吟魂冷落天涯。　　憐他。當日琵琶。淪雪茗，拍紅牙。更屐印苔痕，香尋竹影，事往人遐。些些。聽涼葉處，挽南風、吹夢好還家。今夜秦淮漲綠，商量徹去窗紗。

木蘭花慢（格依蔣春霖"泊秦淮雨霽"）　　顧一心

漸平蕪漠漠，棹移影，又殘陽。正客子愁深，京華霧冷，遲日煙光。彷徨。暮雲誰佇，鬱孤城、黯減滿庭芳。濕卻青衫顏色，何堪我馬玄黃。　　微涼。初試解香囊，繞指憶蒼茫。念劍洗狂沙，神飛嶺粵，魄動星霜。何妨倦來醉飲，枕一江、寒碧入滄浪。喚取盈盈紅袖，千峰舞破霓裳。

木蘭花慢　　朱立俠

正樓頭對月，有清酒，解幽懷。憶一地傳書，隔窗聯句，羞問金釵。蓬萊。幾番舊事，算閒情、一賦早安排。雅志初盟簫客，素心寄在琴臺。　　無猜。紅豆初開。情未漸，已成乖。況海北天南，紛紜萬事，思緒都埋。低徊。世情似水，又憑誰、輕信託生涯。莫道相思無益，夜深露滿香階。

減字木蘭花　　詹居靈

銀箏遍撫。爲待春來君卻去。欲擲相思。君影總隨明月時。　　寒衾又是。香軟慵拈留薄醉。起視長天。一夜流光如逝煙。

減字木蘭花　　孫妙凝

垂楊輕雨。猶似綠窗前夜語。小夢迷津。蘭棹曾溫那日春。　　赤闌橋上。盡日憑欄雲外望。但欲回腸。怕疊愁長勝柳長。

減字木蘭花　　劉韜

鬢濃衫薄。雲影疏花相對酌。唱徹閒愁。人倚瑤琴月倚樓。　　情深緣淺。燭曳殘紅誰共剪。舊夢成煙。雪滿青絲塵滿弦。

附　錄

一、評委

張海鷗老師、熊東遨老師、譚步雲老師、徐晉如老師

二、獲獎名單

詩　組

冠　軍	李　冰	中南大學
亞　軍	顧一心	中山大學
季　軍	李亞丹	寧波第二技校
優秀獎	陳慧娟	中山大學
	毛婭琪	暨南大學
	姚達兌	中山大學
	于莎雯	南京師範大學
	謝　韓	中山大學
	張　曦	中山大學

詞　組

冠　軍	李亞丹	寧波第二技校
亞　軍	于莎雯	南京師範大學
季　軍	陳　慧	中山大學
優秀獎	陳永紅	南京鍾山學院
	顧一心	中山大學
	朱立俠	中山大學
	詹居靈	惠州經濟職業技術學院
	孫妙凝	南京師範大學
	劉　韜	中山大學

三、廣東省詩詞傳承與實踐研究生暑期學校總結報告

　　廣東省詩詞傳承與實踐研究生暑期學校是廣東省教育廳"研

究生教育創新計劃"的一個項目，委託中山大學承辦，中山大學研究生院和中文系協作承擔，張海鷗教授、彭玉平教授具體管理。

暑期學校於 7 月 20 日開學，8 月 8 日結業。77 位學員來自全國 22 所大學（清華大學、復旦大學、南京大學、四川大學、山東大學、南開大學等），以博、碩士生爲主，還有青年教師，以及十幾位已在以往的詩詞大賽中獲過獎的本科生。學員食、宿、學費全免，同時還獲得廣東省學位委員會辦公室頒發的《研究生暑期學校結業證書》。

羊城暑熱，研究生院特別增加配套經費，爲學員租用有空調、有電視的留學生公寓，這在中山大學是沒有先例的。中文系特別提供有空調的教室和最好的國際會議廳，供上課、自習和同樂會使用。

暑期學校課程緊湊，延請本校和京、港、澳、臺共 12 位頗負聲望的老師，或講詩詞理論，或講詩詞創作，或傳授詩詞吟唱。還安排了三次外出采風活動，並仿效王國維、陳寅恪在清華大學時期舉行"同樂會"的方式，舉辦了三次"同樂會"。結業時評選了 18 篇優秀作品予以獎勵。暑期學校的師生們踐行高雅的人文精神，比如"詩歌是一種信仰"、"學詩要懂得敬畏"、"傳承高貴和高雅"等等。

從暑期學校籌備到結業，研究生院的戚興華老師，中文系研工辦的王河江老師、陳靜翠老師，研究生朱立俠、謝韓、丁妍等同學做了大量工作，細緻周到地爲學員服務。學員中有中山大學學生 20 多位，他們住學生宿舍，省下經費讓外地學員住賓館式公寓。

學員們對上述這些安排滿懷感激，他們用各種方式表達謝意。最後，每位學員都提交了至少四篇詩詞作品以及一份《學習小結》，比較客觀地反映了暑期學校的教育效果。一位學員說這裏是他"夢開始的地方","這次暑期學校是對廣大詩詞愛好者的無私饋贈,將對古典詩詞的普及和傳承起到重要的作用。中大不僅不收任何學費,還爲學員免費提供食宿,並安排各種課外娛樂、交流活動。老師們不顧炎夏酷熱,無私地投入教學工作,將自己的寶貴經驗與學員分享,這與當前國內很多名校舉辦的學費動輒以萬元計的所謂'國學'課程形成了鮮明對照。後者已經日益淪爲時尚新貴們爲自己貧瘠思想塗脂抹粉的美容院。……像中大這樣有理想、有擔當,以振興傳統文化爲己任而又不謀私利的機構,目前全國找不到第二個,像中大中文系這個滿腹詩書而又不與俗世同流的師生團體,目前全國也沒有第二個。"

上海大學博士研究生劉挺頌說:"暑期學校對我們的指導和訓練是實踐與理論並重,有的老師結合自己的創作體會和心得現身說法,指示門徑,讓我們在寫作訓練中有法可依、有道可從;有的老師則在理論上增我學識、廣我見聞;還有老師專門傳授詩詞吟誦藝術,讓我們切身感受了聲詩的美妙悅人。老師們的授課都是高品質的,或博雅風趣,談笑間風生水起,或謹嚴沉實,凝眸時字字珠璣,學術的魅力和學者的風采結合得如此美妙,竟讓愚魯如我,在精神大餐的面前如癡如醉,不知今夕何夕。"

南京師範大學于莎雯博士說:"雖然上課的有十幾位老師,但是内容絕不重複,每位老師的講授都是他們多年研究的心得,讓我們著實受益匪淺。"

第三屆粵港澳臺大學生詩詞大賽雙料冠軍詹居靈同學說:"於此禮樂崩喪、物慾橫流的社會,總需要有一些東西來引導人們走向高雅。詩教是爲一徑。……在這緊張而又愉快的學習中,我受益匪淺。"

這次暑期學校,既有益於學生,也有益於提高中山大學的教育聲望,有益於學科建設。

2009 年 8 月

第五屆蒹葭杯中山大學詩詞創作大賽[*]
獲獎作品（2010年4月）

詩　組

庚寅年春寒感賦　　顧一心

江湖寥落今何似，滿紙狂吟愧少陵。
入病荒寒須趁酒，經年雋氣已如冰。
春愁無計深堪掃，斷句成灰且莫憑。
一枕妖氛渾不寐，幾家煙市起華燈。

贈　別　　張遂新

臨行揮手馬長嘶。漫道迢遙始自茲。
詠絮莫愁謝公歿，斷弦應有子期知。
清簫吹徹瀟湘月，矮紙書成壯志詩。
此出陽關須定遠，渭城折柳雨如絲。

---

[*] 按，本賽事無評點文章。

讀孟嘗君傳有感　　王衛星

薛城意氣至今垂。趨市風雲尚可追。
每賺英雄爭入彀，轉教騷客暗嗟時。
各矜巧計營三窟，誰盡平生報一知。
彈鋏聲承千載上，前賢畏作後人師。

無　題　　姚達兌

道熄斯文千百載，拔鯨未見故昌黎。
昇平頌此人間世，據亂嗟無國手醫。
名士類娟皆寡恥，虞淵薄日有餘悲。
一夫痛哭成何補，遙夜沉沉不足爲。

吟　詩　　孔銳之

想得讀書應未遲。別材堪把辨歌詩。
雅音甫落已參透，俗調方興早覺知。
或恐遺篇分上下，譬猶人面各妍媸。
從來自謂不師古，他日將師我者誰。

遊峨眉　　文昱

余久居百粵，有心訪蜀，以增其見聞，壯其陋志。梅發時節，余有幸登臨峨眉，覽"白水秋風"、"象池月夜"之美，聞"雙橋清音"、"琴蛙奏彈"之妙，頓覺惠景滌心，中生禪意，遂賦詩一首。

草間小雀乍辭枝。蠻客西行未覺遲。
道室蓬萊失舊色，佛家蛾黛有新姿。
千秋白水蛙聲散，一世清潭象影持。
莫問金巔雲起處，清風朗月自相隨。

遣懷　黑白

世路荊榛豈不知。瑾瑜獨握是癡兒。
芳馨淚化人間曲，水袖春歸夢裏詩。
遍折枯枝窮碧海，還攜樽酒向東籬。
惘然遙對天邊月，更有情懷似昔時。

將畢業有感　曹冠雄

似馬過窗歲怎追。將拖病骨到天涯。
輸他情思多難賦，笑我吟魂蕩不支。
昨又悔耽三國志，今方喜讀晚清詞。
少年易老終須惜，畢竟春秋止獲麟。

感懷　張曦

濁世炎寒深自知。李郎羞怕問歸期。
春寒夢淺風欺絮，日暮塵香雨打枝。
人事兩分傷別後，素心一念故園時。
嬌鶯不解柔腸斷，笑我新愁滿鬢絲。

詞　組

浪淘沙　　王衛星

憶昔共論文。最羨花神。雨餘爭作問津人。遍索叢芳都不見，欲笑伴嗔。　　獨看落英紛。那段青春。憐他辛苦愛他真。惜被東風攜去後，半入紅塵。

浪淘沙　　黑　白

<small>與琴姐閒行，歌京、昆、越調數曲，樂甚。</small>

柳色浥輕塵。疏雨黃昏。清歌不避路邊人。姹紫嫣紅應共我，半晌溫存。　　往事卻紛紜。天爲誰春，落花時節幸逢君。只是人間多此曲，豈入青雲。

浪淘沙·玉蘭　　江雲鵬

亂雨又捎春。短夢如塵。半規涼月點黃昏。閬苑幾曾香一掬，換葉移根。　　幽素共行雲。怨入啼痕。三生何計返芳魂。還怕淩波仙路杳，佩解湘濱。

浪淘沙　　陳志峰

暮雨濕芳塵。瘦盡陽春。誰憐風絮覓前痕。莫道隨他魂夢裏，夢也銷魂。　　縠皺水成文。幻字原真。曲橋流月月留人。曾是當時春好處，一瞥香雲。

浪淘沙　　曹冠雄

好夢已難存。夢外殘春。落花消息莫教聞。白楝海棠開又謝，容易黃昏。　　檢點舊紅巾。當日離痕。爲誰青鳥肯殷勤。在水一方聲漸杳，所謂伊人。

浪淘沙　　范旭艷

深院鎖苔痕。寂寞羅裙。年光漸換鏡中身。記得那時輕夢裏，淺黛微顰。　　聚散兩無因。客路黃昏。尋詩不覺醉殘春。長憶花深弦斷處，照水伊人。

浪淘沙　　胡志成

細雨黯牽魂。似夢還真。落花風裏望前塵。雲隔亂山縈淺恨，螺黛輕顰。　　憶昔共遊春。踏遍芳茵。獨尋往跡掩新痕。楊柳猶將裙帶繫，雁過黃昏。

浪淘沙·落花時　　馮薈竹

煙雨暖迷津。山色撩雲。倚欄偏把黛眉顰。忍看紅棉相別後，誰洗香塵。　　笛遠黯消魂。回首緣君。落花心事莫教聞。到底匆匆留不住，三月春痕。

浪淘沙·詠蘭　　馮俊熙

體性本清真。空谷幽人。素心馥雅結騷君。未與眾芳齊競艶，蘇世離群。　　佳日去難存。春色三分。落花飛絮兩無痕。歲晚倩誰傳昔意，獨語秋雲。

附　錄

一、大賽公告

　　本次比賽分詩、詞兩組，凡中山大學的研究生與本科生可同等參賽。參賽者可投詩組、詞組各一到兩首，每人每組最多有一首作品獲獎。投稿作品須爲原創，且未經在書刊、報紙、網絡等媒體公開發表。

　　詩賽規則：體爲七律。韻限上平"支"韻或下平"蒸"韻，以《平水韻》爲準。題目自定；若有序，請用文言，儘量簡短。

　　詞賽規則：詞牌爲《浪淘沙》，格依李煜"窗外雨潺潺"一詞。平仄悉依《詞譜》及《詞律》。韻依《詞林正韻》"第六部十一眞十二文十三元（半）通用"。題目自定；若有序，請用文言，儘量簡短。

　　投稿人須在 http：//wtx.sysu.edu.cn 下載比賽用表，填寫完整，投入大賽徵稿專用電子郵箱：jianjiashisai@126.com。

　　所有參賽作品將由專人編號糊名，交付評委打分以定名次。詩組、詞組均設一、二、三等獎各一名，優秀獎六名，獎金分別爲五百元、三百元、二百元、一百元。獲獎者還將獲得證書及詩社社刊《粵雅》第四期一册。

　　徵稿日期：4月20日—5月15日
　　評審日期：5月16日—5月25日
　　公示日期：5月26日—5月31日
　　頒獎日期：6月上旬

詳情請密切留意：http://wtx.sysu.edu.cn
主辦：中山大學中國文體學研究中心
承辦：中山大學嶺南詩詞研習社

二、獲獎名單

詩　組

一等獎　顧一心　中文系二〇〇七級本科生
二等獎　張遂新　歷史系二〇〇八級本科生
三等獎　王衛星　中文系古代文學二〇〇七級碩士生
優秀獎　姚達兌　中文系現當代文學二〇〇九級博士生
　　　　　孔銳之　哲學系
　　　　　文　昱　中文系二〇〇八級本科生
　　　　　黑　白　嶺南學院二〇〇八級本科生
　　　　　曹冠雄　信息科學與技術學院二〇〇六級本科生
　　　　　張　曦　中文系二〇〇七級本科生

詞　組

一等獎　王衛星　中文系古代文學二〇〇七級碩士生
二等獎　黑　白　嶺南學院二〇〇八級本科生
三等獎　江雲鵬　醫學院
優秀獎　陳志峰　光學與光學工程系
　　　　　曹冠雄　電子資訊科學與技術系二〇〇六級本科生
　　　　　范旭艷　中文系
　　　　　胡志成　中山大學附屬第一醫院醫學影像系二〇〇九級碩士生
　　　　　馮薈竹　法學院
　　　　　馮俊熙　地球科學系

首屆中華大學生詩詞大賽
獲獎作品（2011年4月）

一、獲獎作品

詩　組

詠杜鵑花　　　陳皓怡

深淺如何畫入時。漫山霞染競芳姿。
猶憐國祚時偷換，稍報東風鳥自悲。
半折丹株縈有血，萬分憂患訴無辭。
歸心何必憑春望，千載鄉情豈一枝。

詠杜鵑花兼懷新亞書院前賢履川曾先生　　　嚴偉

　　履川曾先生，名克耑，閩侯人，生於四川，書香世代，受學於桐城吳北江先生。戰時遘難香江，執教上庠，老死嶺南。曾作詠杜鵑花詩絕句二首，錄於頌橘廬近詩。時在春深，見山頭紅鵑自開自落，余有感，竊和前賢珠玉以成一律。

名花老對澀崖前。夜怨春山啼血鵑。
破萼一蓬方寸寸，客蹤萬里又年年。

底曾紅雨翻蠻嶺，欲寄丹心映蜀天。
野月無人空自落，邦家魂夢不歸眠。

讀《戰國策》之孟嘗君　　金豆豆

中立諸侯遺子危。厚延眾客復誰隨。
攻秦未雪咸陽恥，相魏終成柏舉私。
長鋏歌餘人落落，雍門調後黍離離。
炎涼貧富如朝市，張祿相知便展眉。

詠杜鵑花　　唐顥宇

子規到處怨歸遲。一路叢芳客裏隨。
露瑩風枝凝翡翠，香洇雨萼冷胭脂。
未成僝僽天涯夢，猶作朦朧月下期。
愁對鳥啼花濺血，滿川紅浣斷腸詩。

詠三峽杜鵑　　方靈子

三峽杜鵑，附危崖而生，綿亙數百里，蔚爲奇觀。憶古之傳說，望帝化鵑，啼血凝爲此花，故睹花如接灼灼精魂。感而詠之。

不如歸去復棲遲。獨上江頭有所思。
勉躡逝川方少憾，難移重嶺尚餘癡。
菊梅遺世空身善，桃李爭春莫我知。
立盡寒星啼盡血，長虹終古貫摩崖。

詠杜鵑花　　詹啟源

淡抹胭脂愁暗度，解思影墮意遲遲。
丹心不待冤魂血，玉質非矜冷翠姿。
委曲幽崖開自落，行藏故國問誰知。
瑤臺艷骨東風洗，許我殘箋惜老枝。

讀《戰國策》　　劉梓楠

濁世分崩道路偏。每思舉劍質蒼天。
傷麟走犬何人識，變法連兵列國煎。
九鼎誰家爭水火，七雄無計止烽煙。
秦皇自耀千秋事，一統乾坤似小鮮。

詠杜鵑花　　黃佳娜

東風迤邐近瑤池。未卜春容第幾枝。
一段紅綃斟絮夢，九霄溥露沒荒陂。
湘南曲怨芳樽盡，洛浦鴻驚去棹遲。
莫道韶光天贈與，落花心事滿山知。

詠杜鵑　　陳文慶

自在東風戲枕邊。空山掩淚向村前。
忽如野火烜高地，勝似紅霞落九天。
醉看一江南浦雨，閒拈兩袖玉京煙。

泥翻碎影春心在，墜入花間亦作仙。

詞　組

行香子・詠梅　　林澤武

　　陌上春遲，江畔雲沉。到黃昏吹笛相尋。疏枝瘦骨，玉蕊冰心。倩行人住，遠人寄，故人簪。　　凋零臥雪，無痕無色，剩冷香悄付愁吟。清寒易寫，孤潔難摛。縱入塵細，入影碎，入眉深。

行香子　　孫妙凝

　　倚竹心情，和月生涯。遍塵寰唯雪相思。玉溫酒靨，香冷蛾眉。是影斜斜，紅淺淺，意遲遲。　　隴頭路遠，羅浮夢短，夢方醒睫墜冰澌。凋殘春日，悵觸年時。向水之湄，悄焉唱，摽兮梅。

行香子・詠梅花　　葉健威

　　素靨凝芳，紅袖調弦。洗新妝雪地春妍。臨池顧影，幽獨誰憐。恨訴衷情，盟鴛誓，寄釵鈿。　　暗香侵戶，纖雲閉月，淚滴成冰字銀箋。相思紙燼，往事餘煙。況雁來遲，人去遠，笛吹寒。

行香子·詠梅　　　葉金平

昨日喧妍，今日蕭條。隔簾兒人瘦枝寥。暗香縹緲，疏影嬌嬈。但曲中愁，句中慨，醉中嘲。　　芳華恁逝，幽姿獨放，倚個中閒趣笙簫。方圓枝葉，魂夢逍遙。更雲相對，雪相伴，月相邀。

行香子·讀《漢書》　　　余煜珣

九闕長安，一騎嫖姚。卻賈生對泣悲鴞。星移天地，日沃江潮。漸雲風起，霜風緊，雪風消。　　灰飛青史，何妨下酒，問倩誰千古相邀。疏簾半捲，明月空高。照古人淚，今人笑，後人嘲。

行香子·詠梅花　　　顧一心

杏露初濃，桃蕊猶溫。祇當時冰魄成塵。半痕霜冷，一徑香勻。憶窗前馬，樽前月，影前身。　　而今笑我，消磨人境，竟何年似此爭春。幽懷漸老，心事難淳。惜花無語，情無計，酒無痕。

行香子·詠梅花　　　黑　白

爇盡爐煙，浣罷新瓶。絕霜華來護盈盈。香凝素手，霧濕紅英。正吟金縷，聽玉笛，伴孤燈。　　當時明月，埋愁種恨，算佩環到此淒清。一春沉醉，不管凋零。怕花如雪，雪飄淚，淚成冰。

行香子·尋梅不遇　　呂　良

一綫芳清，窺透簾旌。記佳期逆履相迎。霜橋雪徑，露浦煙汀，恨夜如眠，天如水，月如冰。　　欄回風定，亭虛人靜，是當時攜手娉婷。依依別夢，渺渺空情，但素香遙，幽香冷，暗香凝。

行香子·詠梅花　　楊　強

玉宇冰輪，竹舍蓬門。傍空山倩影逡巡。數聲橫笛，吹滿香雲。似梨花夢，雨花淚，雪花魂。　　梅妻絕唱，梅翁[①]淡墨，倚天然一樣清新。春光旖旎，底處逢君。看詩中韻，畫中骨，水中身。

作者自註：①梅翁：王冕畫墨梅，曾自號梅翁。

二、大賽評點

千載鄉情豈一枝
—— 首屆中華大學生詩詞大賽點評

黃坤堯（香港中文大學）

近年舉辦的首、二屆穗港澳大學生詩詞創作大賽（2006—2007），第三、四屆粵港澳臺大學生詩詞創作大賽（2008—2009），主要都在網上投稿、評審、公示及公佈結果。今年首屆中華大學生詩詞大賽開放予全球在學籍的大學生參加，希望衝破地域的局限，讓大家相互觀摩及比試，提升詩詞寫作的水平，儘量做到公開、公正、公平、公信，不能作偽。2011年5月21日，在初審、複審的基礎上，評判聚首一堂，決出入圍作品及暫定名次。然後在很多家駐廣州的媒體記者前面揭出得獎作品，由於匿名評審及保密原則，當日只能公佈入圍作品及其所屬的地區，在網上公示，稍後還要入圍者在當地接受考核，以及公開檢查作品，相互監督。如果發現抄襲行為或犯上嚴重錯誤，最後還是會取締入圍者的資格，按稍後的排名依次遞補，並於6月25日舉行頒獎典禮。今年詩賽限題限韻，限題專寫杜鵑花或《戰國策》，限韻規定選用上平"四支"或下平"一先"。學生所能表達的內容不多，只能在詩藝上一決高下了。至於詞賽填《行香子》，限寫梅花或《漢書》，可供發揮的空間亦少。《行香子》多用對句，上下片的結拍甚至還用上了排偶句，有時也可以不用對句或排偶句。加以上下片第三句必用"三四"句式，不同於一般七言句的"二二三"句式，也就把很多同學難倒了，犯錯者多，不合格律，能進入複審的更少了。今年比賽面向全球開放，因怕參賽人多，大會嚴格限定每人祇能提交詩詞各一首，不小心在電腦中處理出錯，或是漏寫了一個字，就會被擯出局了。如果容許同學提交兩首作品，或有更好的表現，相對來說也比較公平了。

一、詩組七律

獲獎作品詩詞各九首，現在列出詩組前三名的作品。

詠杜鵑花　　陳皓怡

深淺如何畫入時。漫山霞染競芳姿。
猶憐國祚時偷換，稍報東風鳥自悲。
半折丹株縈有血，萬分憂患訴無辭。

歸心何必憑春望，千載鄉情豈一枝。

詠杜鵑花兼懷新亞書院前賢履川曾先生　　嚴　偉
名花老對瀦崖前。夜怨春山啼血鵑。
破萼一蓬方寸寸，客蹤萬里又年年。
底曾紅雨翻蠻嶺，欲寄丹心映蜀天。
野月無人空自落，邦家魂夢不歸眠。

讀《戰國策》之孟嘗君　　金豆豆
中立諸侯遺子危。厚延眾客復誰隨。
攻秦未雪咸陽恥，相魏終成柏舉私。
長鋏歌餘人落落，雍門調後黍離離。
炎涼貧富如朝市，張祿相知便展眉。

　　在決審的過程中，第一、二首的爭論比較激烈。題目寫杜鵑花，第一首用望帝故事，但望帝失國後化身為杜鵑鳥而不是杜鵑花，好像並不貼切。其實傳說中杜鵑鳥的啼血化成了花，而且花鳥和應，暗用了杜甫"感時花濺淚，恨別鳥驚心"（《春望》）的意境，自然也豐富了作品的表現空間。首二聯字句精鍊，"猶憐"、"稍報"二句用虛字穿插，氣韻流動。頸聯"丹株"和"憂患"詞組成分不同，對仗欠工，但渲染濃情，深化了杜鵑花的神韻。結語"歸心"化解了千載的悲情，不再糾纏於傳統的鄉情和苦思之中，回望漫山花海，而一枝有託了。"春望"一詞巧妙地接上了杜詩《春望》的故國情懷，妙在於若有若無之間，可作多方面的詮釋。全詩色彩鮮妍，結構靈活，層層脫換，搖曳多姿，結局出人意表，自是首選佳作。第二首將杜鵑花映射詩人曾克耑（1900—1975）的一生，借題發揮，參賽作品中最富創意之作，神韻悠揚，別開生面，花與人也就緊密地結為一體了，此詩以立意取勝，表現厚重之感。第一、二首各造佳境，各擅勝場，伯仲之間，不遑多讓。不過第一首複審的分數最高，最後決審時評判爭持不下，祇好遵用複審的分數了。第三首以《戰國策》爲題，評論孟嘗君的行事和成就，難度較高。孟嘗君以五月五日出生，古人以爲不祥。首聯說孟嘗君以庶子的身份脫穎而出，廣延賓客，繼承父親田嬰在薛邑的封地。次聯批評孟嘗君縱橫於七國之間，攻秦相魏，成就不多。三聯寫馮驩彈鋏及雍門子周彈琴故事，暗示盛衰有時。末聯感慨人世炎涼，借張祿爲喻。張祿即范雎，因亡命而改名，得遇相知，成就了一番事業，自然展眉高興了。此詩富於寫實意義，議論人生百態，貧富炎涼，感慨亦深。諸詩寫花詠史，除了意象技巧之外，同時也散發出濃厚的文化情懷，充實學養，深入批評與思考，表現關懷和睿智，功夫在詩外。

其他優異之作仍以詠杜鵑花爲多，偏重在素描和色相的表現，各有個性，寫出不同的情懷。今各舉一聯爲例，具見神采。

露瑩風枝凝翡翠，香洇雨萼冷胭脂。（唐顥宇《詠杜鵑花》）

菊梅遺世空身善，桃李爭春莫我知。（方靈子《詠三峽杜鵑》）

淡抹胭脂愁暗度，解思影墮意遲遲。（詹啟源《詠杜鵑花》）

一段紅綃斟絮夢，九霄溥露沒荒陂。（黃佳娜《詠杜鵑花》）

忽如野火烜高地，勝似紅霞落九天。（陳文慶《詠杜鵑》）

唐顥宇選用"瑩"（yìng，閃耀，去聲）、"洇"（yīn，滲透）兩個冷僻的動詞，鍊字極工，富麗堂皇。方靈子的三峽杜鵑兼具"遺世"與"爭春"之美，表現個性，議論生命境界，眼界亦高。詹啟源以"愁暗度"、"意遲遲"專詠杜鵑花的神韻，柔情似水，心思細密。黃佳娜"紅綃"、"溥露"之喻，也就寫出了杜鵑花的質感，柔美晶瑩。而陳文慶"野火"、"紅霞"烜赫天地之間，花光濃艷，掩映著一片火紅。諸詩切入的角度不同，寫出種種杜鵑花的精神和氣韻。

此外詠史之作不多，優異獎亦得一首，劉梓楠《讀〈戰國策〉》云：

濁世分崩道路偏。每思舉劍質蒼天。
傷麟走犬何人識，變法連兵列國煎。
九鼎誰家爭水火，七雄無計止烽煙。
秦皇自耀千秋事，一統乾坤似小鮮。

此詩專詠秦國掃除六國的史實，文字淺白，敘述清晰，可惜稍嫌空泛。結語稍弱，不著邊際，"小鮮"比喻不倫，有些費解。

二、詞組《行香子》

詞組獲獎作品亦九首，現在錄出前三首的作品。

行香子·詠梅　　林澤武

陌上春遲，江畔雲沉。到黃昏吹笛相尋。疏枝瘦骨，玉蕊冰心。倩行人住，遠人寄，故人簪。　　凋零臥雪，無痕無色，剩冷香悄付愁吟。清寒易寫，孤潔難斟。縱入塵細，入影碎，入眉深。

行香子　　孫妙凝

倚竹心情，和月生涯。遍塵寰唯雪相思。玉溫酒靨，香冷蛾眉。是影斜斜，紅淺淺，意遲遲。　　隴頭路遠，羅浮夢短，夢方醒睫墜冰澌。凋殘春日，根觸年時。向水之湄，悄焉唱，摽兮梅。

行香子・詠梅花　　葉健威

素靨凝芳，紅袖調弦。洗新妝雪地春妍。臨池顧影，幽獨誰憐。恨訴衷情，盟鴛誓，寄釵鈿。　　暗香侵戶，纖雲閉月，淚滴成冰字銀箋。相思紙爐，往事餘煙。況雁來遲，人去遠，笛吹寒。

用詞體來摹寫梅花，古人有《暗香》、《疏影》，名作已多。最好就是似與不似之間，似是指花的色相，不似就是專寫花的神韻了，其中有人，呼之欲出，若隱若現，方爲佳製。而《行香子》音調諧婉，傳神寫意，幾乎更以上下片末拍的"（四）三三"句式來顯現功力，用一個去聲領字帶起三小句，句法相似，用字相近，深具排偶意味；前三句宜寫實，末拍則入虛了。詞組第一、二名的爭論更爲激烈，幾乎無法協調。冠軍之作描寫梅花的形相神韻非常細膩，首句"陌上春遲"有人認爲時序不合，其實"春遲"並不是寫暮春天氣，而是說今年的梅花遲開了。上片沉浸於黃昏笛韻之中，分別摹寫行人、遠人、故人賞梅的反應，表現不同層次的美感。下片專寫梅花的冷香和孤潔，結拍"縱入塵細，入影碎，入眉深"，人與花渾然一體，遙應臥雪無痕，尤令人神往，充分表現詞體的婉約本色，楚楚動人。第二名複審的評分極高，遠遠拋離於其他各首，冠軍幾乎唾手可得。可是"睫墜冰澌"句刻畫過甚，冰澌指解凍時流動的冰塊，場面壯闊，卻不宜用來形容睫毛下晶盈的淚珠。上片結拍"是影斜斜，紅淺淺，意遲遲"，最爲婉約，跟首名之作功力悉敵，難分高下；可是下片結語用典，《詩經》"摽有梅"感慨青春的消逝，顯得焦灼，過於顯露了；在詞體來說，過於典重和質實，相對來說也就失去輕盈的美態了。第三名雕琢工巧，意象精美，結構嚴謹，顯得無懈可擊。可是過於熟悉，全是詠梅的指定動作，不如前兩首自然流露的情韻，帶出新意了。又此詞在複審時排名十七，後來在決審討論的過程中逐步提升上三甲的名次，顯得穩重。其他優異獎結拍各有精神和巧思，例如"更雲相對，雪相伴，月相邀"（葉金平）、"惜花無語，情無計，酒無痕"（顧一心）、"怕花如雪，雪飄淚，淚成冰"（黑白）、"但素香遙，幽香冷，暗香凝"（呂良）、"看詩中韻，畫中骨，水中身"（楊強），其中末首注云："王冕善畫墨梅，曾自號梅翁。"更是融入畫幅中的梅花了。諸詞色彩繽紛，想象入神，感情細膩，音調諧暢，頗有飄飄欲仙之感，而文字的運用亦見得心應手。

　　至於以《漢書》爲題的入圍不多，可能《行香子》的詞調比較輕巧靈活，並不適合用來議論歷史大事，難以協調一些沉重的題材和情節，佳作亦少。複審時本來有一首詞嘯傲風雲，氣勢如虹，評分頗高，可是連用兩個"名"字叶韻，經評判指出，祇能出局了。入圍者僅得優異獎一首，余煜珣《讀〈漢書〉》詞云：

　　　　九闕長安，一騎嫖姚。卻賈生對泣悲鴞。星移天地，日沃江潮。漸雲風起，霜風緊，雪風消。　灰飛青史，何妨下酒，問倩誰千古相邀。疏簾半捲，明月空高。照古人淚，今人笑，後人嘲。

上片以賈誼爲喻，在盛世中埋沒人才，盛衰之間，帶出了時代的哀感。"星移天地，日沃江潮"句動詞精練。雲起風消，表現讀《漢書》時的感情波動。下片用《漢書》下酒，明月疏簾，思緒澄明，同時也照應了不同時代的讀書觀點。

　　本屆比賽原擬面向全球的大學生，可是目前獲獎者仍以中國大陸及香港的學生爲主，連過去屢次獲獎的澳門及臺灣的同學都未能入選，實在有些遺憾。此外，詠花的作品容易獲獎，而詠史的難度則高。我們不擬平衡各方得失，也不作任何的調整及分配席位，就讓作品的排名按最後得分真實地呈現出來吧。未能獲獎的就永遠保密。其實同學們都志在參與及切磋觀摩而已，得失並不重要，不同的評判可能會另有選擇。詩詞的評賞絕對是主觀的，而這也是文學的迷人之處。

無論詩組、詞組，由於觀點角度的不同，美感的表現不一，加上詩詞體製本色所在，第一、二首看來還是有爭論的，以至其他排名先後，未知讀者的看法怎樣。廣東大學生獲獎者詩詞各佔五席，盡得地利及語言之便，成績彪炳。此外，在三甲六首的作品中，香港學生竟然贏得了一半的席次，其他分別由惠州、南京及北京奪得。從全國以至全球的角度來看，成績更佳。原來香港三位同學早就在本地的詩詞比賽中連年獲獎，訓練有素了。潛移默化，看來還是詩教的功效。

三、詩詞比賽與創作平臺

香港每年都有兩項詩詞比賽，由中學生以至大學生都可以參加，已經超過 20 年的歷史，有些早年獲獎的學生，現在已在大學當教授了。本屆陳皓怡、嚴偉、葉健威三人在大賽中脫穎而出，分別取得三甲的位置，表現優異，其實他們早在 2009 年第十九屆全港詩詞創作比賽中就嶄露頭角，同場獲獎了。

陳皓怡（元朗裘錦秋中學）《學詩有感》獲第十九屆全港詩詞創作比賽特別獎（2009），《求籤》獲第二十屆全港學界律詩創作比賽優異獎（2009），《觀維港煙花有作》獲第二十一屆全港學界律詩創作比賽季軍（2010）。以上獲獎的全屬中學時代的作品，今年纔入讀嶺南大學，可見這也是一張十分亮麗的學詩成績單了。

嚴偉《讀杜詩有感》獲第十九屆全港詩詞創作比賽季軍（2009），《西湖消夏》獲第四屆粵港澳臺大學生詩詞創作大賽優異獎（2009），《春桃》獲第二十一屆全港學界律詩創作比賽冠軍（2010），《春謁宋王臺》獲第二十二屆全港學界律詩創作比賽學界冠軍（2011）。

葉健威《書懷》獲第十九屆全港詩詞創作比賽優異獎（2009），《一叢花》獲第二十屆全港詩詞創作比賽優異獎（2010），《春歸故里》獲第二十一屆全港學界律詩創作比賽季軍（2010），《有感》獲第二十二屆全港學界律詩創作比賽特別獎（2011）。

今年第二十二屆全港學界律詩創作比賽，中學組趙文慧（華英中學）《過林泉居》得優異獎，詩云：

> 幽林白鳥訴情冤。哽咽冰泉念雨魂。
> 寂寂合歡迎紫暮，疏疏細草向黃昏。
> 香園舊夢終俱滅，苦獄丹心未蝕吞。
> 悵望芳華搖落處，憐君何事滿愁怨。

詩中"怨"（yuān）讀平聲。此詩寫戴望舒（1905—1950）戰時來港住薄扶林道92號林泉居，現址爲利嘉大廈。1942年初被日軍逮捕入獄，堅撓不屈。作者讀初中二年級，文字稚嫩。面試時考上聯"開花半落猶邀蝶"，她對出了下聯"晚樹全枯似送鶯"，亦見精巧。從這些中學生身上，可見香港詩壇的未來還是充滿希望的，而詩教也可以及早開展了。古代科舉有以詩取士之說，固然詩才輩出。現在時移勢易，其實詩詞比賽就是一個創作的平臺，供學生觀摩比賽之用，假以時日，必可培育後起之秀，充實學養，在文化自覺中涵泳廣泛的興趣，提升藝術境界。

附　錄

一、大賽公告

由中華詩教學會主持的中華大學生詩詞大賽旨在弘揚國粹，促進中華傳統詩詞創作，加強中華文化圈的學術及文化交流。大賽既往的賽事基礎是四屆粵港澳臺大學生詩詞大賽。從 2011 年起擴大爲中華大學生詩詞大賽。

首屆中華大學生詩詞大賽由中山大學中文系承辦，廣州市千葉表面處理科技有限公司和廣東書法院資助。大賽具體工作由中華詩教學會秘書處（設在中山大學中文系）負責，中山大學嶺南詩詞研習社協助。

1. 具體日程（2011 年 4—6 月）。
4 月 10—20 日接收電子投稿。
5 月 1—15 日，通訊評審（兩輪）。
5 月 21、22 日，會議評審，在中山大學中文系舉行。
5 月 22—29 日在中山大學中國文體學研究中心網上公示。
6 月 25 日下午三時在中山大學中文系舉行頒獎典禮。
2. 大賽組委會。
主席：中華詩教學會會長陳永正教授
成員：黄坤堯（香港中文大學）、蕭麗華（臺灣大學）、施議對（澳門大學）、張海鷗（中山大學）、彭玉平（中山大學）
秘書長：張海鷗
通訊評委十人（義務評審）：
詩組：蕭麗華（臺灣大學）、錢志熙（北京大學）、周裕鍇（四川大學）、胡曉明（華東師大）、程章燦（南京大學）
詞組：施議對（澳門大學）、黄坤堯（香港中文大學）、鍾

振振（南京師大）、尚永亮（武漢大學）、彭玉平（中山大學）

會議評委五人（義務評審）：陳永正、黃坤堯、鍾振振、周裕鍇、彭玉平

3. 獎項及獎金。

大賽分詩組、詞組，獎項及獎金如下：每組冠軍一名（五千元）、亞軍一名（三千元）、季軍一名（兩千元），優異獎六名（每位一千元）。兩組共18項獎。

4. 比賽規則。

（1）組別、參賽資格、參賽方式等。大賽分詩賽和詞賽兩組。全球公立、私立大專院校2011年6月在學籍之大學生均可參賽。參賽者可單獨參加詩賽或詞賽，亦可同時參加詩賽和詞賽，但參加每組比賽之作品僅限一首。參賽者可同時在詩賽和詞賽中獲獎。參賽作品糊名評選。入選作者須在原居地接受大賽組委會委託教授的面試，確認真實性後始得獲獎。未入選者身份保密。參賽作品須爲未在任何紙質或網絡媒體發表之原作，倘發現抄襲，即取消參賽資格。

（2）比賽題目及規則。詩賽限作七律，題目：《讀〈戰國策〉》、《詠杜鵑花》，任選其一。韻限《平水韻》或《佩文詩韻》上平聲"四支"或下平聲"一先"。

詞賽限作《行香子》，韻依《詞林正韻》，不限韻部。題目：《讀〈漢書〉》、《詠梅花》，任選其一。

5. 投稿。

2011年4月10日至20日接受電子投稿，郵箱：zhdxsshicidasai2011@hotmail.com。

可登錄中山大學中國文體學研究中心網站（http：//wtx.sysu.edu.cn/）了解大賽資訊。

稿件格式：姓名、所在地、學校院系班級、學生證號、身份證號、電話（最好是手機）、電子郵箱。

作品：律詩不必標示平仄。詞作須在譜式之下填詞，格式如：

《行香子》

[平]仄平平，[平]仄平平。仄[平]平[仄]仄平平。[平]平
前　歲栽桃，今　歲成蹊。更　黃　鸝久　住相知。微　行
[平]仄，[仄]仄平平。仄[平]平[仄]，[平][平]仄，仄平平。
清　露，細　履斜暉。對　林　中　侶，閒　中我，醉中誰。
[平]平[仄]仄，平平[平]仄，仄[平]平[平]仄平平。
何　妨到　老，常聞　常醉，任　功　名　生　事俱非。
[平]平[平]仄，[仄]仄平平。仄[仄]平[平]，[仄]
衰　顏　難　強，拙　語多遲。但　醉　同　行　，月
[平]仄，仄平平。
同　坐，影同歸。

參賽作品請謹依此譜，不得使用同調別體。儘量不用序，必用者請儘量簡短。使用通常典故者不必注釋，生辟典故需要注釋者，須簡明扼要。

6. 結果公示。

5月22—29日在中山大學中國文體學研究中心網上公示擬獎作品，接受實名檢舉投訴。證實違規者取消獲獎資格。

頒獎典禮：6月25日下午三時在中山大學中文系舉行頒獎典禮。

7. 查詢及聯絡。

（1）請用電子郵件查詢，郵箱：zhdxssshicidasai2011@hotmail.com。

（2）請登錄中山大學中國文體學研究中心網站（http：//wtx.sysu.edu.cn/），註冊後即可發言詢問。

二、獲獎名單

詩　組

冠　軍　陳皓怡　香港嶺南大學中文系一年級本科生
亞　軍　嚴　偉　香港中文大學中國語言及文學系三年級本科生
季　軍　金豆豆　首都師範大學歷史學院文物鑒定與保護班二〇〇七級本科生
優異獎　唐顥宇　華東師範大學中文系二〇一〇級本科生
　　　　　方靈子　中山大學社會學專業二〇〇七級本科生
　　　　　詹啟源　韓山師範學院中文系二〇〇八級本科生
　　　　　劉梓楠　中山大學中文系二〇一〇級本科生
　　　　　黃佳娜　韓山師範學院中文系二〇〇八級本科生
　　　　　陳文慶　中山大學理工學院微電子學二〇〇八級本科生

詞　組

冠　軍　林澤武　惠州學院中文系二〇〇七級本科生
亞　軍　孫妙凝　南京師範大學文學院二〇〇八級本科生
季　軍　葉健威　香港中文大學中文系三年級本科生
優異獎　葉金平　廣東海洋大學寸金學院外語系中英文秘班二〇〇八級本科生
　　　　　余煜珣　中山大學中文系二〇一〇級本科生
　　　　　顧一心　中山大學中文系二〇〇七級本科生
　　　　　黑　白　中山大學嶺南學院經濟學系二〇〇八級本科生
　　　　　呂　良　安慶師範學院中文系二〇〇九級本科生
　　　　　楊　強　山西大學教育學院二〇〇七級本科生

中華白海豚杯全國詩詞邀請賽[*]
獲獎作品（2011 年 8 月）

詩　組

遊子情鍾白海豚　　　趙嘉平

浪跡天涯夢故村。又尋國寶過崖門。
情牽彼岸金山客，心醉中華白海豚。
曾記清平興世族，每驚穢濁誤昆侖。
長空時奏共榮曲，雨散雲流見早暾。

悲白頭　　　黑　白

錦瑟華年一夢回。盧亭泣淚盡成灰。
浮沉玉尾乘波怒，破碎雲衣落雨哀。
儔侶嚶嚶皆似訴，伐檀坎坎竟相摧。
秋風不信人間換，猶帶當時海月來。

---

[*]　按，本賽事無評點文章。

崖門白海豚　　郭鵬飛

江山春夢總如煙。織績還珠命苟全。
愁裏望崖聽杜宇，閒中戲水蕩嬋娟。
相知好是分三徑，自惜無非沕九淵。
帝子前身皆似幻，汴杭回首是何年。

詠白海豚　　唐　雨

遺佩歸來夜，流形蛻海天。
探星鳴貝細，逐影喜魚顛。
頹浪經春息，涔雲盡日懸。
早知親隱壑，徒寫武陵篇。

江門禮贊　　薛啟春

江門耿耿一忱丹。海宇胸襟氣自寬。
風雨綢繆憐綺夢，煙霞璀璨靚微瀾。
白豚嬉戲矜生態，皎月清盈惬倚欄。
氣概昂藏堪敬畏，且搖柔櫓問晨安。

保護中華白海豚　　王崇慶

世界生靈理共存。更須呵護地球村。
不教歲久兒孫輩，祇在圖中識海豚。

詞　組

臨江仙・詠中華白海豚　　胡躍飛

浪裏白條曾笑看，兒童一樣天真。渾身技藝獻頻頻。鰭張波面躍，尾擺水中奔。　　今日相逢如老友，攜來幼仔群群。繞船嬉戲倍相親。海洋生態好，歸去說江門。

蘭陵王・海豚之哀　　楊掌丁

行迅捷，渾身如玉似雪。御浪濤，千里未倦，故土重遊情味切。江河魚龍越。曾結，鴛盟若鐵。相攜手，天涯共旅，同見湖心清秋月。　　一朝歡娛絕。歎天地遼闊，傷害不歇。鋼柱擎天如林列。更煙波盡墨，絲網遍佈，無奈母子生死別，肝腸盡染血。　　凝噎，心欲裂。況眼中悲淚，如火滾熱。尤物自古易殘缺。多情無人賞，乃是豪傑。海裏神仙，每念起，思難滅。

沁園春　　吳美梨

粵海風光，似畫如詩，嵌玉堆銀。看波光瀲灧，金鱗萬頃，蕉堤迤邐，綠帶無垠。草碧山青，蝦肥蟹碩。浪靜潮平輕一身。船家樂，伴漁郎對唱，麗水相親。

蒼天惠賜奇珍。熱鬧了伶仃洋水濱。喜江豚漫舞，沙鷗嬉戲，紅蓮獻媚，翠蓋含芬。鶴釣柔情，櫓搖好夢，生態文明景醉人。芳汀美，倩君多愛護，四季長春。

望海潮・題香港回歸吉祥物　　王興一

口噙飛湧，鰭搖碎雪，大洋別樣風光。吞住浪花，分開水路，伏波嬉戲非常。何處問仙鄉。賴傳呼眷顧，聲納傳香。又見風流，向空抻展素羅裳。　　中華就是天堂。看天青海宴，帆競鷗翔。白玉捲濤，明珠濺雨，回歸做了吉祥。蹈海水雲長。須臾還親昵，喜弄滄浪。依戀鄉情不減，躍起一雙雙。

減字木蘭花・白鱀豚如是說　　張本應

天心難度，斷種滅門渾未覺。幸有江門，仗義招歸欲逝魂。　　水親雲捲，遊戲波中稱大腕。莫笑荒唐，夢裏猶窺五大洋。

南鄉子・珠江淚　　黃愛玲

劈水回眸。若雪嬌姿碧海悠。摘浪穿花舟落影，無憂。可是瑤池白玉投。　　夢斷難休。不盡傾天濁浪浮。誰浣一江清月秀。長籌。還我逢生一脈留。

附　錄

一、邀請賽公告

　　江門中華白海豚省級自然保護區管理處負有宣教、管護、科研、開發四大職責。爲了更好地保護中華白海豚，建設海洋生態文明，繁榮海洋文化事業，謳歌藍色國土，提高群眾保護海洋珍稀動物意識和海洋環保意識，特舉辦此次詩詞邀請賽。

（一）大賽組委會

名譽主席：聶黨權（中共江門市委常委、江門市人民政府常務副市長）

主　　任：張杜明（江門市海洋與漁業局局長）

副主任：吳少強（江門中華白海豚省級自然保護區管理處主任）

　　　　張海鷗（中華詩教學會常務副會長兼秘書長）

　　　　趙一翰（新會岡州詩社社長）

委　　員：柯明錚、葉發瓊、趙少林（均爲新會岡州詩社副社長）

　　　　孔祥坤、蔡卓宇（江門中華白海豚省級自然保護區管理處）

秘書長：趙一翰（秘書處設在新會岡州詩社）

評審委員會：

古求能（《當代詩詞》主編）

周克光（《詩詞報》副總編）

鍾　東（中山大學教授）

趙維江（暨南大學教授）

熊東遨（《中華詩詞》編委）

（二）賽事規則

參賽作品均須以"保護中華白海豚，建設海洋生態文明"爲主題，突出歌詠中華白海豚和海洋生態環境。

作品體裁限格律詩詞、古體詩。賽事分詩、詞兩組。每位參賽者可同時參加詩、詞賽事，參加每組賽事限交一至二首作品。詞牌自選。詩詞題目自定（可以不用題目）。儘量不用序。用典故需注釋者，須簡明扼要。詩標點衹用逗號、句號。詞標點衹用逗號、頓號、句號。無論詩詞，韻腳處都用句號。使用簡體漢字。詩限用《平水韻》，詞限用《詞林正韻》。作品應爲本人原創，且未在網絡、報刊公開發表過。嚴禁抄襲。詞作須注明所依詞譜，如《欽定詞譜》、《白香詞譜》、龍榆生《唐宋詞格律》等。

文本格式：word 文檔，A4 紙橫排，作者資訊居上（含姓名、所在地、職業、身份證號、電話、電子郵箱）。空兩行，題目宋體四號加粗，另起行，正文宋體小四號。

投稿格式：姓名、所在地、職業、身份證號（學生還須提供學生證號）、電話（最好是手機）、電子郵箱。詩詞格式示例：

詠杜鵑花（七律）

深淺如何畫入時。漫山霞染競芳姿。
猶憐國祚時偷換，稍報東風鳥自悲。
半折丹株縈有血，萬分憂患訴無辭。
歸心何必憑春望，千載鄉情豈一枝。

《行香子》（據《欽定詞譜》）

［平］仄平平，［平］仄平平。仄［平］平［仄］仄平平。［平］平
　　前　歲栽桃，今　歲成蹊。更　黃　鸝久　住相知。微　行
［平］仄，［仄］仄平平。仄［平］平［仄］，［平］［平］仄，仄平平。
　清　露，細　履斜暉。對　林　中侶　，閒　中我，醉中誰。
［平］平［仄］仄，平平［平］仄，仄［平］平［平］仄平平。［平］
　何　妨到　老，常聞常　醉，任　功　名　事俱非。衰
平［平］仄，［仄］仄平平。仄［仄］平［平］，［仄］［平］仄，仄平平。
顏　難　強，拙　語多遲。但　醉　同行　，月　　同　坐，影同歸。

（三）投稿方式

電子稿投稿郵箱：gdxhgzss@163.com

列印稿郵寄地址：廣東省江門市新會區會城南隅路九巷六號301岡州詩社，郵編：529100。

《大賽公告》在《中華詩詞》、天涯網站、中山大學中國文體學研究中心網站、新會景堂圖書館網站發出，並通過郵寄、遞送等各種方式發佈。即時接收投稿，截止時間順延至2011年11月10日止。

（四）獎項設置

本屆大賽獎勵作品共40篇，頒發獲獎證書（證書使用"江門中華白海豚省級自然保護區管理處"、"大賽組委會"、"《當代詩詞》編輯部"公章）。其中，一等獎二篇（詩、詞各一），獎金三千元；二等獎四篇（詩、詞各二），獎金二千元；三等獎六篇（詩、詞各三），獎金一千元，合計12篇。優秀獎18篇，獎金五百元。提名獎10篇（優秀獎、提名獎不分詩、詞），獎金一百元。

（五）作品評審

全程匿名評審，共分五輪：①秘書處將全部投稿編成電子文本，匿名編號，交給中山大學嶺南詩詞研習社進行格律審查。②評委初選詩詞各20篇並排序。③秘書處將初選作品按總分排序後再發給評委，評委再次選出詩詞各20篇並排序。④評委會議終評。⑤在天涯網站、中山大學中國文體學網站、新會景堂圖書館網站公示一週。

（六）頒獎典禮

2011年12月下旬在新會區舉行頒獎典禮、書畫展覽、作品集首發式。

（七）其他

本大賽的獲獎作品，主辦單位有權合法使用。大會組委會擬舉辦"保護中華白海豚詩詞書畫作品展覽"。大會組委會擬將優秀詩詞作品和書畫作品結集編印。主辦單位對上述活動有解釋權。

江門中華白海豚杯全國詩詞邀請賽組委會主辦
中山大學嶺南詩詞研習社承辦
2011 年 8 月 25 日

二、獲獎名單

詩　組

一等獎　趙嘉平（加拿大）
二等獎　黑　白（廣東）
　　　　　郭鵬飛（廣東）
三等獎　唐　雨（廣東）
　　　　　薛啟春（吉林）
　　　　　王崇慶（湖北）
優秀獎（九名，略）
提名獎（五名，略）

詞　組

一等獎　胡躍飛（湖北）
二等獎　楊掌丁（廣東）
　　　　　吳美梨（廣東）
三等獎　王興一（陝西）
　　　　　張本應（安徽）
　　　　　黃愛玲（廣東）
優秀獎（九名，略）
提名獎（五名，略）

彭壽眉杯國際大學生研究生詠花詩詞大賽[*]獲獎作品（代第七屆蒹葭杯，2012年4月）

詩　組

帝女花　　雷欽健

寒霜侵帳夜眠遲。燒燭來窺帶露姿。
借汝香魂酬缺月，憑誰血淚寫新詩。
花期轉瞬渾如夢，國事回頭祇覺悲。
縱使凋零應不落，西風滿院亦何知。

桂　花　　蒙顯鵬

芳心的皪淡妝勻。點綴苔霜意態親。
自表風塵棲僻淨，未如桃李媚梁津。
龍涎已染深侵骨，琥珀誰雕細似塵。
佔斷秋光仍有恨，天香恨不佩靈均。

---

[*] 按，本賽事無評點文章。

蒲公英　　唐顥宇

素以身輕難自由。嬌魂誰與問沉浮。
謾因有意千尋去，翻爲無根一概愁。
南北東西猶歷亂，風花雪月自勾留。
相依飛過寒陽裏，落落長街祇是秋。

桂　花　　張加和

西河斫者畧披襟。搖落秋霜綵角侵。
月魄憐時含繾綣，鳳簫黯處轉深沉。
繁條凝露供仙餌，疏景流風散楚吟。
十二樓前人倚遍，殷勤藥杵搗冰心。

菊　花　　羅杵增

予年初返穗，攜一孤菊，不意經春竟發。
憐君何事亦違時。卻立群芳發一枝。
碧葉經春始凋落。白花逢雨正披離。
天南炎熾香猶冽，彭澤風儀酒莫辭。
高潔本來宜自惜。蛺蜂好去不相知。

廣玉蘭花　　胡善兵

南師隨園古籍典藏館前有廣玉蘭兩樹，別來近兩年矣。
白石階前兩樹青。飛簷蒼瓦對亭亭。

最高枝上琉璃盞，第一園中玉雪馨。
修竹來鄰增古直，海棠相望媚娉婷。
送風迎雨瀟瀟葉，記得推窗負手聽。

荷　花　馮薈竹

湖畔重來竹影斜。盈盈隔岸曜芳華。
妝成倩影聽朝露，搖動芳姿浴晚霞。
豈必傾城隨逝水，何曾遁世泛浮槎。
來時明艷三千頃，願托此生如夏花。

殿春芍藥　余煜珣

期守東風羨落英。消磨夏日怨佳名。
少遊墨裏千秋淚，溱洧詩中一霎晴。
不死春心憑血繼，孤妍國色爲誰生。
揚州花市踟躕久，怕惹芳香喚舊盟。

蒲公英　熊　偉

儼然凝澹了無塵。徙倚天涯楚客身。
五嶺晴光生沆瀣，四時淑氣長精神。
鍾靈造化同心結，應律青陽並蒂春。
不與群芳爭伯仲，一心祇作護花人。

詞　組

高陽臺・水仙花　　于莎雯

　　金盞斟霜，銀臺貯月，淩波未展風襟。渺渺幽懷，夜分誰伴清琴。明朝又聽梅花雪，共梅花、各自沉吟。算由來、芳友相憐，歲序相侵。　　盈盈濯足寒溪裏，更羅衣浣碧，玉手雕琛。漫贈明璫，芳心一朵斜簪。靈芬暗逐纖塵去，透湘簾、酣夢沉沉。且從容、惜取冬魂，寄與春深。

菩薩蠻・海棠花　　胡善兵

　　條風半醒惺忪魄。曉妝深淺思量著：鸚綠與猩紅。胭脂工未工。　　扶頭春釀醉。多少娉婷意。頑艷到淒涼。不含輕薄香。

宴清都・荷花　　饒一凡

　　露洗熏風面。紅妝薄、玉盤羅帶清淺。華清池主，吳宮浣女，恐應羞見。憐他款款蜻蜓，更不道、愁長恨短。恨絕世、那復馨香，飛霜冷落芳苑。　　亭亭淨出新塘，淩波點水，縠皺聲遠。霓裳舞破，煙銷粉淚，倩何人歎。憑將建安高賦，易換得、瑤池夢斷。慣倚風、淺笑低言，彤雲晼晚。

減字木蘭花・詠玉蘭　　郭鵬飛

天成雅秀。寤寐清姿辜負久。暗數當時。眉月西湖唱小詩。　　經宵雨徹。十里風香飛玉屑。認碧成朱。換得魂銷恐不蘇。

蝶戀花・杜鵑花　　張加和

枉種去年心一寸。過盡東風，點點憑誰搵。通苑小階依舊認，楚雲飛散胭脂褪。　　啼鴂聲聲催不近。暗蹴春泥，猶在紅邊困。淺笑移將無限恨，花名祇當尋常問。

齊天樂・蒲公英　　陳一言

一川輕絮含煙晚，離離遠山歸路。月冷寒塘，苔荒舊館，飄盡愁心何許。芳華暗度。任衣換征塵，鬢霑零露。客跡難尋，綠陰纔過蝶相誤。　　依依向誰問信，恨天涯夢斷，幽意低訴。小徑鶯迷，纖林葉落，卻向熏風凝佇。淒懷倦旅。對斜照秋原，暗傳私語。野驛燈殘，怨啼蛩更苦。

虞美人・詠桃花　　羅愷乂

薰風乍送飛光遠。風情遊絲冒。東君初剪幾枝紅。冷雨舞衣零落滿襟風。　　通明欲奏難成語。極目江南樹。春歸休草瘞花銘。已是西樓愁聽賣花聲。

鷓鴣天·桂花　　彭潔明

歷歷山川不自持。經秋重至桂香期。三千世界初開裏，十二欄杆欲倚時。　江左月，漢南詩。寄身何用逆風飛。此身終作江南客，手撚繁英憶故枝。

鷓鴣天·牡丹花　　刁俊婭

京洛風流絕代魂。縱然西子翠蛾顰。朱唇點罷嬌羞面，玉縷妝成慵困身。　香滿袖，袖含春。堪憐英落作纖塵。祇今描取丹青上，寄與殷勤夢裏人。

附　錄

一、大賽公告

彭壽眉先生一生爲家鄉教育事業貢獻良多，曾倡辦龍川縣始雲中學、俊升學校，親自主持國民專修班，以後又極力支持新建共和小學。其子彭學進先生終生從事教育事業。其孫彭書城先生曾任美國三藩市中華總會館主席團主席、人和會館主席，現任惠陽同鄉會會長、廣東省海外交流協會理事、美國昌龍建材有限公司總裁、山灣香菇公司董事長及彭壽眉教育獎勵基金會董事長，2009年應中華人民共和國國務院邀請參加國慶六十週年觀禮嘉賓。

彭書城先生爲了繼承和發揚先輩遺志，振興祖國的教育事業，特倡議舉辦"國際大學生研究生詠花詩詞大賽"，委託《中華百花詩書畫集》編委會主持、中山大學嶺南詩詞研習社承辦。同時從參賽作品中優選詠花詩詞收入《中華百花詩書畫集》。詠花詩詞大賽獎金贊助單位是彭壽眉教育獎勵基金會（董事長彭書城，地址：2000OakdaleAve，SanFrancisco，Ca94124U.S.A）。

（一）大賽策劃人

利向陽（旅美花中校友會榮譽顧問、廣州市楹聯學會榮譽常務理事）、張海鷗（中山大學教授、博士生導師、中華詩教學會常務副會長）、趙福壇（廣州大學教授、廣東省古代文學理論研究會副會長等）

（二）評委

陳永正、張海鷗、彭玉平、譚步雲、鍾東

（三）獎項及獎金

大賽分詩組、詞組，獎項及獎金如下：每組冠軍一名（二千元）、亞軍一名（一千元）、季軍一名（五百元），優異獎六名（每位一百元）。兩組共18項獎，證書和獎金由承辦方郵寄。

（四）大賽具體日程

5月15—30日接收電子投稿；6月1—5日格律審核；6月6—20日由嶺南詩詞研習社組織匿名初評、再評（兩輪）；6月23日會議評審；6月24—30日在中山大學中國文體學研究中心網上公示。

（五）比賽規則

1. 組別、參賽資格、參賽方式等。

大賽分詩賽和詞賽兩組。全球公立、私立大專院校2012年6月在學籍之大學生、研究生均可參賽。參賽者可單獨參加詩賽或詞賽，亦可同時參加詩賽和詞賽，但參加每組比賽之作品僅限一首。參賽者可同時在詩賽和詞賽中獲獎。參賽作品糊名評選。未入選者身份保密。參賽作品須爲未在任何紙質或網絡媒體發表之原作,倘發現抄襲,即取消參賽資格。在評審結果公佈之前,參賽者不得向任何評委透露自己的參賽作品。

2. 比賽題目及規則。

大賽所詠花卉以利向陽先生提供的 40 種中華花木爲題,作品體裁限格律詩詞,詩限五、七言律、絕(不接收排律),押平聲韻,不限韻部,韻依《平水韻》。詞賽不限詞牌,不限韻部,韻依《詞林正韻》,譜式依龍榆生《唐宋詞格律》所確定之正格,不用別體。

作品格式:詩不必標示平仄。詞作必須在譜式之下填詞,格式如下例:

《江城子》

中平中仄仄平平(韻)。　　仄平平(韻),仄平平(韻)。
效顰　飛起郡城東。　　　　　碧江空,　　半灘風。
中平中仄,中仄仄平平(韻)。中仄中平平仄仄,平仄仄,仄平
越王宮殿,蘋葉藕花中。　　　簾捲水樓魚浪起,千片雪,雨濛
平(韻)。
濛。

無論詩詞,每首作品都須用題目標明"××花"。儘量不用序,必用者請儘量簡短。使用通常典故者不必注釋,生僻典故需要注釋者,須簡明扼要。

(六)注意事項

稿件格式:姓名、所在地、學校院系班級、學生證號、身份證號、電話(最好是手機)、電子郵箱。

投稿:2012 年 5 月 30 日前接收電子投稿箱:pengshoumeibei2012@hotmail.com。

可登錄中山大學中國文體學研究中心網站（http://wtx.sysu.edu.cn/）瞭解大賽資訊。

（七）結果公示

6月24—30日在中山大學中國文體學研究中心網站公示擬獎作品，接受實名檢舉投訴。證實違規者取消獲獎資格。

（八）查詢及聯絡

1. 電子郵件查詢：pengshoumeibei2012@hotmail.com。

2. 登錄中山大學中國文體學研究中心網站，註冊後即可發言詢問。

彭書城先生委託《中華百花詩書畫集》編委會主持
中山大學嶺南詩詞研習社承辦

二、獲獎名單

詩　組

冠　軍	雷欽健	惠州學院中文系二〇〇八級一班本科生
亞　軍	蒙顯鵬	四川大學文學院古代文學專業二〇一一級碩士生
季　軍	唐顥宇	華東師範大學中文系二〇一〇級三班本科生
優異獎	張加和	中山大學中文系古典文獻學專業二〇一一級碩士生
	羅杵增	華南師範大學文學院漢語言文學二〇〇九級本科生
	胡善兵	澳門大學中文系二〇一〇級博士生
	馮薈竹	中山大學法學院二〇〇八級三班本科生
	余煜珣	中山大學中文系二〇一〇級乙班本科生

　　　　　熊　偉　西南民族大學文學與新聞傳播學院一〇〇一班

詞　組

冠　軍　于莎雯　南京師範大學文學院古代文學專業二〇〇八級博士生
亞　軍　胡善兵　澳門大學中文系二〇一〇級博士生
季　軍　饒一凡　深圳大學生命科學院技術一班
優異獎　郭鵬飛　中山大學中文系二〇〇九級本科生
　　　　　張加和　中山大學中文系古典文獻學專業二〇一一級碩士生
　　　　　陳一言　湖南師範大學文學院漢語言文學專業二〇一〇級三班本科生
　　　　　羅愷文　上海師範大學人文與傳播學院漢語言文學專業二〇一一級本科生
　　　　　彭潔明　南京大學文學院中國古代文學二〇〇九級博士生
　　　　　刁俊婭　復旦大學中文系二〇一一級碩士生

第二屆中華大學生研究生詩詞大賽獲獎作品（2012年5月）

一、獲獎作品

詩　組

詠盤龍金橘　　劉梓楠

繁華生滅幾經春。往事誰堪問水濱。
玉璽莫尋龍遁處，黃袍終著歲寒身。
盤根絡地無全甲，直幹摩空有逆鱗。
蘇世獨看塵世改，懸金萬古照鄰鄰。

讀《宋史》　　趙宏祥

難洗銅駝劫後塵。承天井水溉荒榛。
已無鷫首奔崖海，猶有鶩心勾黨人。
杜宇殘啼金碗覆，冬青遍樹玉魚陳。
丙丁肯鑒興亡事，何必西臺慟哭頻。

讀《宋史》　　張加和

時節傾頹玉殿春。可憐稚子久蒙塵。
蟲沙俱化南巡轍，枌梓虛招北望人。
遍扣九閽推曆數，難矜餘勇作新民。
怳然掩卷千年下，碧海精禽認後身。

詠蟠龍金橘　　王孫涵之

何年璇極落炎方。獨立厓門日月長。
雨去猶疑留黼黻，雲來還自戰玄黃。
蒼鱗剡節潛虯影，赤實霜華志士腸。
堪借一枝存古廟，聲聲望帝更斜陽。

讀《宋史·辛棄疾傳》有懷檃括其詞　　張培陽

猶記當年夕照黃。故園一望幾神傷。
已無天地憑公窄，剩有青山爲甚狂。
弦裏南音新氣味，樓中北固舊風光。
醒來不覺松扶力，衹任星星鬢滿霜。

讀《宋史》　　裴靜遠

文采風流夢一場。繁華過盡剩斜陽。
青衣侍酒黃沙冷，魚腹捐軀赤海長。
嶺上雲霞藏碧血，湖中越女醉平章。

前塵已遠山河邈，掩卷空餘淚數行。

詠蟠龍金橘　　顧一心

海角春愁沒此身。滄流北去盡胡塵。
枝頭金縷渾如訴，崖底頹波信有因。
風日難銷兵氣冷，青黃已換物華新。
人間忍問誰蘇世。絕筆猶然感獲麟。

讀《宋史》　　蒙顯鵬

燕雲未復實堪傷。拱手輿圖肇靖康。
千驥北趨輸歲幣，一江南計控梯航。
新頒策黜猶牛李，例奏昇平似汴梁。
莫道餐胡飛將在，誰教死不向沙場。

讀《宋史》　　朱學博

青編舊簡事滄桑。猶有詩人哭靖康。
北馬揚塵昏日月，南風變徵泣玄黃。
關河久望誰呼渡，歌舞偏安我欲傷。
轉眼煙光消散去，故園葵黍已茫茫。

詞　組

一剪梅・詠厓門宋元古戰場　　余煜珣

天遠長如風雨遮。獨立摩崖，久繞寒鴉。精魂沉海悵年年，遍問群鷗，故國繁華。　　昔泛赤潮今落霞。莫說興亡，漫怨胡笳。笙歌早是徹西湖，舸艦都成，醉裏星槎。

一剪梅・詠海棠花　　洪柳

玉樹新裁蜀錦衣。疏影微醺，粉映羅幃。軒窗閒看舊年詩，常把無情，誤作相知。　　煙景遲遲人欲歸。淡淡春衫，不掃蛾眉。流光一轉似當時，新夢難成，雨打風吹。

一剪梅・詠池上垂絲海棠　　唐顥宇

春水胭脂淺淺妝。彼美人兮，宛在中央。天將清怨護崇光。爲怕多情，特地無香。　　一絡絲牽百轉腸。費盡思量，瘦盡春光。那堪花底散鴛鴦。恨不成雙，粉淚淋浪。

一剪梅・詠厓門宋元古戰場　　周雅傑

春去銀洲見落花。燕子呢喃，幾處人家。飄零還是五陵人。聞了漁歌，又聽胡笳。　　魂夢如雲舊事賒。海上斜陽，暮裏飛鴉。東風回首意咨嗟。淚落山崖，身向天涯。

一剪梅·詠厓門宋元古戰場　　張培陽

不復臨安是樂鄉，客裏魂銷，一抹殘陽。狼煙昨夜到厓門，剩卻沉沙，多少淒涼。　　自古丹青都幾行，天也何知，亂點滄桑。悲歡今擬問流雲，唯有啼鴉，遙送蒼茫。

一剪梅·詠厓門宋元古戰場　　林　杉

孤注何堪海上盟。血染樓船，笳動危旌。艱難風雨下零丁。飄絮飛花，盡化浮萍。　　銅馬金人例棘荊。破碎山河，翻覆棋枰。舊家燕子語堂前。江左朱門，昔號昇平。

一剪梅·詠海棠花　　胡善兵

鸚綠猩紅壓一園。宜月宜風，宜雨潺潺。曾誰月底並肩看，花影珊珊，裙影珊珊。　　海角春來愛倚欄。霧失潮天，雲疊千山。人生不合別江南，和雨和風，一樹華年。

一剪梅・詠海棠以懷人　　李駿濤

初見飛瓊露氣涼。窄窄衣裳，淡淡梳妝。塵心何處解香囊，醉入深鄉，睡足春陽。　　遮莫燈心和淚長。欲說思量，已慣彷徨。因循又恐嫁秋霜，腸斷疏窗，夢繞迴廊。

一剪梅・詠白海棠　　顧　丹

敢借丹青畫幾分。拙筆難描，玉骨冰魂。偏逢春老落花時，斜倚枝頭，月冷香痕。　　愛與東風輕叩門。猶似當初，軟語溫存。芳姿淩亂問誰來，原是沙鷗，無事殷勤。

二、大賽評點

舸艦星槎
——第二屆中華大學生研究生詩詞大賽
黃坤堯（香港中文大學 聯合書院）

大學生詩詞大賽前後辦了六屆。頭兩屆是穗港澳的比賽（2006、2007），次兩屆擴大爲粵港澳臺的比賽（2008、2009），後來更升級爲中華大學生的比賽（2011、2012），全球的大學生都可以參加。詩詞大賽由近而遠，無遠弗屆，匿名評審，公示入圍作品，注意公平和誠信，減少作偽的機會，完全符合我們當初所訂的循序漸進、逐步推廣的目標。詩詞比賽主要是在校園的環境內推廣活動，專以大學生為參賽對象，讓他們在專業的課讀之外，更可以一顯身手，再上層樓，遊心於文字與意象之間，提升生命的意境，其實也是孔門教育中"游於藝"的精彩科目。其後第四屆分為大學生組及研究生組，分別評審作品，獎項最多，亦最為熱鬧。本屆則首次將大學生及研究生合為一組評審，匯合了不同程度及水平的參賽對象，難度較高。從公示的作品可以看到，本屆比賽的獲獎者幾乎完全集中於幾所著名的重點大學，南北的分佈也很平均；但過去省內表現較佳的地方學院，例如惠州經濟職業技術學院、廣東輕工職業技術學院、韓山師範學院、惠州學院、廣東工業大學、廣東海洋大學等，可惜都沒有學生獲獎。相對來說，可能很多大學生的機會就給研究生搶去了，孰得孰失，下一屆的方向該怎樣走，實在值得主辦者思考。

　　本屆比賽的獲獎者幾乎全是國內的大學生及研究生，海外祇有澳門大學的博士生胡善兵得獎，其他香港、臺灣的學生都未能獲獎，也可以看出本屆獎項減少，競爭便相對激烈了。又詩組獲獎者大學生四名、研究生佔五名，而詞組則大學生六名、研究生祇佔三名，從這裏可以透露出的信息，就是詩詞的體製各異，寫詩講求功力、歲月及學歷的浸淫，所以研究生的成績較佳；而填詞講求性情，嚮往赤子之心的純真表現，不一定要靠學歷支持，大學生擁有青春無敵的本錢，沒有太多的精神負擔，隨意書寫，可能就比研究生佔優了。無論如何，中山大學能兼奪兩組的冠軍，而且都是以大學生的身份獲獎，成績最佳，自是師生們多年的努力所致，值得肯定。又本屆劉梓楠、顧一心、余煜珣、唐顥宇四人亦嘗於去年的首屆中華大學生詩詞大賽中獲獎，一再顯出功力深厚，實至名歸。

　　本屆的比賽仍是一貫的限題作品，詩組為《讀〈宋史〉》、《詠盤龍金橘》；詞組為《詠厓門宋元古戰場》、《詠海棠花》，任選其一。其中大多數都是生活中較少接觸的事物，有些陌生，甚至難以親自到現場視察，獲得實際體驗，得靠讀書或參照網上的資料和圖片來寫，祇能說是間接經驗了。因此，本屆的作品有些難寫，幾乎每首作品都有一些瑕疵，令人不盡滿意。在決審的會議上，評委們在複選的作品中逐一評審，總是指出不足之處，嚴格來說也就是挑剔，最後祇能選出爭議較少的作品，進入前三甲的位置，幾乎顛覆了複選時的排名。有時評委們各持己見，議論激烈，難以協調出三甲名次，最後祇能用投票計分的方式來解決爭端了。作品公示以後，網民也很有意見，互相指出作品的不足之處，甚至還有人認爲偏幫名校，各花入各眼，也就見怪不怪了，這表示大家對詩詞大賽還是挺熱心挺關注的，總比不聞不問，一潭死水的好。因此，無論意見或觀點怎樣，不同的聲音，總是值得聆聽的。何況難中見巧，巧中見意，在獲獎的作品中，也都有令人驚喜的表現，我們應該欣賞這一代大學生和研究生的文采和智慧。

　　在詩組方面，第一名是劉梓楠的《詠盤龍金橘》，詩云：

繁華生滅幾經春。往事誰堪問水濱。
玉璽莫尋龍遁處，黃袍終著歲寒身。
盤根絡地無全甲，直幹摩空有逆鱗。
蘇世獨看塵世改，懸金萬古照鄰鄰。

盤龍金橘是新會一帶的物產，一般較爲罕見，此詩附會民間傳說加以鋪寫，顯得渾成和圓融。首聯表現盤龍金橘強韌的生命力，飽歷風霜，同時又指出生長於水濱的特性，照應一段宋帝的傳說。次聯寫黃袍曾經掛在樹上晾乾，但盤龍卻憩息於樹枝上，並沒有隨著宋帝蹈海遭難，反而託身於金橘樹上，長留於嶺南，民心不死。第三聯專寫形相，襯託氣勢，乃以想象出之，談不上白描。有評委認爲"逆鱗"是喉下倒生的鱗片，專指人主碰不得的部位,並不是好東西;不過這祇是象徵性的摹寫,可以凸顯龍性的剛烈,也很貼切。末聯表現蘇世獨立的個性,看盡塵世的變幻,而金橘果實纍纍,活出精彩。此詩照應嚴密,文采風流,以傳說爲主,傳神寫意,自然也表達了作者的生命哲學和歷史情懷了。

第二名趙宏祥的《讀〈宋史〉》,詩云:

難洗銅駝劫後塵。承天井水漑荒榛。
已無鶗首奔崖海,猶有驚心勾黨人。
杜宇殘啼金碗覆,冬青遍樹玉魚陳。
丙丁肯鑒興亡事,何必西臺慟哭頻。

此詩在複選時得分最高,遠遠超出於其他各首之上,加以全部五票入選,有三票還是最高分的,按理冠軍已是囊中之物了。可是在決審的過程中,大家認爲第三聯乃指宋帝的陵墓被毀,而"金碗覆"、"玉魚陳"殆指陪葬品出土,而詩中描述的場景適與史實不合。按杜詩"昨日玉魚蒙葬地,早時金盌出人間"(《諸將五首》之一)所述,則金碗是"出"而不是"覆","金碗覆"或指國亡,亦屬費解。又冬青的典故蓋指宋遺民在故主被破壞的陵墓上植樹以表哀思,表現集體記憶,不可能出現"玉魚陳"的景象,安排失當,理應扣分。"丙丁"蓋指《丙丁龜鑒》一書,蓋借鑒歷史,凡遇丙丁之年,國家都會發生動亂和天災。此詩末聯意指如果尊重歷史教訓,就不會出現"西臺慟哭頻"的亡國慘象了,立意過於輕率,"何必"一詞尤爲敗筆,詩中的因果關係看來是不能成立的。仝詩感慨蒼涼,寫出了宋朝覆亡的慘況,筆力遒健,鋪陳也很用心,可惜鍊字過於雕琢,轉有失實之嫌。如果剔除了一些字句瑕疵的指責,其實名列第一也是未嘗不可的。

其他各詩討論亦多，雖各有佳句佳意，唯失之於詩意空泛，照應亦欠縝密，而更多犯的則是用詞搭配不當，語句費解。例如第三名《讀〈宋史〉》"蟲沙俱化南巡轍，粉梓虛招北望人"固屬佳聯，但"遍扣九閽推曆數，難矜餘勇作新民"一聯則見語病，上句"九閽"與"曆數"何干？天命攸歸，有時也不是曆數所能解釋的。至於"新民"與否，也只能說是個人的抉擇了。第四名的頷聯"雨去猶疑留黼黻，雲來還自戰玄黃"亦見工整，可是末句"赤實霜華志士腸"寫盤龍金橘，"腸"字有湊韻之嫌。第五名"已無天地憑公窄"詠辛棄疾，末三字殆不可解。第六名的腹聯"嶺上雲霞藏碧血，湖中越女醉平章"分寫西子湖畔七霞嶺下的岳王墓及賈似道沉迷於葛嶺別墅的檀板鶯歌之中，不理國事，忠奸的對比十分強烈。有評委指出"平章"一詞出《尚書·堯典》"九族既睦，平章百姓"，"平章"訓爲辨別彰明，"平"、"便"、"辨"古字通假，傳統都讀去聲，則有失律之嫌。按此句《經典釋文》並無注音，當讀如字平聲，音 píng。後代破讀注房連切，音 pián，亦爲平聲。宋代有同中書門下平章事，任命其他官員代行職務，相當於三省的長官，具有宰相的地位。此句"平"字音韻無誤。唯全詩首末二聯殆屬一般抒情寫法，中間二聯羅列宋史故事，文筆流暢，而內容稍嫌平泛，缺乏特色。第七名《詠盤龍金橘》，首句"海角春愁沒此身"，末三字乃敗筆，而末句"絕筆猶然感獲麟"託意於《春秋》筆法，犯用典不當，未免過於抬高自己了。而且首句纔剛說"春愁"，第六句忽然卻說"青黃已換物華新"，春愁與青黃不接，全詩亦嫌結構散漫，節氣的變換太快了。第八名"新頒策黜猶牛李，例奏昇平似汴梁"對仗欠工。第九名《讀〈宋史〉》，詩意淺淡，末聯"轉眼煙光消散去，故園葵黍已茫茫"，"故園"殆指南宋還是現在呢？時空錯亂，莫名其妙。

詞組方面，首名余煜珣《一剪梅·詠厓門宋元古戰場》，詞云：

> 天遠長如風雨遮。獨立摩崖，久繞寒鴉。精魂沉海悵年年，遍問群鷗，故國繁華。　昔泛赤潮今落霞。莫說興亡，漫怨胡笳。笙歌早是徹西湖，舸艦都成，醉裏星槎。

這是一首很渾成的懷古之作。上片摹寫摩崖風雨，宋元海戰早已遁入歷史的荒煙之中，杳無痕跡，大概祇有寒鴉及群鷗飛翔繚繞於一方水土的上空。下片則輕巧地探索興亡的原因，西湖的笙歌熏人欲醉，早就忽略戰備了。末拍"舸艦都成，醉裏星槎"意象鮮明，不期然又重燃慘烈的海戰場景，點綴成星空中隱約的船隊，怨在言外，一切不著邊際的，似有若無，自是神來之筆，同時也是詞組參賽作品中最好的結句。加以音韻悠揚，上下片各三韻，符合大會對格律的嚴格要求。

第二名洪柳《一剪梅・詠海棠花》，詞云：

> 玉樹新裁蜀錦衣。疏影微醺，粉映羅幃。軒窗閒看舊年詩。常把無情，誤作相知。　煙景遲遲人欲歸。淡淡春衫，不掃蛾眉。流光一轉似當時。新夢難成，雨打風吹。

此詞上片前二句專寫海棠花開的艷姿。第三句看詩情節，以花喻佳人，呼之欲出。第四句以無情誤作相知，豐富想象空間，更為妙筆。下片首句若有所待，"人欲歸"祇能說是一廂情願地渴望情人的歸來。第二句佳人盛妝相待，花繼續開。第三句"流光"急轉，花落花開，暗示青春的短暫。結拍花謝是一種落空的感覺。此詞寫出了唐五代詞婉約空靈的動感，將怨情化作生命的動力。但"軒窗"以後，幾乎都以寫人為主，海棠花祇是映襯閨中的女子，陪她等待了一個個寂寞的春天，嚴格來說有點偏離題意，照應尚欠周密。又此詞上下片各叶四韻，比賽規則雖有限三韻的要求，似亦無傷大雅。由於《一剪梅》各句都以平聲字收結，嚴格來說即叶六韻亦未嘗不可的，因此很容易就引人違法多叶了。評委們認爲可以從寬處理，否則就會排除很多佳作了。

　　第三名《詠池上垂絲海棠》在叶韻方面就比較混亂了，上片四韻，下片六韻，並不一致。此外上片"天將清怨護崇光"，下片"瘦盡風光"二句，即有重韻之嫌，可能就是濫用句尾的平聲所致。但此詞最能表現池上垂絲海棠的風韻，既有"彼美人兮，宛在中央"的水中感覺，亦有"爲怕多情，特地無香"海棠個性，加以"崇光"一詞出蘇軾《海棠》"東風嫋嫋泛崇光"之句，意指高貴的光澤，整體的表現甚佳，因此也就深得評委的厚待，而稍稍原諒其韵複字重的問題了。

　　第四名首句"春去銀洲見落花"點出崖門古戰場在新會銀洲湖的出口，頗具氣勢；結拍"淚落山崖，身向天涯"也寫出了強烈的投入感覺，可是中間的敘寫流於空泛。第五名上片有"不復臨安是樂鄉"、"狼煙昨夜到厓門"之句，情節的敘寫十分清晰；下片"亂點滄桑"，顯得失措和無奈，表現較弱。且詞中"剩卻沉沙"、"自古丹青都幾行"二句，"沉沙"是指折戟還是屈原呢？"丹青"可以逐行來寫嗎？比較費解，難免還有歧義。第六名上片"血染樓船，箭動危旌"寫血戰的場面亦佳，下片稍嫌力弱不振，祇能回望昔日的舊家繁華而已。結拍"江左朱門，昔號昇平"用了拙筆，表現直率，更有了斷之意，寫出生新的感覺。第七名《詠海棠花》語句多重疊犯複，例如"宜月宜風，宜雨瀿瀿"、"花影珊珊，裙影珊珊"，然後又"霧失潮天，雲疊千山"、"和雨和風，一樹華年"等，天氣變幻莫測，表現過於隨意，詞中唯以首句"鸚綠猩紅壓一園"寫出花姿，尤爲精艷，而"人生不合別江南"一句怨慕深長，亦深得評委的喜愛。第八名亦以海棠擬人，並以"睡足春陽"句點出海棠的風韻,全首上下片各叶六韻。第九名《詠白海棠》,詞中"玉骨冰魂"、"月冷香痕"句或能點出白色的風采,可惜並不明顯,流於空泛。結語"芳姿淩亂問誰來。原是沙鷗,無事殷勤",沙鷗與白海棠有甚麼關係呢?可能有些造作了。

總之,今年詩詞比賽的題目難度較高,一般都缺乏個人的經驗支撐作品,寫的多是設想中的感覺,流於空泛亦屬常情;加以大學生與研究生同場作賽,相互挑戰,更是難上之難了。其實無論獲獎與否,同學們的表現都是相當出色的,本文以一個比較嚴格的要求來批評獲獎作品,希望大家能夠求好,求約,求新,求變,持續寫作,精益求精,未來詩詞事業的發展,應該還是無可限量的。

附 錄

一、大賽公告

由中華詩教學會主持的中華大學生詩詞大賽旨在弘揚國粹,促進中華傳統詩詞創作,加強中華文化圈的學術及文化交流。

2012年中華大學生研究生詩詞大賽由中山大學中文系承辦,得到梁啟超故鄉新會方面支持,新會機電中專、岡州詩社協辦。大賽具體工作由中華詩教學會秘書處(設在中山大學中文系)和岡州詩社分工負責,中山大學嶺南詩詞研習社協助。

(一)具體日程

5月1—15日接收電子投稿;

5月16—20日格律審核;

5月21—6月10日通訊評審(兩輪);

6月16、17日會議評審;

6月18—23日網上公示；

6月30日下午四時舉行頒獎典禮。

（二）大賽組委會

主席：中華詩教學會會長陳永正教授

成員：黃坤堯（香港中文大學）、蕭麗華（臺灣大學）、施議對（澳門大學）、張海鷗（中山大學）、彭玉平（中山大學）、梁遠榕（新會機電中專）、趙一翰（岡州詩社）

秘書長：張海鷗

通訊評委：

詩組：簡錦松（臺灣中山大學）、胡可先（浙江大學）、劉衛林（香港城市大學）、段曉華（南昌大學）、程章燦（南京大學）

詞組：馬大勇（吉林大學）、黃坤堯（香港中文大學）、鍾振振（南京師範大學）、尚永亮（武漢大學）、彭玉平（中山大學）

會議評委：陳永正、簡錦松、黃坤堯、鍾振振、張海鷗、彭玉平

獎項及獎金：

大賽分詩組、詞組，獎項及獎金如下：每組冠軍一名（五千元）、亞軍一名（三千元）、季軍一名（二千元）、優異獎六名（每位一千元）。兩組共18項獎。

（三）比賽規則

1. 組別、參賽資格、參賽方式等。

大賽分詩賽和詞賽兩組。全球公立、私立大專院校2012年6月在學籍之大學生、研究生均可參賽。參賽者可單獨參加詩賽或詞賽，亦可同時參加詩賽和詞賽，但參加每組比賽之作品僅限一首。參賽者可同時在詩賽和詞賽中獲獎。參賽作品糊名評選。入選作者須在原居地接受大賽組委會委託教授的面試，確認真實性

後始得獲獎。未入選者身份保密。參賽作品須爲未在任何紙質或網絡媒體發表之原作，倘發現抄襲，即取消參賽資格。

在評審結果公佈之前，參賽者不得向任何評委透露自己的參賽作品。

2. 比賽題目及規則。

詩賽限作七律，題目：《讀〈宋史〉》、《詠蟠龍金橘》，任選其一。韻限《平水韻》或《佩文詩韻》上平聲"十一真"或下平聲"七陽"。

詞賽限作《一剪梅》，韻依《詞林正韻》，不限韻部。題目：《詠厓門宋元古戰場》、《詠海棠花》，任選其一。

投稿：2012年5月1日至15日接收電子投稿，郵箱：shicidasai2012@hotmail.com。

可登錄中山大學中國文體學研究中心網站 http：//wtx.sysu.edu.cn/瞭解大賽資訊。

稿件格式：姓名、所在地、學校院系班級、學生證號、身份證號、電話（最好是手機）、電子郵箱。

作品格式：律詩不必標示平仄。詞作必須在譜式之下填詞，格式如下：

一剪梅花萬樣嬌。斜插疏枝，略點梅梢。輕盈微笑舞低回，
◎●〇〇〇●〇。◎●〇〇，◎●〇〇。◎〇◎●●〇〇，
何事樽前，拍手相招。　　夜漸寒深酒漸消。袖裏時聞，玉釧輕
⊙●〇〇，◎●〇〇。　　◎●〇〇●●〇。◎●〇〇，⊙●〇
敲。城頭誰恁促殘更，銀漏何如，且慢明朝。
〇。⊙〇⊙●●〇〇，⊙●〇〇，◎●〇〇。

此譜取自《欽定詞譜》，雙調六十字，上下片各三平韻。〇表平聲，●表仄聲，⊙表本平可仄，◎表本仄可平。參賽作品請

181

謹依此譜，不得使用同調別體。特別提醒上、下片第二句本應"●●〇〇"，請作者留意。儘量不用序，必用者請儘量簡短。使用通常典故者不必注釋，生僻典故需要注釋者，須簡明扼要。

結果公示：6 月 18—23 日在中山大學中國文體學研究中心網站公示擬獎作品，接受實名檢舉投訴。證實違規者取消獲獎資格。

頒獎典禮：6 月 30 日下午四時在新會舉行頒獎典禮。

查詢及聯絡：①請用電子郵件查詢，郵箱：shicidasai2012@hotmail.com；②請登錄中山大學中國文體學研究中心網站 http：//wtx.sysu.edu.cn/，註冊後即可發言詢問，還可登錄新會景堂圖書館網站 http：//www.jtlib.net/。

二、獲獎名單

詩　組

冠　軍　劉梓楠　中山大學中文系二〇一〇級本科生
亞　軍　趙宏祥　南昌大學人文學院中國古典文獻學專業研究生二年級
季　軍　張加和　中山大學中文系古典文獻學專業二〇一一級碩士生
優異獎　王孫涵之　華南師範大學文學院二〇〇八級一一班本科生
　　　　張培陽　南開大學中文系古代文學專業博士生二年級
　　　　裴靜遠　浙江大學材料科學與工程系二〇〇九級本科生
　　　　顧一心　復旦大學中文系古代文學專業二〇一一級碩士生
　　　　蒙顯鵬　四川大學文新學院古代文學二〇一一級碩士生

　　　　朱學博　華東師範大學古籍所碩士生一年級

詞　組

冠　軍　余煜珣　中山大學中文系二〇一〇級乙班本科生
亞　軍　洪　柳　廈門大學中文系二〇〇八級文學班本科生
季　軍　唐顥宇　華東師範大學中文系二〇一〇級三班本科生
　　　　　　　　　（現於山東大學文學與新聞傳播學院交流）
優異獎　周雅傑　廣西大學文學院二〇一一級文學班研究生
　　　　　張培陽　南開大學中文系古代文學專業博士生二年級
　　　　　林　杉　浙江大學機械工程學系機械電子專業二〇一一
　　　　　　　　　級研究生
　　　　　胡善兵　澳門大學中文系二〇一〇級博士生
　　　　　李駿濤　南京大學中文系二年級本科生
　　　　　顧　丹　南陽師範學院法學院二〇〇八級一班本科生

第八屆蒹葭杯中山大學詩詞創作邀請賽獲獎作品（2013年5月）

一、獲獎作品

詩　組

詠臺山海玉　　李曉倩

寥落沉鱗出淺灣。猶噙冷暖入塵寰。
黃昏迎月憐滄海，清潤生煙繞碧鬟。
霜骨長懷天地外，冰心遙憶水雲間。
素顏若解酬知己，一夜憂思過萬山。

詠史閣部　　張加和

在眼雲霓撥未開。自持香蕙冠崔嵬。
一春南國埋玄袞。滿地橫流泛寶罍。
嶺上梅魂如可贖，空中斗柄不能回。
後來豈曰無多士，猶聽詩人賦《大哀》。

詠南明史·端州麗譙樓　　郭鵬飛

天命如斯究可哀，城頭憑弔獨徘徊。
君臣流徙思華屋，蟲鶴潛悲入夜臺。
但惜江山歸韃子，忍將忠義問奴才。
誰憐趙宋亡於粵，又見朱明轍跡來。

作者自註：錢海岳《南明史》卷四：（永曆帝幸吳三桂營），切責（吳）曰："若非漢臣乎？若非大明臣子乎？何甘爲漢奸畔國負君若此！"

詠臺山海玉　　陳春薇

獨修清魄成今古，小琢滄桑掌上來。
碧色邀蘭三徑潤，晴光得月一春栽。
藏波豈逐萍風轉，出櫝能催劍氣開。
幻了浮生留此夢，日邊抱璞暖煙回。

詠南明史　　李騰焜

前朝事已費相猜。板蕩風流換幾回。
萬里遺民當鐵甲，廿年[①]權黨負瓊臺。
南圖誰爲惜餘勇，北望今猶動故哀。
此日天涯春又盡，靈旗空使話池灰。

作者自註：①廿年：崇禎帝自縊至永曆帝被俘近廿年，明正統世系亡矣。靈旗，用夏完淳絕命詩。

七律·詠南明史　　毛進睿

渙花樓主人遺著也。丙午劫起，錢公爲紅覬攘跌身故。

回溯甲申徒淚潸，魯連東蹈事尤艱。
雲寒水莽維揚路，旗捲風高定海關。
玉簡數頒能惜死，翠華搖落不知還。
哀蟬落葉孝陵外，王氣巍然是此山。

詠臺山海玉　　林曉萍

昔宋時詩客白玉蟾至臺山仙岩訪雲谷老人。雲谷老人，臺山先賢也，力耕蘭畹，爲後世所頌，遂詠玉而兼記之。

詩盟有約尋雲谷，一曲長歌下紫臺。
碧海塵黃天亦老，瓊田夢曉蝶難猜。
冰綃獨倚煙波去，素璞閒邀霽月來。
怕擾仙岩蘭九畹，蘆潭許我芰荷栽。

詠臺山海玉　　鄭晴心

牛斗遙知龍汹處，仙胎已蘊百輪回。
一朝真氣驚雷起，萬點靈光帶雨來。
白日煙生虹彩飲，黃昏霞落月華杯。
爭尋總爲能溫養，誰識初心本瑋瑰。

詠臺山海玉　　舒　欣

經年守得冰心在，落落天涯自絕埃。
婉轉流光從月借，玲瓏艷色讓春裁。
藍田煙老憑誰暖，瑤海秋深任世猜。

造化於今終不負，楚人淚斷始成材。

詠南明史　　余煜珣

流逐江南盡惹埃。斷腸煙柳舊時栽。
青絲一落千行淚①，碧血唯開數點梅②。
可笑國中成異域，猶聞日下鬥雄魁。
莫言明月虧還滿，自隕冰心不復回。

作者自註：①清初有"薙髮令"。
②數點梅：清代詩人張爾藎爲史可法撰聯："數點梅花亡國淚，二分明月故臣心。"史可法衣冠塚在揚州梅花嶺。

詠南明史　　陸穎瑤

鐵騎通侯①破玉關。龍興舊里冕旒還。
竹西纔動干戈影，江左已徵羅綺班。
棋局②爛柯嘲白髮，星槎浮海損朱顏。
家山未待黃絹③救，春恨三生碧血殷。

作者自註：①通侯：指吳三桂。吳梅村詩多以"通侯"稱三桂，如"白皙通侯最年少"（《圓圓曲》）。
②棋局：錢謙益《牧齋有學集》中多有觀棋之作，陳寅恪《柳如是別傳》以爲隱喻時局也。
③黃絹：明季黨爭綿延，各方陣營中俱有才子，然終不能扶大廈之將傾，殊爲恨事。

詠臺山海玉　　劉梓楠

海隅天角蘊斑斕。自古幽居雲霧間。

瀛客有緣開魵腹①，卞生無計破龍顏。
文兼五色方圓具，質抵千金刻鏤艱。
盛世於今多善賈，豈同石礫掩荊山。

作者自註：①瀛客有緣開魵腹：言潮州客商發現臺山玉，而發爲幻設之辭。潮州一稱古瀛，臺山玉由旅居臺山的潮州客商發現。屈大均《廣東新語·貨語·玉》："粤不產玉……高州海中有文魵，其鳴似磬而生玉。《山海經》云：文魵狀如覆銚，是生珠玉。然則粤亦有玉矣。語曰：瀾蚌之胎有玫瑰，文魵之腹有美玉。"粤不產玉而臺山獨有美玉，是亦文魵所出者乎？

詠臺山海玉　　楊文鈺

珠璣巷①內胡妃禍②，猶記新寧寇夢③摧。
石琢千年何懼火，浪淘萬世也成材。
崢山④潤澤鮫珠愧，雲谷⑤流華皓月頹。
試煉豈須三日滿，瓊光先自照人來。

作者自註：①珠璣巷，原在北宋京城開封附近的祥符縣。宋朝政府被迫南遷時，居民跟著南遷，有部分人度過梅嶺，住在南雄州；他們不忘故鄉，還叫新居地做珠璣巷。

②胡妃禍：據傳宋寧宗時，胡妃得罪了皇帝，逃出京城臨安，跟商人黃貯萬回到南雄珠璣里同居。後來胡妃透露了本來身份，黃貯萬大驚，怕將來受累，把她遺棄了。她終於被當地強暴之徒淩辱而死。傳說當胡妃出走之後不久，皇帝思念胡妃，密令兵部尚書張英貴查訪。張英貴查訪經年不得，向上報告了，不再追究。後來黃貯萬僕人劉莊上京，向張英貴告密。張英貴以爲事情已了結，如再報告，怕受訪緝不嚴之罪，故假稱珠璣里土人作亂，奏請在該處設寨鎮壓，藉故屠殺珠璣里居民以滅口。珠璣里居民羅貴祖聞知風聲，約齊黃可潤、李子才、陳龍望、劉兆熊等九十七人，攜帶家眷南下逃難至臺山。

③寇夢：明隆慶五年新甯曾與倭寇有戰。

④嶧山：趙宗壇，字思宣，號嶧山，臺山斗山浮石西頭（今浮石一坊）人，清同治元年（1862）出生。先生自幼受家庭嚴格教育，聰穎異常。18歲即考入廣州廣雅書院，光緒十七年（1891）考中舉人。曾先後掌教於本邑甯陽書院和廣海溽海書院，堪稱桃李滿門。曾先後受聘爲美三藩市甯陽會館西席、駐華盛頓中國公使館三等書記官、公使館商務委員、中國駐英屬加拿大總領事署副總領事等，爲當地華僑極力爭取權益，外交政績卓著。其間，動員華僑捐資興學，籌建臺山中學紗帽山新校舍，做了大量工作，曾出任臺中校長和臺山縣政府教育局長。

⑤雲谷：大概也在宋理宗朝，雲谷老人在海晏的博勞教學，住在仙巖之側。他是臺山歷史上記載下來的第一個教師。

詠臺山海玉　　　陳振燁

託身崖角春魂在，蓬海初收劫後埃。
夢入情天傾絕色，心依孤鶴守瑤臺。
瓊花白孕承雲出，黑浪相摧拯月回。
颯颯罡風秋水外，一生襟抱洗磨開。

詠臺山海玉　　　戎愷凱

一片瓊瑤海上來，仙姿清韻那琴①開。
通靈琪魄凝金②珺，乘月冰心倚碧臺。
風雅還羞神女貌，松貞但見景郎③才。
琅玕④秀骨分明在⑤，便作零璣亦絕埃。

作者自註：①那琴：爲臺山玉開採處。
②凝金：臺山玉色多爲黃，且以黃玉爲最名貴者。
③景郎：即元景皓。典出《北齊書·元景安傳》："初永（元景安父）兄祚襲爵陳留王，祚卒，子景皓嗣。天保（齊文宣王帝高洋年號）時，諸

元帝世近者多被誅戮，疏宗如景安之徒，議欲請姓高氏，景皓（元景安堂兄）曰：'豈得棄本宗，逐他姓？大丈夫寧可玉碎，不能瓦全。'景安遂以此言白顯祖（指高洋），乃收景皓誅之，家屬徙彭城，由是景安獨賜姓高氏。"

④琅玕：美玉也。又，近現代嶺南第一才女冼玉清，號"碧琅玕主人"，嶺南大學教授，爲教育事業一生未嫁。陳散原先生贊其"淡雅疏朗，秀骨亭亭"。

⑤分明在：化用李義山《碧城》其三："武皇內傳分明在，莫道人間總不知"句。

詠臺山海玉　　　劉曉旭

飛沙琢刻滄波浣，鍾毓千年粵璧來。
柔潤膏脂本明皓，靈通冰雪自瓊瑰。
藏諸幽室陳風韻，寄與佳人鑒德才。
表裏清光味如許，爲君吟罷一銜杯。

詠臺山海玉　　　郭佳麗

千載消磨逕自哀，久諳寂寞待誰來。
冬梅豈意遺靈魄，秋水無心贈素胚。
色蘊古今珠遜潔，光韜深淺雪同皚。
倩君聽取玲玲韻，莫吝風流青眼開。

詠臺山海玉　　　丁秀潔

十年留得柔光在，一寸心期不忌猜。
誤掩塵沙非我相，復經山海豈輪回。

溫情合向沉香取，艷質堪從繡戶偎。
洗盡滄桑還舊夢，倩誰攜上鳳凰臺。

詠南明史　　唐　雨

龍鼎終移漢室穨，興亡豈仗數中裁。
江南急鼓方驚夢，塞外狼煙已誤杯。
紫氣獨成漂杵血，國殤憂見黍藜灰。
傷心幾點山河淚，盡逐春波醉萬回。

詠臺山海玉　　劉　洋

古玉懸光冷月臺①，冰綃霧縠淚先裁。
南蕪細夢聲清越，北客仙霾影自哀。
峭壁銜風生翠草，寒樓淡墨惹塵埃。
希夷入枕千秋醉，祇待今朝照瑾來②。

作者自註：①懸光："浮彩朝虹滿，懸光夜月孤。"《賦得沽美玉》唐羅立言，以玉比喻人的美好品質。

②祇待今朝照瑾來：宋代的柴陵郁禪師有偈云："我有明珠一顆，久被塵勞關鎖。今朝塵盡光生，照破山河萬朵。"瑾：美玉，亦喻美德。"瑾"字原爲"君"字，因不合平仄故改爲"瑾"。

詠臺山海玉　　陳文慶

彩雲碎霰洛臺山。化玉猶憐散石灣。
明月清輝潛夙夢，夕陽潤彩入嬌顏。
千年守寂無人問，一日開光有客還。

誰譴晚潮偷寶色，金波一片到天關。

詞　組

解佩令·詠臺山海玉　　林曉萍

晴川分綠。汀蘭寄馥。枕秋瀾、天涯幽獨。種夢藍田，蘸暖煙、清華盈軸。怕重聞、岫雲[①]夜哭。　悲歡一斛。滄桑一斛。更嫣然、佳人空谷。不似秦樓，待月來、猶吹霜竹。對梅寒、剪愁幾簇。

作者自註：①巫岫雲，字心得，海晏通亨村人，乃宋朝州級官吏，宋端宗景炎元年，因兵禍逃回通亨，遂隱居於此。

解佩令·詠臺山海玉　　李曉倩

天光馥鬱。雲煙幽獨。月盈觴、韶華盈目。借得黃昏，向浪底、回眸相囑。海無痕、夢中起伏。　春顏猶夙。冰心猶夙。舊風懷、翻成新曲。靜夜如歌，卻祇念、相思如玉。意初涼、雨聲斷續。

解佩令·詠臺山海玉　　張加和

沉星碧海。虯龍故態。探幽姿、千尋難採。赭魄銀魂，剖許多、陸離光怪。認渾身、石頭介介。　秦娘色彩。盧家珠玳。費彫刓、偏無心愛。自跂天涯，對一春、煙雲重礙。把玲瓏、問他所在。

解佩令·詠臺山玉　　劉梓楠

遺蹤荊麓。潛姿渭曲。伴瑤芝、雲邊高矚。五色玲瓏，更萬態、千言何足。算知音、鳳臺弄玉。　　簫聲易續。秋光難續。記誰人、殘身哀哭。縱使傾城，不必待、安排金屋。但閒心、倚身石竹。

解佩令·詠南明史　　李志強

霞棲嵐宿。煙梳雨沐。捲流雲、驚風搖竹。月碎更闌，最是憐、虛窗幽獨。記當時、後庭舊曲。　　弦歌緩逐。清尊餘馥。卻無端、琵琶聲促。夢斷魂銷，復再尋、揚州遺躅。對青燈、遣愁一斛。

解佩令·詠臺山海玉　　陳春薇

滄波久浴。冰壺小掬。約芳蹤、流光南國。未琢春心，正抱璞、蘭邊凝綠。更盈盈、暖煙靜逐。　　荷裁初服，鷺銜舊櫝。想幽人、空山清獨。暮楫歸來，認海桑、寒鵑輕囑。又無言、幾番倚竹。

解佩令·詠南明史　　余煜珣

城烹醯醢。弓彈露薤[①]。更流離、朱顏遷改[②]。月冷秦淮，有幾家、苟全歡愛。許桃花、扇中歎慨[③]。　　胡風何奈。清風何奈。[④]但由人、功成凋敗。半璧[⑤]江南，

193

作一點、明星如睞。看興亡、總歸瀚海。

作者自註：①露薤：即《薤露》，古輓歌。蘇軾《與胡祠部遊法華山》詩："歸途十里盡風荷，清唱一聲聞《露薤》"。

②朱顏遷改：李煜《虞美人》："雕欄玉砌應猶在，只是朱顏改。""朱"，亦"朱明"之"朱"。

③許桃花、扇中欷慨：用《桃花扇》典。李香君、侯方域於南明動亂中分隔流離，唯借桃花扇傳遞情義。

④胡風：指蒙元。清風，指滿清。

⑤半璧：借"完璧"義。

解佩令·詠臺山海玉　　劉曉旭

堯章《疏影》以美人喻梅，余效之，以美人喻玉，分付君子。

煙濤一目。瑤臺幽獨。倚東風、飄零誰續。照影應憐，會幾番、水沉波沐。算從來、美人似玉。　　江皋驪淑。乘龍仙曲①。步凌波、驚鴻傾國。碧海冰心，看表裏、清光相逐。爲君顏、淚盈簌簌。

作者自註：①乘龍仙曲：弄玉以玉笙引蕭史，二人乘龍鳳仙去。

解佩令·詠臺山海玉　　毛進睿

蓮波晏海①。金烏集廂。濯琴溪②、鏘鳴舒籟。偶過圩橋，便解與、粟璜魚袋。莫回頭、向人巧睞。　　堅心未改。冰懷未改。縱相憐、郎君休怪。月下蘅皋，共此時、耕煙潛彩。結桐花、鳳池久待。

作者自註：①歸海：據（清）阮元《廣東通志》，臺山的山海之間爲開闊的廣海平原、海晏平原，自古就是南徼海防重鎮。臺山第一古城廣海郊外南灣的山崗上，留有明抗倭遺跡"海永無波"牌坊，爲英宗時欽差總督備倭都督張通所書、巡視海道副史徐海所刻。

②琴溪：據（清）劉坤一《臺山縣志》，臺山玉產地爲北陡鎮那琴村散石灣，那琴爲北陡最早開埠的兩處之一，每旬逢五、十爲圩期，琴溪上至今有明代古橋，爲鄉人容維翰、容文烻父子倡建。琴溪書院曾爲臺山四大書院之一。

解佩令·詠臺山海玉　　蔡佳珍

溫姿承海。靈通生泰。倚天成、媧皇遺愛。巷陌初逢，奈不解、璞顏英彩。數風流，德馨永在。　　追尋幾載。傳芳幾載。適閒間、梅蘭神態。品韻從容，踏月來、報君青睞。夢飛花、磬音入靄。

二、邀請賽評點

韶華盈目
——第八屆蒹葭杯中山大學詩詞創作邀請賽評點

張海鷗（中山大學）

中山大學蒹葭杯詩詞賽已歷八屆。每年一次，由嶺南詩詞研習社操辦，老師們指導並評審。前七屆參賽者限爲本校在籍學生，包括本科生、研究生。本屆賽事得到教務處立項支持，又蒙臺山玉石協會資助，因而擴大爲五校邀請賽。被邀請方是即將先後承辦中華大學生詩詞大賽的幾間大學。

五校都有研究生和本科生參賽，但人數較少。據秘書報告，參賽詩稿40首、詞稿23首。分別是：中大32首、復旦4首、華中科大4首、南師6首、韓師17首。我感到奇怪，我在中大中文系開詩詞寫作課，每個年級大部分同學都修過課，爲何這麼少人參賽呢？通訊評選時看到作品，我纔有所醒悟，原來主要是"高手"較量（相對於在校學生而言）。令我略感欣慰的是，作品水準不錯，可以說所有通過格律審查的作品都具備獲獎資格。因此，片語省下的獎項便用於詩組。

詩組冠軍李曉倩是大一學生，能寫出"寥落沉鱗出淺灣，猶噙冷暖入塵寰"這樣清麗的秀句，詩才難得。玉石多產於山中，而臺山海玉出自海邊。曉倩之詩句句得詠玉之體，又能突出其出自海邊的特點，且將玉石的品質與人類的生命感受融會貫通，寫得優雅流暢。尾聯"素顏若解酬知己，一夜憂思過萬山"，清高渺遠，情味深至，頗得唐詩結尾疏宕之妙。

亞軍張加和今年碩士畢業，多次在詩詞賽事中獲獎。學生們說他"凡參賽必拿獎"。其詩勁道十足，頗顯功力。通訊評選名列前茅，終評屈居亞軍，或與書卷氣過重有關。老師們有意迴避"資書爲詩"的導向。公示期間，果然有詩友提出"晦澀"的質疑。詩詞界早有"學院派"之說，老師們身在其中，指導學生，其實是想先倡唐音，後論宋調的。另一位亞軍郭鵬飛是中大詩詞社當值社長，今年本科畢業，將繼續讀研。其詩頗堪嘉許，首聯"天命如斯究可哀，城頭憑弔獨徘徊"，古雅勁直，很有滄桑感，且自然流暢。唯尾聯直說，欠昇華遠引。

季軍陳春薇是韓山師院大四學生。韓師中文系在趙松元主任領導下，多年來重視詩教，將格律詩詞寫作列爲必修課，這在全國中文系是罕見的。該校將承辦2014年中華大學生詩詞大賽。此番邀請賽，韓師學生榮獲32個獎項中的10項，包括詞冠軍、詩詞季軍各一項。足見詩教之成效。春薇詩精緻秀美，首聯"獨修清魄成今古，小琢滄桑掌上來"，既大氣又精巧。全詩頗見琢磨之功，唯"幻了浮生留此夢"句稍弱。另兩位季軍詠南明史之作也頗得詠史之體，底氣十足。李騰焜首尾兩聯可嘉。毛進睿詩雄渾淵雅，惜首聯略弱。

獲得優異獎的作品也多可稱道，如韓師林曉萍詠玉詩用雲谷老人故事，前四句"詩盟有約尋雲谷，一曲長歌下紫臺。碧海塵黃天亦老，瓊田夢曉蝶難猜"優雅大氣。惜頸聯略覺合掌，尾聯用《離騷》典不夠貼切。中大鄭晴心詠玉詩立意好，結構渾成，前四句很好，但頸聯"白日煙生虹彩飲，黃昏霞落月華杯"對仗欠工，用語也略覺生澀。韓山師院舒欣詠玉前四句巧妙："經年守得冰心在，落落天涯自絕埃。婉轉流光從月借，玲瓏豔色讓春裁。"後四句用典稍隔。中大余煜珣今年讀大三，曾榮膺2012年中華大學生詩詞大賽片語冠軍。今年《詠南明史》有"青絲一落千行淚，碧血唯開數點梅"一聯。出句用清初"薙髮令"事，對句典出清代詩人張爾藎爲史可法撰聯"數點梅花亡國淚"。用事用典頗具匠心。中大劉梓楠曾榮膺2012年中華大學生詩詞大賽詩組冠軍。今年詠玉詩中間兩聯用典恰當，詠物精緻："瀛客有緣開魷腹，卞生無計破龍顏。文兼五色方圓具，質抵千金刻鏤艱。"韓師楊文鈺詠玉有佳句："石琢千年何懼火，浪淘萬世也成材。""試煉豈須三日滿，瓊光先自照人來。"韓師陳振燁詠玉尾聯好："颯颯罡風秋水外，一生襟抱洗磨開。"南師戎愷凱詠玉首尾兩聯好："一片瓊瑤海上來，仙姿清韻那琴開……琅玕秀骨分明在，便作零璣亦絕埃。"復旦劉曉旭詠玉尾聯有風懷："表裏清光味如許，爲君吟罷一銜杯。"韓師郭佳麗詠玉尾聯雅致："倩君聽取玲玲韻，莫吝風流青眼開。"韓師丁秀潔詠玉後四句好："溫情合向沉香取，艷質堪從繡戶偎。洗盡滄桑還舊夢，倩誰攜上鳳凰臺。"中大唐雨詠史首尾兩聯氣韻好："龍鼎終移漢室頹，興亡豈仗數中裁。傷心幾點山河淚，盡逐春波醉萬回。"但結尾"醉萬回"三字略俗，也太實了。中大劉洋詠玉尾聯雅致："希夷入枕千秋醉，祇待今朝照瑾來。"中大陳文慶詠玉詩工穩明快有巧思：「彩雲碎霰落臺山，化玉猶憐散石灣……誰譴晚潮偷寶色，金波一片到天關。」但「千年守寂無人問，一日開光有客還」一聯略嫌平俗。

詞賽限作《解佩令》，詞牌選得不錯。折桂者是韓師林曉萍，在詩組獲優異獎。她的詞巧用南宋末年巫岫雲故事，將臺山海玉的生命蘊含與人物的際遇悲歡融洽無間。一方面，作者讓筆下的滄桑海玉像時間老人一樣見證著人類的悲歡離合，夢幻春秋；另一方面，作者又將玉寫成空谷佳人，秦樓仙女，演繹出一種獨特的「天涯幽獨」。而那幾簇清高優雅的愁緒，既合乎玉質，又關乎人情，馥郁而又飄逸。

亞軍李曉倩險些成了雙料冠軍。她的詞靈動飄逸，流暢優雅。將玉之品性與人之情懷揉在一起，著意從玉的存在過程和人類對玉的審美過程中揭示玉美的形成及其象徵意蘊，點染出既屬於海玉又屬於人類的一種高貴的幽獨。「月盈觴、韶華盈目。借得黃昏，向浪底、回眸相囑。海無痕、夢中起伏。」太美麗的海玉境界！「夢中起伏」是上闋點睛之筆。下闋側重寫人情對玉質的永恆眷戀。「相思如玉」是妙筆。全詞不拘泥於玉之形態，唯重情思神韻。或許這也正是其屈居亞軍的主要原因。雙料亞軍張加和依然顯示其老練的勁道。「赭魄銀魂，剖許多、陸離光怪。認渾身、石頭介介……秦娘色彩。盧家珠玳。費彫刃、偏無心愛……把玲瓏、問他所在。」新穎脫俗，趣味濃鬱，生動別致，很善於引導讀者不知不覺地進入賞玉的情境。

季軍劉梓楠此番也獲雙獎。其詠玉詞上片寫形，下片傳神寫意：「縱使傾城，不必待、安排金屋。但閒心、倚身石竹。」境界清高。另一位季軍李志強是華中科技大學電腦科學與技術學院資訊安全專業的學生。該校詹驍勇老師開設詩詞寫作課程，常常率領一批批愛好詩詞的學生歌行喻家山，風雅黃鶴樓。該校將承辦2015年中華大學生詩詞大賽。這次李志強的《解佩令·詠南明史》,是個不錯的亮相:"弦歌緩逐。清尊餘馥。卻無端、琵琶聲促。夢斷魂銷,復再尋、揚州遺躅。對青燈、遣愁一斛。"舒暢雅潔,頗見功夫。韓師陳春薇是雙料季軍,她的詩和詞都寫臺山海玉,一樣的精緻秀美,詞境別有一番優雅韻致,上片尤佳:"滄波久浴,冰壺小掬。約芳蹤、流光南國。未琢春心,正抱璞、蘭邊凝綠。更盈盈、暖煙靜逐。"下片或許過於飄逸了。

優異獎各有千秋。余煜珣詠南明史之作流暢而有深意,用事巧妙貼切,表達清晰雅致,"城烹醯醢。弓彈露薤"、"胡風何奈。清風何奈"等句頗見功夫。唯《薤露》是個專名,本不宜為就聲韻而顛倒為"露薤",但蘇軾詩開此例,也就算了。"遷改"、"歎慨"、"凋敗"幾處詞語略嫌重複,這是影響此詞名次的主要原因。復旦劉曉旭詩詞皆獲獎。詞效姜堯章《疏影》以美人喻梅之法,乃以美人喻玉。竊以為堪稱佳作,夠資格選入三甲。上片"煙濤一目。瑤臺幽獨……照影應憐,會幾番、水沉波沐",突出海玉特點,句句得體。歇拍"算從來、美人似玉",承前啟後,是全詞點睛之筆,深合中華文化"比德如玉"之傳統。下片先用博喻之法,連用三典,緊扣"美人似玉"之意。再直寫海玉特質:"碧海冰心,看表裏、清光相逐。"結尾又轉以美人喻玉:"為君顏、淚盈簌簌。"轉折跌宕,虛實相生,寫得真好!如此風情萬種之佳作,真為復旦詩壇爭光。中大毛進睿曾獲全國詩詞賽事第一名之大獎,此番詠玉之詞亦見功力。"堅心未改。冰懷未改"句有風骨。但其立意修辭有時過分追求淵雅,裝飾過多,不免影響閱讀。另一方面,又有俗句如"郎君休怪",有生澀句如"耕煙潛彩"。這些都可能影響評委的評選。韓師蔡佳珍的玉詞有"倚天成、媧皇遺愛"、"品韻從容,踏月來、報君青睞"等好句。也有俗語如"靈通生泰"、"德馨永在",生語如"璞顏英彩",隔語如"梅蘭神態"等。

總體看來,這次邀請賽獲獎作品比以往水準有所提高,令人欣慰。

附　錄

一、邀請賽公告

中山大學嶺南詩詞研習社自創社以來，每年都在校內舉辦兼葭杯詩詞創作比賽。爲加強高校間詩詞創作交流，此次比賽特邀請復旦大學、華中科技大學、南京師範大學、韓山師範學院共襄雅事。以上五校2013年6月底以前在學籍的所有本科生、研究生（碩、博）均可參加。

　　主辦：中山大學中國語言文學系
　　承辦：中山大學嶺南詩詞研習社
　　評委：駱冬青（南京師範大學）、趙松元（韓山師範學院）、詹驍勇（華中科技大學）、侯體健（復旦大學）、彭玉平（中山大學）、譚步雲（中山大學）、張海鷗（中山大學）
　　具體日程：
　　5月10—30日：接收電子投稿；
　　6月1—5日：格律審核；
　　6月6—10日：會議評審；
　　6月11—16日：公示；
　　6月下旬：頒發（郵寄）獎品和獲獎證書。
　　比賽題目：《詠臺山海玉》或《詠南明史》。
　　詩：作七律一首，限韻"臺"或"山"，依《平水韻》或《佩文詩韻》。
　　詞：作《解佩令》，限韻"海"或"玉"，依《詞林正韻》。
　　說明：如用題、序，須簡短。如用典（含今典），可作簡要注釋。

附：臺山玉協會網頁 http：//www.chinataishanyu.cn/zh-CN/index.html。

大賽獎項（共32項）：

大賽分詩組（16項）、詞組（16項），獎品價值大致如下：

每組冠軍一名，獎品價值約一千元；亞軍二名，獎品價值約六百元；季軍三名，獎品價值約四百元；優異獎不等，獎品價值約二百元。

稿件格式：

作者信息：學校院系班級、姓名、學生證號、身份證號、手機、電子郵箱。

作品格式：律詩不必標示平仄。詞作限用如下譜式（依龍榆生《唐宋詞格律》），在平仄譜下填詞，不得使用同調別體。示例：

解佩令　　史達祖

平平中仄（韻）。平平中仄（韻）。仄平平、平平平仄（韻）。
人行花塢。　　衣沾香霧。　　有新詞、逢春分付。
仄仄平平，仄仄中、中平平仄（韻）。仄平平、仄平仄仄（韻）。
屢欲傳情，奈燕子、不曾飛去。　　倚珠簾、詠郎秀句。
平平中仄（韻）。平平中仄（韻）。仄平平、平平平仄（韻）。
相思一度，　　濃愁一度。　　最難忘、遮燈私語。
仄仄平平，仄仄中、中平平仄（韻）。仄平平、仄平仄仄（韻）。
淡月梨花，借夢來、花邊廊廡。　　指春衫、淚曾濺處。

投稿郵箱：jianjiabei2013@hotmail.com（僅供投稿使用）。

結果公示：大賽資訊及公示皆在中山大學中國文體學研究中

心網站（http：//wtx. sysu. edu. cn/lt/forumTopicList. asp？id = 18）發佈，注冊並登錄後即可發言詢問。公示期間接受實名檢舉投訴，違規者一經查實，即取消獲獎資格。

中山大學中國語言文學系
嶺南詩詞研習社
2013 年 5 月

二、獲獎名單

詩　組

冠　軍　李曉倩　中山大學中文系二〇一二級本科生
亞　軍　張加和　中山大學中文系古典文獻學專業二〇一一級碩士生
　　　　郭鵬飛　中山大學中文系二〇〇九級本科生
季　軍　陳春薇　韓山師範學院中文系二〇〇九級一〇一一班本科生
　　　　李騰焜　中山大學地理科學與規劃學院二〇一一級水文班本科生
　　　　毛進睿　中山大學中文系非物質文化遺產學二〇一〇級碩士生
優異獎　林曉萍　韓山師範學院中文系卓師班
　　　　鄭晴心　中山大學中國語言文學系二〇一一級本科生
　　　　舒　欣　韓山師範學院中文系二〇〇九級本科生
　　　　余煜珣　中山大學中國語言文學系二〇一〇級本科生
　　　　陸穎瑤　復旦大學中國語言文學系二〇一一級本科生
　　　　劉梓楠　中山大學中國語言文學系二〇一〇級本科生
　　　　楊文鈺　韓山師範學院中文系

　　　　　　陳振燁　韓山師範學院數學系二〇一〇級一一一三班本科生
　　　　　　戎愷凱　南京師範大學中文系
　　　　　　劉曉旭　復旦大學中文系古代文學專業二〇一一級碩士生
　　　　　　郭佳麗　韓山師範學院中文系二〇〇九級一〇一七班本科生
　　　　　　丁秀潔　韓山師範學院中文系二〇〇九級本科生
　　　　　　唐　雨　中山大學中國語言文學系二〇一〇級本科生
　　　　　　劉　洋　中山大學中國語言文學系二〇一一級本科生
　　　　　　陳文慶　中山大學理工學院微電子學與固體電子學二〇一二級碩士生

詞　組

冠　軍　林曉萍　韓山師範學院中文系
亞　軍　李曉倩　中山大學中文系二〇一二級本科生
　　　　　　張加和　中山大學中文系中國古典文獻學專業二〇一一級碩士生
季　軍　劉梓楠　中山大學中文系二〇一〇級本科生
　　　　　　李志強　華中科技大學電腦科學與技術學院資訊安全專業一〇〇一班
　　　　　　陳春薇　韓山師範學院中文系二〇〇九級一〇一一班本科生
優異獎　余煜珣　中山大學中國語言文學系二〇一〇級本科生
　　　　　　劉曉旭　復旦大學中文系古代文學專業二〇一一級碩士生
　　　　　　毛進睿　中山大學中國語言文學系非物質文化遺產學二〇一〇級碩士生

蔡佳珍　韓山師範學院中文系二〇一一級一〇一一班本科生

第三屆中華大學生研究生詩詞大賽獲獎作品（2013 年 6 月）

一、獲獎作品

詩　組

詠明太祖　　張文勝

亦豪亦賊亦軒羲[①]。食虎啖龍天吏姿。
大抵高皇能將將，莫教塚宰自師師。
分藩豈是治安策，傳國終須類我兒。
萬古勳臣陪寢廟，忠魂冤魄繞雲旗。

作者自註：①趙甌北《廿二史劄記》云："蓋明祖一人，聖賢、豪傑、盜賊之性，實兼而有之者也。"

初　戀　　雷淑葉

當日風懷那識愁。廿年重憶水雲流。
還驚冷月披霜客，卻道梨花帶雨眸。
瘦損春光何處覓，吟餘秋色有時休。
相逢漸已無多話，陌上斜陽早白頭。

詠明史　　李騰焜

明遺老爲存史實，應徵清廷修明史，尤以萬貞文先生爲世所知。先生一生自署布衣，其節如此，令人歎惋。

但負才名愧楚囚。芸芸猶辨海桑秋。
青山埋骨終無地，白首鐫功別有愁。
淚盡胡塵悲後死，恩成國史報前修。
可憐董筆今何在，萬里風煙各倚樓。

詠明史之建文削藩　　胡善兵

一局高皇未了棋。江山勾引子孫思。
空聞疏策尊鼂錯，那得人材敵魏其。
漢武推恩能浸漸，宋襄好義豈時宜。
叛離難準春秋筆，閏統殘編扼腕悲。

詠明史　　羅愷文

飄零大樹海山秋。一局殘棋忍入眸。[①]
擊楫仙槎憐楚戶，揮戈晚日負清流。
天街休問華夷限[②]，劫火頻吹今古愁。
望帝春啼誰再拜。江潭故柳雪盈頭[③]。

作者自註：①一局殘棋忍入眸：錢謙益《後觀棋絕句六首（其三）》："白頭燈影良宵裏，一局殘棋見六朝。"

②天街休問華夷限：陳恭尹《厓門謁三忠祠》："海水有門分上下，江山無地限華夷。"《史記·天官書》："昴畢間爲天街"，張守節正義："天街二星，在昴畢間，主國界也。街南爲華夏之國，街北爲夷狄之國。"

③江潭故柳雪盈頭：吳偉業《沁園春·贈柳敬亭》："只有敬亭，依然此柳，雨打風吹雪滿頭。"

初　戀　　李秋霞

已解風情未解悲。流星願祇許長隨。
絲連春繭方生日，心接雨蕉初展時。
密柳新鶯傳悵望，曉荷清露綴相思。
飄零莫怨塵緣薄，第一番花不滿枝。

詠明史弘光事　　周濟凱

兵情四告勢傾危。社黨新鉤踞玉墀。
尚有衣冠留右衽，終難國手解殘棋。
蜩螗今日非人世，歌舞明朝又柘枝。
小腆漸消秋晼晚，鳥啼舊苑最堪悲。

初　戀　　張　艮

一瞥驚鴻若電馳。當年豈合種相思。
還將淺淺深深意，且作長長短短詩。
月下花前空醉醒，魚沉雁落復參差。
傷心最是無情語，尚恐佳人不自持。

初　戀　　舒　欣

東風無賴種相思。紅豆生成一樹癡。

過眼榴花空曖昧，留春心事自參差。
情迷弱水舟難返，夢入桃源路更歧。
忍向蓬山重問訊，況當梅雨困人時。

初　戀　　早川太基

心醉幽香淡未知。沉吟纖月透簾時。
花搖虛壁疑留影，煙斷青山恍憶眉。
一點流星惑孤夢，六街細雨鎖相思。
低徊曲巷翠衫冷，春晚斜風掠面吹。

初　戀　　莊祖邦

少年素好獨行遊。願作悠悠不繫舟。
弱水三千未回顧，佳人一笑竟淹留。
情深總似翻迷夢，緣盡偏宜學靜修。
自謂餘生已無意，鴛鴦過處卻凝眸。

詠明史・崇禎帝　　黃榮傑

百二河山日月移，古槐無力哭京師。
朝中初罷蕭牆劫，亂後誰揮大將麾。
雖有長城空顧盼，終愁故國一離披。
留書卻道非庸主，此恨何年到子規。

詞　組

江城子·詠長江　　于莎雯

泠泠一綫出冰霜。下陵岡。破蒼茫。流注人間，風雨過瞿塘。雪浪排空雲漭蕩，聲浩浩，勢湯湯。　　括囊大塊轡千江。送炎涼。數興亡。胸次波濤，漸已慣沉藏。到底萬山遮不住，東海外，有紅桑。

江城子·金陵懷古　　張文勝

銷沉王氣瞰雄城。萬山青。一江橫。天馬來時、寄土費經營。半壁繁華頻換稿，何限恨，在新亭。　　魚龍跋浪爲誰醒。後庭聲。忍重聽。鎖鑰金湯，終古誤蒼生。謾向秦淮尋燕子，梅雨細，槿花[①]明。

作者自註：①《玉篇》："木槿，朝生夕隕。"

江城子·金陵懷古　　胡善兵

蟠龍踞虎舊江東。訪遺蹤。又春風。巷口晴窗，還映夕陽紅。流水車音迷燕子，何處覓，六朝宮。　　降幡王旆各匆匆。剩梧桐。共喬松[①]。青史青山，畢竟屬英雄。唯有淮波泗冷月，空涗漾，夢千重。

作者自註：①南京東南大學校園內有"六朝松"一樹，傳爲梁武帝手植。滿城梧桐，則肇自民國。

江城子·金陵懷古　　唐顥宇

參差風柳動韋堤。舊樓臺，望中微。一例淒清，一例黍離離。井壁胭脂紅未蝕，花與夢，不相宜。　六朝取次見消澌。道何虧。物難齊。誰在春風，唱徹莫愁辭。唱到烏衣驚鳥散，淮水月，照漣漪。

江城子·金陵懷古　　李駿濤

三年落拓住金陵。短燈檠。若爲情。江左風流，遠近不曾行。借問遊人何所見，桃葉渡，石頭城。　秦淮春好夜吹笙。月娉婷。管逢迎。王氣消磨，壘塊未全平。巷陌於今無燕子，歌一曲，與誰聽。

江城子·金陵懷古　　黑　白

莫愁湖畔賣花聲。倩流鶯。入哀箏。弦掩紅箋，斷續遍江城。縱有盧家憐小玉，爭換得、莫愁名。　梨花月落滿霜庭。有娉婷。立寒更。知是何年，人月得雙清。燕子飛來春一霎，留不住，許多情。

江城子·過秦淮代吳梅村寄女道士卞玉京　　陸穎瑤

層城①難遇是傾城。酒纔醒。已三生。南雁西烏②，還繞舊雕甍。碧海青天長夜裏，邊頭曲③，動哀旌。

覺來華胥不分明，但空成，負心名。重唱家山，湖海一身輕④。甲乙興亡無限意，杯中事，夢中縈。

作者自註：①層城：吳偉業《琴河感舊四首》（其三）詩云："休將消息隔層城，猶有羅敷未嫁情。"

②南雁西烏：王士禛《秋柳四首》（其一）詩云："相逢南雁皆愁侶，好語西烏末夜飛。"隱指抗清志士，用其詩意。

③邊頭曲：吳偉業《聽女道士卞玉京彈琴歌》："莫將蔡女邊頭曲，落盡吳王苑裏花。"

④朱熹詩云："十年江海一身輕，歸對梨渦卻有情。"反用其意，心事萬端，身輕而意重。

江城子·金陵懷古　　李秋霞

東南佳麗古江城。井沉英。樹飄瓊。奇傑難藏，山削虎龍形。十里依然煙柳密，摩天作，六朝青。　　一壺濁酒浪中傾。陣雲橫。棹歌縈。故扇桃花，冷繞大王陵。兒女英雄淘不盡，興廢事，隔潮聽。

江城子·金陵懷古　　陳一言

瀟瀟暮雨點空灘。舊雕欄。惹輕寒。錦瑟添愁，醉裏問河山。夢斷前朝歌舞地，尋故壘，覓征鞍。　　誰吟恨賦動江關。歎悲歡。淚痕乾。且付新聲，向晚盡哀弦。墜露迷煙深巷裏，聽燕子，訴華年。

二、大賽評點

你的身心在哪裏
——第三屆中華大學生研究生詩詞大賽詩組獲獎作品點評

簡錦松（臺灣中山大學）

今年中華大學生研究生詩詞大賽的評選工作終於結束了。我是評審之一，由我來撰寫對詩組獲獎作品的評審意見。

我從臺灣來，和所有作者都沒有淵源，看到這次獲獎的學生以南京師大和中山大學的人數居多，應該是兩校平常努力推廣的成效，實至名歸。其他來自澳門的有兩位，鄭州、四川、上海、韓山、日本、馬來西亞、香港各有一位，都恭喜他們。比賽成績揭曉後，我也看到了寥寥數篇臺灣同學的作品，恰巧並無佳作，臺灣學生中愛詩的優秀人材也不少，慚愧沒有好好鼓動他們參加。

今年的兩個題目，一是詠明史，一是詠初戀。前者有具體的《明史》作依託，寫者可以憑藉史事，發揮議論，而且，因爲古史本身具有典雅性，修辭古雅不成爲缺點，反而見出作者的功力。初戀這個題目，難在寫得出"初"字，大多數作品雖然表現出失戀，但看不出是否初戀。也有很多人使用典故，或是多用一些古舊的戀愛慣用語，在這樣的題目下，缺點就很明顯呈露出來了。下面我將逐首檢討這次的得獎作品。

首獎是以《詠明太祖》爲題，作者用了一個注，表示他首句"亦豪亦賊亦軒羲"的見解來自趙翼《廿二史劄記》，一起手就露出了以學問爲詩的博士性格。接下來七句，都圍繞著明太祖一生的事跡，給予評價性的歌詠。就詩句的寫作功力來看，這位作者無疑是高手。中間四句"大抵高皇能將將，莫教塚宰自師師。分藩豈是治安策，傳國終須類我兒"，句型有變化，虛字也得力，音節更深得李商隱含茹幽咽的語言風味，雖然"能將將"中間這個"將"字的平仄，可能有很多人質疑不妥，不過，以如此高妙的文字功力，若去議論這一字平仄，已經沒有意義了。末聯指稱明孝陵邊陪葬的功臣中，忠魂冤魄都有，也符合史實。整體來說，這是一首詠物類型的詠史詩，作者成功地展現了他對朱元璋史料的熟悉，以及學詩煅煉的功力。但是，整首詩中祇看到才學，看不出作者的身心在哪裏。

第二名是《初戀》的系列，這首詩設定的場景是兩個戀人，在分手二十年之後重逢了，一二句指出相逢的時空，三四分寫男子落魄，女子垂淚，五六句也是分寫女子瘦損，男子苦吟。結束處以"相逢漸已無多話"來描寫兩人見面的表情，確實寫出了相戀到分手二十年間，雙方身心的變化。由於二十年的時距，可以符合題目的"初戀"要求，而此時言語難入的不堪，則點出"初"字，十分傳神。不過，讀者如果細心的話也會發現，三四五六句的"還驚冷月披霜客，卻道梨花帶雨眸。瘦損春光何處覓，吟餘秋色有時休"，和第八句"陌上斜陽早白頭"，都是古典詩中常用的語境，令人有虛假之感，作者如果身在現場，不能去寫真實的場景嗎？

第三名也是《詠明史》系列，這位作者所詠的對象是明史的編撰者萬斯同，他先以短序重點介紹了萬氏的生平。全詩從萬斯同的遺老身份入手，三句和五句感慨他死於降清之後，四句與六句感慨他編成明史的功績。本來，像這樣詞旨重複的作法並不好，但是作者的筆力甚佳，這些句子讀起來，在精熟中見輕巧，可以掩蓋缺失。最後，他感傷現在沒有像萬斯同這樣的人，祇好倚樓歎息。如果從文字表面來看，修辭已達到高度技巧。但是，全詩對萬氏的降清與編成明史的功罪，看法並無新意。最後一句"萬里風煙各倚樓"，也是古詩中常見的老套，仔細求實的話，便不堪其弊，例如：萬斯同的書並未佚失，"董筆今何在"就無根柢，而且，萬里是誰和誰萬里呢？各倚樓是誰和誰成各呢？總之，還是同一個問題，在很美的句子背後，祇看到作者的才學，但虛語空辭，絡繹流出，不知道他真實的身心在哪裏。

　　在優異獎的九名中，第一首是《詠明史之建文削藩》，首聯就切入明太祖留下分藩的後遺症，三四句感歎建文欲削藩而無人才，五六句以漢代的推恩之法，比較建文方法的不合時宜，最後以成敗異地，是非顛倒作結。這首詩，不論在章法結構、用典比擬，或是句型音節上，都有傑出的表現，與前兩首明史作品在伯仲之間。評審是集合多位教授意見求得的平均值，實力相當的作品，名次高下的取決，往往在毫釐之間，沒有道理好說。這首詩精準地寫出了建文削藩之事，但同樣的問題也值得反思，作者在哪裏呢？特別是全篇的感慨放在末聯"叛離難準春秋筆，閏統殘編扼腕悲"，事實上，對於現代中國人來說，建文的失與明成祖的得，不過是他們家庭內的小事，扼腕悲，顯得不切實際。因而沒有了作者真正的身體參與感。

　　第二首也是《詠明史》，所詠的是明朝崇禎帝自殺後的殘局。詩的一開始就用"飄零大樹海山秋，一局殘棋忍入眸"指明了要寫的是殘棋。"擊楫仙槎憐楚戶，揮戈晚日負清流。"上句似指鄭成功率軍入臺，下句似指史可法在揚州抗清。五六句說，明朝終於滅亡，清朝終於代興，天意不因華夷而有限制，今古一例。結束處用杜甫拜杜鵑和柳敬亭的悲哀作結。這首詩的寫作功力，以及對晚明史料的熟悉程度，與前面三首詠明史詩，優劣相距也不遠。同樣的，我們也祇看到作者的才學，看不到作者的身和心在哪裏。這首詩附了很多注，讀者可以清楚地看到他的寫作方法，他忙著把前人的詩句重新組織成新的句子，忘記了自己是在作詩，不是在編輯。

　　說到這裏，我想多談一點寫詩的基本問題。

從漢魏到明清，中國寫詩的人真多，對於寫詩的觀點，也有多次變化。唐人寫詩如寫信，是以自身之事去向別人報告，所見是我當下之見，所思是我現在之思，所以，我的身體和我的心意，明白可見。宋人一方面承傳唐詩的本色，一方面開始以才學和議論為詩的作法，但是，在展現才學、放言議論的同時，宋人也不忘把"我"拿出來。到了像王漁洋《秋柳》詩，纔變成衹看到陳列古代典故佳語，編輯成詩，而完全看不到作者身在哪裏，這不是作詩的正道。

　　當然，作者也可能反駁，以詠晚明這一位作者來說，他可能主張，我寫鄭成功和史可法的故事，是我對晚明歷史的擷取，我在詩裏面的議論，因為那就是我的看法。可是，你的議論不出於眾人之外，能說有自我見解嗎？這也罷，"望帝春啼誰再拜，江潭故柳雪盈頭"，你有像杜甫一樣拜杜鵑嗎？你像柳敬亭一樣白頭如雪嗎？既然不是，就不能以杜柳自喻，不以杜柳自喻，作者的身體就不曾在詩中出現。

　　下一首《初戀》，看得出初戀的，是末聯的"飄零莫怨塵緣薄，第一番花不滿枝"，這一聯確是巧思。但是，其他六句使用了春繭、雨蕉、密柳、新鶯、曉荷、清露來比喻戀愛，都是陳舊的古典詩詞殘渣。我今年六十歲了，記得在十六歲那年，看一部香港電影，中間男女主角將要上床，導演不拍人，衹拍魚缸裏面兩條魚接吻，然後拍雙鶯在柳樹間飛來飛去，最後拍荷花，從含苞到初開，然後盛開，然後一片花瓣掉到池面，然後男女兩人出現了，正在穿衣服，根據後來的劇情，這一天，她懷孕了。經過了四十四年，仍然如此，不覺得陳陳可畏嗎？我這樣說，並無意貶損這位作者，而當年那部電影，也是賣座冠軍的。我的目的，是要提醒各位年青的愛詩朋友，作詩究竟是在寫自己的真實生活呢，還是在組織古人的陳詞故句，編造空幻的假象呢？

　　下面還有一首《詠明史弘光事》也寫得很好，前六句把弘光朝的各種現象一一舖陳出來,句子也作得好,六句用了四種句型,句型和句型之間的起伏搭襯都好,可見其功力。我再說一次,這次詠明史的詩,除了第一名的氣魄較大,其他各首差距實在不遠。評審綜合各家意見,名次不免有高有低,同學們既然參加比賽,信天由命好了。不過,如果你要檢討自己的話,請你想一想,弘光朝的故事和你有什麼關係?你說"小腆漸消秋晼晚,烏啼舊苑最堪悲",小腆漸消,用了典故,表面看似有學問,其實也可以不必這樣做作。至於說到悲,弘光亡了,清朝興了,你悲什麼呢?

最後有四首《初戀》、一首詠明史,比起前面各首,比較差了一點。這五首的共同優點,就是詩句流暢,顯示作者都經過相當時日的練習,已達到一定的水平。共同的缺點還是內容用語太陳舊,不是從真實自我的身體去寫詩,因為這樣,也衍生了其他問題。如其中一首寫出:"還將淺淺深深意,且作長長短短詩",這兩句情味很好,這首最後接上"傷心最是無情語",是寫初戀失敗了。但其他"種相思、月下花前、沉魚落雁",實在像古人像得沒道理。

至於下面這一首:

> 東風無賴種相思。紅豆生成一樹癡。
> 過眼榴花空曖昧,留春心事自參差。
> 情迷弱水舟難返,夢入桃源路更歧。
> 忍向蓬山重問訊,況當梅雨困人時。

用了東風、紅豆、榴花、弱水、桃源、蓬山、梅雨,都是詩詞中美麗的用語,可是,和你的初戀何干?再從內容的統一性來看,前兩句是春天,榴花是夏天,承首聯紅豆下來,完全不相干。留春心事承夏天的榴花下來,也不知所云。情迷和夢入兩句本是虛幻；蓬山與前面六句不相干。梅雨不是春景，也不干榴花時節。整首詩中，用來編組意境的詞語，不斷地互相衝突。

至於其他三首，得失與前面都很相似，不再一一點評了。

2012 年 12 月 8 日初校
2014 年 1 月 5 日再校

人月得雙清
——第三屆中華大學生研究生詩詞大賽詞組獲獎作品點評

張海鷗（中山大學）

據秘書統計此次賽事來稿情況，詩組總計 280 首，其中本科生 204 首、碩士生 56 首、博士生 20 首；詞組總計 163 首，其中本科生 108 首、碩士生 43 首、博士生 12 首。

詩組作品來自 124 間大學，詞組作品來自全球 86 間大學，如香港中文大學、香港教育學院、嶺南大學、香港樹仁大學、澳門大學、臺灣"國立"中興大學、美國哈佛大學、新加坡國立大學、日本京都大學、加拿大阿爾伯塔大學。大部分學校分佈在中國大陸各地，如北京大學、清華大學、中國人民大學、北京師範大學、中國社會科學院、復旦大學、南京大學、中山大學、四川大學、南開大學、吉林大學、武漢大學、山東大學、西安交通大學、哈爾濱工業大學、華南理工大學等。

此番大賽共獎 21 首詩詞，博士生得其 10，詩組冠亞軍、詞組三甲俱爲"資深"研究生斬獲。博士生參賽詩詞總計 32 首，獲獎率 30%。這令評委不免忖度：本科生與研究生同場競爭是否合適？尤其"詠明史"、"懷古"這樣的題目，與書卷閱歷直接相關；"戀愛"一題，也是需要情感閱歷的。

詞組冠軍于莎雯 2009 年就曾在中山大學承辦的全國研究生

詩詞暑期學校中獲得詞組亞軍，又在 2012 年彭壽眉杯詠花詩詞大賽中以《高陽臺·水仙花》獲得詞組冠軍。此番折桂，在我出任評委的詞賽中已是三連冠。此番評審，評委們先達成一個共識：不鼓勵因過分"吊書袋"而使作品艱深晦澀的風氣。無論用典與否，首先要"通"，即意思通，語句通，結構通。當然，也不鼓勵通得過於順滑。在此前提之下，看結構層次，看巧思秀句。比較之下，莎雯之《詠長江》較合此意。上片從雪山走來，順流而下，自然流暢，句句切合長江一脈。"泠泠一綫出冰霜"句，清秀高華。下片以長江觀人世滄桑，"送炎涼。數興亡。胸次波濤，漸已慣沉藏"是得分之佳句。全詞氣韻通暢，層次雖欠轉折，但從容有序。雖然"括囊大塊礜千江"句險些影響獲獎，但全詞總體秀出。與其 2012 年詠水仙花之作可謂"渺渺幽懷，各自沉吟"。希望莎雯博士今後也能在詩詞界"芳心一朵斜簪……寄與春深"。

張文勝是資深博士生，涵詠詩詞多年。此番折詩組桂冠，獲詞組亞軍。其詞力道沉雄，書卷氣濃郁，但並不艱深晦澀。詠懷金陵古事，以"王氣"籠罩，大氣渾成，句句切題，且循序漸進，次第清晰，既能擷千古之精要，又不堆砌囉嗦。夾敘夾議，史識蘊藏其中，可見博學深思。如"天馬來時、寄土費經營……鎖鑰金湯，終古誤蒼生"。唯"半壁繁華頻換稿"句，刻意用典，險些失分。煞拍"謾向秦淮尋燕子，梅雨細，槿花明"飄逸輕靈，得唐詩宋詞妙處。

季軍胡善兵自南京師範大學獲碩士學位後，考入澳門大學攻博，多次參加詩詞比賽獲獎。此番獲獎，或亦與其負笈金陵的經歷有關。"訪遺蹤。又春風。巷口晴窗，還映夕陽紅。"雖然並無新意，卻發自真實體悟。"青史青山，畢竟屬英雄"句表達對江山與英雄之關係的哲思，潛含着不俗的歷史觀。煞拍"唯有淮波泗冷月，空浼漾，夢千重"雖無新意，但意味不錯。"流水車音"、"喬松"二語略覺輕滑。

優異獎作品各有長短。唐顥宇以本科生多次獲獎，詩才難得。"參差風柳動葦堤"，起句不錯。"六朝取次見消漸"句略生。"道何虧。物難齊"有點新意。結尾"誰在春風，唱徹莫愁辭。唱到烏衣驚鳥散，淮水月，照漣漪"兩韻有味。

李駿濤以"三年落拓住金陵"自述起，已見個性。"江左風流，遠近不曾行"，是跌宕之筆，使結構轉折。以"借問遊人"引起後續言語，是巧妙之法。"巷陌於今無燕子"句用典自然無痕。這首詞的結構頗堪稱道。

黑白女史自本科起屢獲詩詞獎項，這次視角別致，於金陵無限事中，獨取一個女性話題，自然本色。"莫愁湖畔賣花聲。倩流鶯。入哀箏。弦掩紅箋，斷續遍江城。"開頭清秀溫潤，古雅怡人。"縱有盧家憐小玉，爭換得、莫愁名"一韻，聽起來不錯，但仔細推敲，稍嫌單薄。"梨花月落滿霜庭。有娉婷。立寒更。"風懷馥郁。"人月得雙清"句，格調高貴，意蘊清高華美，是加分之句。

陸穎瑤《過秦淮代吳梅村寄女道士卞玉京》採用代言體，是個特例。評委會認可此例，否定了入圍的另一首集句詞，意在明確賽事體例，不提倡集句之作。此詞細膩渾成，頗多巧思，如"層城難遇是傾城。酒纔醒。已三生"、"甲乙興亡無限意，杯中事，夢中縈"。用典也自然妥帖，如"南雁"、"西烏"、"邊頭曲"、"一身輕"等。本人很喜歡這首詞。

李秋霞博士詩詞雙雙獲獎，言情懷古，或癡或深，皆顯優長。久住隨園，金陵城在其心中筆下，雄深雅健，美不勝收，勁道十足，如"奇傑難藏，山削虎龍形。丨里依然煙柳密，摩天作，六朝青。……故扇桃花，冷繞大王陵。兒女英雄淘不盡，興廢事，隔潮聽"。學者詩人，非小巧詩家可比。同是女生，與黑白詞風格迥異，是閨中豪放之音。或許個別詞彙有斟酌的餘地，如"奇傑難藏"意欠工,"摩天"力稍大,"一壺濁酒浪中傾"用典用意略嫌順滑。

陳一言是本科生,攜瀟湘靈秀入詞,"誰吟恨賦動江關"句用典自然,切題恰當。但開頭幾句似亦可用於湘江、珠江一帶。詞中表現的情懷略欠自然自我,"爲賦新詞"的味道較明顯。這是評委們不願提倡的。

附　錄

一、大賽公告

由中華詩教學會主持的中華大學生研究生詩詞大賽旨在弘揚國粹,促進中華傳統詩詞創作,加強中華文化圈的學術及文化交流。本次詩詞大賽由南京師範大學文學院承辦。

(一)具體日程

6月1—30日接收電子投稿;

7月1—10日格律審核;

7月11—8月21日通訊評審(兩輪);

8月30、31日會議評審;

9月1—10日網上公示;

9月15日舉行頒獎典禮。

(二)大賽組委會

顧問:中華詩教學會會長、中山大學陳永正教授

主席:南京師範大學文學院院長駱冬青教授

成員:香港中文大學黃坤堯教授、臺灣中山大學簡錦松教授、澳門大學施議對教授、中山大學張海鷗教授

秘書長:南京師範大學鍾振振教授

通訊評委：

詩組：胡曉明（華東師範大學）、簡錦松（臺灣中山大學）、駱冬青（南京師範大學）、趙松元（韓山師範學院）、周裕鍇（四川大學）

詞組：黃坤堯（香港中文大學）、劉鋒燾（陝西師範大學）、彭玉平（中山大學）、施議對（澳門大學）、鍾振振（南京師範大學）

會議評委：陳永正、簡錦松、駱冬青、張海鷗、趙維江（暨南大學）、鍾振振

獎項及獎金：大賽分詩組、詞組，每組冠軍一名（五千元）、亞軍一名（三千元）、季軍一名（二千元），優異獎六名（各一千元）。

（三）比賽規則

1. 參賽資格、參賽方式等。

世界各地公立、私立大專院校 2013 年 6 月內在籍之大學生、研究生均可參賽。參賽者可單獨參加詩賽或詞賽，詩、詞皆以一首為限；亦可同時參加詩賽和詞賽，詩、詞各以一首為限。參賽者可同時在詩賽和詞賽中獲獎。參賽作品糊名評選。大賽組委會將委託有關教授，在入選作者原居地對其進行面試，以認證其作品確係本人原創。如無疑問，始予頒獎。未入選者，身份保密。參賽作品須未經任何紙質或網絡媒體發表。如係抄襲，一經發現，即取消作者的參賽資格。在評審結果公佈之前，參賽者不得向任何評委透露自己的參賽作品。

2. 比賽題目及規則。

詩賽限作七律，題目：《初戀》、《詠明史》，任選其一。韻限《平水韻》或《佩文詩韻》上平聲"四支"或下平聲"十一尤"。

詞賽限作《江城子》，題目：《長江懷古》、《金陵懷古》，任

選其一。韻依《詞林正韻》，不限韻部。

投稿：2013 年 6 月 1—30 日接受電子投稿，郵箱：shicidasai2013@hotmail.com。

可登錄南京師範大學文學院網站 http://wxy.njnu.edu.cn/ 和中山大學中國文體學研究中心網站 http://wtx.sysu.edu.cn/ 瞭解大賽資訊。

稿件格式：姓名、所在地、學校院系班級、學生證號、身份證號、電話（最好是手機）、電子郵箱

作品格式：律詩不必標示平仄。詞作限用如下譜式（取自康熙《詞譜》），不得使用同調別體：

江城子

平平仄仄仄平平（韻）。仄平平（韻）。仄平平（韻）。仄仄平平，仄仄仄平平（韻）。仄仄平平平仄仄，平仄仄，仄平平（韻）。　　平平仄仄仄平平（韻）。仄平平（韻）。仄平平（韻）。仄仄平平，仄仄仄平平（韻）。仄仄平平平仄仄，平仄仄，仄平平（韻）。

註：括有"韻"字句表示此句須押韻。參賽作品儘量不用序，必用者從簡。用典故者可作注釋，但請簡明扼要。

結果公示：9 月 1—10 日在南京師範大學文學院網站 http://wxy.njnu.edu.cn/和中山大學中國文體學研究中心網站 http://wtx.sysu.edu.cn/上公示擬獎作品，接受實名檢舉投訴。違規者一經查實，即取消獲獎資格。

頒獎典禮：9 月 15 日在南京師範大學舉行。

查詢及聯絡：

1. 請用電子郵件查詢，郵箱：shicidasai2013@hotmail.com。

2. 請登錄南京師範大學文學院網站 http://wxy.njnu.edu.cn/，中山大學中國文體學研究中心網站 http://wtx.sysu.edu.cn/，註冊後即可發言詢問。

二、獲獎名單

詩　組

冠　軍　張文勝　南京師範大學文學院古代文學專業二〇〇七級博士生
亞　軍　雷淑葉　澳門大學中文系古代文學專業二〇〇九級博士生
季　軍　李騰焜　中山大學地理科學與規劃學院二〇一一級水文班本科生
優異獎　胡善兵　澳門大學中文系古代文學專業二〇一〇級博士生
　　　　　羅愷文　上海師範大學人文與傳播學院漢語言文學專業二〇一一級本科生
　　　　　李秋霞　南京師範大學文學院中國古代文學專業二〇〇九級博士生
　　　　　周濟凱　鄭州大學信息工程學院計算機科學與技術專業二班二〇一〇級本科生
　　　　　張　艮　四川大學文學與新聞學院二〇一一級博士生
　　　　　舒　欣　韓山師範學院中文系漢語言文學專業二〇〇九級本科生
　　　　　早川太基　日本京都大學文學部文獻文化學專攻中國語學中國文學專修二〇一一級博士生
　　　　　莊祖邦（馬來西亞）　新加坡國立大學學士班二〇〇

　　　　　　九級
　　　黃榮傑　香港教育學院中文學系二〇〇九級本科生

詞　組

冠　軍　于莎雯　南京師範大學文學院中國古代文學專業二〇〇八級博士生
亞　軍　張文勝　南京師範大學文學院古代文學專業二〇〇七級博士生
季　軍　胡善兵　澳門大學中文系古代文學專業二〇一〇級博士生
優異獎　唐顥宇　華東師範大學中國語言文學系漢語言文學專業二〇一〇級三班本科生
　　　　　李駿濤　南京大學文學院漢語言文學專業二〇一〇級本科生
　　　　　黑　白　中山大學中文系古代文學二〇一二級碩士生
　　　　　陸穎瑤　復旦大學中國語言文學系二〇一一級本科生
　　　　　李秋霞　南京師範大學古代文學專業二〇〇九級博士生
　　　　　陳一言　湖南師範大學文學院二〇一〇級三班本科生

第九屆蒹葭杯中山大學詩詞創作邀請賽獲獎作品（2014 年 4 月）

詩　組

讀蘇軾《潮州韓文公廟碑》　　李騰焜

想見刼蒿累護持。公來雪涕亦棲遲。①
豈安廊廟一枝隱，便舉文章百代師。
古壁誰呵終有待，窮荒獨下欲何爲。
至今餘響春風裏，再拜蒼茫讀此碑。

作者自註：①廟成二年東坡亦謫粵。

詠荔枝　　楊文鈺

芳菲消盡翠離披。雨過星丸點鳳枝。
避地炎方心尚熱，分甘蜜月約無遲。
小沾脣絳玲瓏醉，細展眸冰婉轉宜。
若許馬嵬招玉魄，千秋一味報相知。

＊ 按，本賽事無評點文章。

詠荔枝　　程　悅

<small>古時貢賦，閔其苦民與地力也。</small>

佳人南國未相宜。久守青條恨日遲。
一粒丹瓊方觸目，滿春甘露盡爭思。
天生品物非同賞，地載黎元奈獨悲。
試問紅衣斑駁處，當時血淚付誰知。

讀蘇軾《潮州韓文公廟碑》　　余煜珣

潮州應似黃州苦，異代蕭條共一碑。
鱷腹雖飢猶遠遁[1]，龍鱗莫犯詎無知。
但憑道法參天地，遂使蘇韓並聖師[2]。
況有詩書垂典律，文人在野鳳來儀。

<small>作者自註：[1]韓愈《與鳳翔邢尚書書》："戎狄棄甲而遠遁，朝廷高枕而不虞。"</small>

<small>[2]《禮記·文王世子》："凡始立學者，必釋奠於先聖先師。"鄭玄註："先聖，周公若孔子。"</small>

讀蘇軾《潮州韓文公廟碑》　　蒙顯鵬

藍關白髮馬遲遲，想象炎區瘴霧姿。
教化實追翁仲後，中興未弭武丁時。
且將補袞文章筆，來命橫江蛟鱷移。
山水自成棠蔽芾[1]，州人不用借蘇碑。

<small>作者自註：[1]潮州有韓山、韓江，此比之爲召伯之甘棠。</small>

詠荔枝　　李　航

一樹玲瓏掛碧枝。絳紗囊裏水晶肌。
天教生處長安遠①，心自安時南嶺宜②。
易博城頭妃子笑，難平驛下帝王悲。
驪山夜雨長生殿，不及君臣一局棋。

作者自註：①歐陽修《浪淘沙·荔枝》："可惜天教生處遠，不近長安。"
②蘇軾《定風波》："試問嶺南應不好？卻道此心安處是吾鄉。"借此說明紅顏安於平淡生活是最好的選擇，而非爲了追求君王夢做了政治嫁衣。

讀蘇軾《潮州韓文公廟碑》　　潘靜如

絕繡拂縶快無前。合是平生養浩然。
海上鯨鵬期七日①，人間風雨已千年。
也知臥佛殊疲苶，可使神州任引牽。②
忽痛道文今共盡，海桑搖落黯諸天。

作者自註：①"海上"句，見《祭鱷魚文》。
②古之異端謂佛道。近世紅羊劫起，神州故有，摧殘一盡，渺不可即，今少議復興，亦無以回嚮時之隆。乃知異端固在此而不在彼也。痛哉！

詠荔枝　　謝斯喆

日賜風恩嶺表偏。多情獨孕海山仙。
鮫珠欲泣離枝後，鳳曆終開來客前。
堪弔蛾眉甘遠路，頻邀詩腹助新篇。
冰心但爲生民殞，不肯牙盤媚九天。

詠荔枝　　金哲華

流落炎荒人未識，寂寥身是嶺南枝。
霞衣曾誤真妃舞，玉質長懷學士詩。
遍歷風塵無媚骨，久經煙雨有冰肌。
幾番榮辱輪迴處，十里紅妝照綠池。

詠荔枝　　劉梓楠

萬里紅塵颸海湄。開天榮遇已難追。
煉成嚮日冰初擘。斫取連枝香暗隨。
北嶺穠陰空負手。泉宮駿跡幾揚眉。
市廛不必矜嬌貴。祇得丹心慰遠陲。

讀蘇軾《潮州韓文公廟碑》　　早川太基

蜀草盡黃何足憐。點睛二句自驚天。
沉吟瘴路睫承淚，默禱丹心雲吐巔。
濁世騎龍尋墜緒①，潮州鑿井慕寒泉。
當年孤月宿南斗②，風浪生涯可拍肩。

作者自註：①《進學解》。
②《東坡志林》"退之平生多得謗譽"條。

詠荔枝　　張曉偉

所思之人在南，久不得見。
欲植嶺南紅玉枝。終然地氣不相宜。

人從別後常無寐，樹待歸時應有滋。
四海流光春宛在，空齋滅燭夜何其。
思君已是十年事，莫道仙鄉更有期。

讀蘇軾《潮州韓文公廟碑》　　李坤雄

精誠亙古參天地，佛骨而今幾許傳[①]。
裁錦[②]何須分遠近，抗懷[③]那肯就名權。
鴻風[④]未改星辰轉，浩氣難回世事遷。
鬼域無端多瘴疫，京華萬里隔風煙。

作者自註：①幾許傳：留傳下多少。

②裁錦：《左傳·襄公三十一年》："子有美錦，不使人學製焉。大官、大邑，身之所庇也，而使學者製焉。其爲美錦，不亦多乎？"後以"裁錦"比喻爲官治邑。

③抗懷：謂堅守高尚的情懷。宋曾鞏《過高士坊》詩："一畝蕭然絕世喧，抗懷那肯就籠樊。"

④鴻風：謂雄健的風格。南朝梁劉勰《文心雕龍·時序》："鴻風懿采，短筆敢陳，揚言讚時，請寄明哲！"

詠荔枝　　蔡佳珍

紅焰枝頭醉女姿。晶瑩似雪潤瑤池。
沐經風雨無人曉，獨守芳馨有月知。
回首不堪妃子笑，隔江猶作嶺南詞。
無端應是塵緣誤，懷抱冰心到碧涯。

詠荔枝　　王孫涵之

讀杜牧之《過華清宮》有懷。

千秋一首杜郎詩。謫落仙姝到海厓。
絳袖未堪侵薄露，冰肌爭奈化炎離。
昔年玉殿空弦管①，此日荒榛可夢思。
長恨供人開口笑，個中滋味更誰知。

作者自註：①《新唐書》云："帝幸驪山，楊貴妃生日，命小部張樂長生殿奏新曲，未有名。會南方進荔枝，因名曰《荔枝香》。"

詠荔枝　　陳瑋琳

鼻觀香近意遲遲。掛綠西園①曉夢垂。
露潤三春凝桂魄，霞飛五嶺送瓊枝。
料無酸相神宜貴，修到甘心味自持。
記取坡仙長住願，深根南守不須移。

作者自註：①西園掛綠乃增城市最名貴之荔枝品種，爲昔時貢品。

詞　組

青玉案·讀《楚辭》　　程　悅

飛龍①一去雲長晦。剩波影、空憔悴。老卻青楓還解未。芰荷衣冷，木蘭舟滯。何處魂如醉。　　重華杳渺煙深翠，日暮蘭皋漫垂轡。萬古堪銷惆悵意？九州遺響，湘靈應識。字字孤臣淚。

作者自註：①飛龍：《湘君》"飛龍兮翩翩"，王逸註："仰見飛龍，翩翩而上,將有所登。自傷棄在草野,終無所登至也。"

青玉案·詠伶仃洋　　李騰焜

百年心事殘陽渡。更一霎、愁偏聚。錯認頹波都不語。無人篙楫,無情萍絮。暗逐潮來去。　孤臣淚結紅桑古。未了傷心斷霞處。海上精魂招得否。啼鵑詩筆,而今都付。夜夜閒樽俎。

青玉案·讀《楚辭》　　潘靜如

騷經元是千秋眼。恨國士、從來寡。忍典荷衣狂把盞。煙波鵜鴂,蘼蕪畹晚。若木無人挽。　修名冉冉遊空遠。誰與殷勤護蘭畹？白髮蕭騷渾欲短。美人何在,九天霜滿。長劍中宵顫。

青玉案·讀《楚辭》　　謝　潭

吟餘太息春風暮,望南楚、和煙雨。步馬蘭皋悲遠路。芙蓉消殞,木蘭泣露,唯有香如故。　靈修不與群芳妒,一入清泠恨千古。夜永潮平懷舊賦。月明空照,潛蛟不語,江上湘靈佇。

青玉案·讀《楚辭》　　楊文鈺

紛紛木葉聽秋語,更催得、瀟湘去。夢斷椒丘天不寤。相羊蘭枻,夷猶南浦。忍此能終古。　崦嵫日暮哀無女，怊悵回車枉延佇。杜若安知初服誤。心香猶在，遺思難訴。解佩留風住。

青玉案·詠伶仃洋　　　郭鵬飛

伶仃洋，在今中山之東，亦有嶼曰伶仃山，即宋文丞相天祥所謂"伶仃洋裏歎伶仃"之地也。數年前予嘗臨之，頗有今昔之感。

風濤不慣浮槎渡。況崖海，傷情處。俯仰憑誰思往古。水搖天幕，翠分橫嶼，未得盟鷗鷺。　　荒煙彌望昇平楚。直似當年一孤旅。獨對滄流觀去去。嘯歌釃酒，拊心吟句，尚有山人否。①

作者自註：①明季有諸生名李成憲，國變乃髡首爲僧，愛零丁山，居焉，號曰零丁山人。寄食於漁者，遇哀至，則拊心零丁之上，澆酒四顧，放聲曼歌。傳見陳恭尹《獨漉堂詩文集》卷十一。

青玉案·讀《楚辭》　　　林曉萍

愁拋平楚蠻煙起。更緤馬、空臨睨。袖掩荷衣重搵淚。鳴哀鶗鴂，薦馨蘭芷。太息鸞皇逝。　　叩天去國成憔悴。且綰辛夷謝山鬼。日暮幽篁猶獨倚。桑紅無悔，眸青難寄。把卷知何世。

青玉案·詠伶仃洋　　　張　行

霜猿啼月瀟湘路。怨瑤瑟，蘭舟去。淚墮清流曾幾度。郢城春草，洞庭秋樹。魂夢歸何處。　　長歌遺佩芳洲暮，澤畔空餘楚騷句。零落天涯皆似許。白駒深壑，紅蓮極浦。故國仍風雨。

青玉案·讀《楚辭》　　　蔡佳珍

燭花照盡瀟湘雨。更淺唱、離憂句。流轉冰心誰識與。秋蘭環佩，荷衣裁取。南浦期如許。　汀洲自綠鶯啼語。柳絮分明向風舞。夢醒無端春又暮。滄桑難訴，閒愁最苦。惆悵天涯路。

青玉案·讀《楚辭》　　　早川太基

行間點點盈凄露。紫貝闕、尋何處。合眼遙聞三楚雨。瘞花埋玉，荒臺老樹。迷霧幽蘭路。　細腰姱女迎風舞。瑤席誰知獨醒苦。舊國江山千里暮。靈均幽夢，聯珠奇語。乘鳳遊玄圃。

青玉案·讀《楚辭》　　　李曉倩

回風吹夜長搖蕙。恨未冷、先成淚。日月淹留秋不寐。莫言修遠，路隨憔悴。心影隨芳佩。　后皇嘉木忽逢翠。如蓋幽懷獨沉醉。隔世衷情憑一紙。今宵辭句，前生塵味。渺渺同煙水。

青玉案·讀《楚辭》　　　余煜珣

風來八極鳴區宇。豈非我、悲兼怒。造化新成緣筆補。①美人閶闔②，諸神泰古。都墜芝蘭處。　聲辭信有江山助③。氣骨非唯楚人楚。百世風騷誰踵武④。吾將求索，魂兮歸去。⑤便使魚龍舞。

作者自註：①李賀《高軒過》："筆補造化天無功。"

②《離騷》："吾令帝閽開關兮，倚閶闔而望予。"王逸註："閶闔，天門也。言己求賢不得，疾讒惡佞，將上訴天帝，使閽人開關，又倚天門望而拒我，使我不得入也。"

③劉勰《文心雕龍·物色》："然屈平所以能洞監風騷之情者，抑亦江山之助乎！"宋祁《江上宴集序》："江山之助，本出楚人之多才。"

④《離騷》："忽奔走以先後兮，及前王之踵武。"

⑤《離騷》："路曼曼其修遠兮，吾將上下而求索。"《招魂》："魂兮歸來。"

青玉案·詠伶仃洋　　彭敏哲

情風萬里秋潮路。恨人已、伶仃去。浪底慷然誰與訴。鮫珠凝淚，蒼鷗啼雨。翻徹三山霧。　生平總被儒身誤。碧海應沉斷腸句。也道騷人漁父語。一朝興落，幾番情愫。寂寞歸舟處。

青玉案·讀《楚辭》　　李法然

楚臣悲墨瀟湘水，豈澆得、胸中壘。獨立煢煢誰肯刈，落英朝露，杜衡芳芷，紉作秋蘭佩。　相羊身向何方置。顧頷因思未酬志。一任憂愁書滿紙，乃依風雅，寄興取譬，可續詩人義。

青玉案・詠伶仃洋　　劉雅芳

取文天祥被俘路過伶仃洋一事,作此詞代其表當時心跡。

蒼鷹折翼情難歇,舉目望、空悲切。故土河山如碎屑。丹心一片,不更此節,知我千秋月。　　凡驅難抵蠻蹄越,壯志凌雲未曾滅。擬把殘年交破闕,流離烽火,生當死別。烏鬢都成雪。

青玉案・讀《楚辭》　　劉乃熙

美人一去無多路。更哪用、離騷賦。料想丹心尋解處。斜陽依舊,杜鵑不語。暗自傷遲暮。　　湘中屈骨隨波怒。裙舞榴花枉相妒。悵惘當年心嚮楚。遑遑求索,此情誰訴。淚黯愁腸句。

附　錄

一、邀請賽公告

　　中山大學嶺南詩詞研習社自創社以來,每年都在校內舉辦蒹葭杯詩詞創作比賽。爲加強高校間詩詞創作交流,自 2013 年第八屆蒹葭杯詩詞創作比賽開始,邀請五間高校的學子參加比賽。2014 年第九屆蒹葭杯詩詞邀請賽,特邀北京大學、四川大學、華中科技大學、韓山師範學院共襄雅事。以上五校 2014 年 6 月底以前在學籍的所有本科生、研究生(碩、博)均可參加。

　　主辦:中山大學中國語言文學系

承辦：中山大學嶺南詩詞研習社

（1）評委：

錢志熙（北京大學）、周裕鍇（四川大學）、趙松元（韓山師範學院）、詹驍勇（華中科技大學）、譚步雲（中山大學）、張海鷗（中山大學）。

（2）具體日程：

4月20—30日：接收電子投稿；

5月1—8日：格律審核；

5月10—20日：通訊評審兩輪；

5月25—30日：會議評審；

6月1—6日：獲獎作品公示；

6月15日：頒發獎品和獲獎證書。

（3）比賽題目：

詩：作七律一首，題目爲《詠荔枝》或《讀蘇軾〈潮州韓文公廟碑〉》（任選其一），韻限上平"四支"或下平"一先"，依《平水韻》或《佩文詩韻》。

詞：作《青玉案》一首，題目爲《詠伶仃洋》或《讀〈楚辭〉》（任選其一），詞作不限韻，依《詞林正韻》。說明：如用題、序，須簡短。如用典，可作簡要注釋。

（4）大賽獎項（共32項）：

大賽獎項分詩組（16項）、詞組（16項），獎品價值大致如下：

每組冠軍一名，獎品價值約一千元；亞軍二名，獎品價值約六百元；季軍三名，獎品價值約四百元；優異獎十名，獎品價值約二百元。（學校立項尚在申請中，獎品將根據學校實際資助確定。）

（5）稿件格式：

作者信息：學校院系班級、姓名、學生證號、身份證號、手機、電子郵箱。

作品格式：律詩不必標示平仄。詞牌依龍榆生《唐宋詞格律》，在平仄譜下填詞，不得使用同調別體。示例：

青玉案　　賀　鑄

中平中仄平平仄。仄中仄、平平仄。仄仄平平平仄仄。
凌波不過橫塘路。但目送、芳塵去。錦瑟華年誰與度。
中平平仄，中平中仄。中仄平平仄。　　中平中仄平平仄。
月橋花院，瑣窗朱戶。祇有春知處。　　飛雲冉冉蘅皋暮。
中仄平平仄平仄。仄仄平平仄平仄。中平平仄，中平中仄。
彩筆新題斷腸句。試問閒情都幾許。一川煙草，滿城風絮。
中仄平平仄。
梅子黃時雨。

投稿郵箱：jianjiabei2014@hotmail.com（僅供投稿使用）。
（6）結果公示：
大賽資訊及公示皆在中山大學中國文體學研究中心（http://wtx.sysu.edu.cn/）網站發佈。註冊並登錄後即可發言詢問。公示期間接受實名檢舉投訴，違規者一經查實，即取消獲獎資格。

中山大學中國語言文學系、嶺南詩詞研習社
2014 年 3 月 28 日

二、獲獎名單

詩　組

冠　軍　李騰焜　中山大學地理科學與規劃學院二〇一一級本

　　　　　　　科生
亞　軍　楊文鈺　韓山師範學院中國語言文學系二〇一一級本
　　　　　　　科生
　　　　程　悅　北京大學二〇一一級本科生
季　軍　余煜珣　中山大學中文系二〇一〇級本科生
　　　　蒙顯鵬　四川大學文新學院古代文學二〇一一級碩士生
　　　　李　航　中山大學信息與科學學院二〇一二級本科生
優異獎　潘靜如　北京大學中文系古代文學二〇一二級博士生
　　　　謝斯喆　中山大學社會學與人類學學院社會學系二〇一
　　　　　　　三級本科生
　　　　金哲華　中山大學中國語言文學系二〇一一級本科乙班
　　　　劉梓楠　中山大學中國語言文學系二〇一〇級本科甲班
　　　　早川太基　北京大學中文系二〇一三年高級進修生
　　　　張曉偉　北京大學中文系二〇一一級博士生
　　　　李坤雄　中山大學國際商學院經濟一班
　　　　蔡佳珍　韓山師範學院中文系二〇一一級本科生
　　　　王孫涵之　北京大學中文系古典文獻學專業二〇一三級
　　　　　　　碩士生
　　　　陳瑋琳　韓山師範學院中國語言文學系二〇一一級本
　　　　　　　科生

詞　組

冠　軍　程　悅　北京大學二〇一一級本科生
亞　軍　李騰焜　中山大學地理科學與規劃學院二〇一一級本
　　　　　　　科生
　　　　潘靜如　北京大學中文系古代文學專業二〇一二級博
　　　　　　　士生
季　軍　謝　潭　華中科技大學電子資訊工程系二〇一二級本

		科生
	楊文鈺	韓山師範學院中文系二〇一一級本科生
	郭鵬飛	中山大學中文系古代文學專業二〇一三級碩士生
優異獎	林曉萍	韓山師範學院中文系二〇一一級本科生
	張　行	華中科技大學新聞與資訊傳播學院一〇〇二班
	蔡佳珍	韓山師範學院中文系二〇一一級本科生
	早川太基	北京大學中文系二〇一三年高級進修生
	李曉倩	中山大學中文系二〇一二級本科生
	余煜珣	中山大學中文系二〇一〇級本科生
	彭敏哲	中山大學中文系二〇一二級碩士生
	李法然	四川大學文新學院中國語言文學基地班
	劉雅芳	韓山師範學院中文系二〇一一級本科生
	劉乃熙	中山大學信息科學與技術學院計算機科學二班本科生

第四屆中華大學生研究生詩詞大賽獲獎作品（2014 年 4 月）

一、獲獎作品

(一) 大學生詩組

讀論語侍坐章有感　　楊文鈺

聖門氣象足千秋，春服來追杖履遊。
捨瑟舞雩吾與點，知方有勇孰如由。
但從山水求仁智，留得心襟照斗牛。
道喪於今餘蔓草，幾人沂上弔風流。

潮州韓文公祠　　胡江波

亭亭祠宇立江濱。俯看潮州多少春。
絕代華章迎海曙，經風古木慣霜辰。
筆鋒頻諫朝中事，師道終開嶺外人。
隔岸今猶存佛寺，滄浪渡客拜儒臣。

夜讀論語侍坐章有作　　陳振燁

沂水清風慕聖真。弦歌長憶舞雩人。
駸駸久歎周行遠，落落難期薄海春。
寒柏猶凝終古碧，浮槎每誤舊時津。
一燈紅接蒼茫外，定有天聲振大鈞。

侍　坐　　謝楊柳

平生師友平生願，顛沛歸來恨未酬。
樂水樂山宜與點，從狂從狷故嗤由。
浴沂舞詠風方好，登泰胸懷氣暫收。
若許殘生浮海去，星河俯仰覓青牛。①

作者自註：①孔子若乘桴至於天上，想必會在星河之間上下俯仰，尋覓騎牛而去的老子吧。

潮州韓文公祠　　王　熙

平生壯毅與山侔。墮入炎荒瘴海頭。
命壓霜顱低復舉，筆驚溪鱷去還收。
乘流擊浪誰千古，越世參天自一樓。
客子才疏多意氣，敢拋詩卷謁中州。

潮州韓文公祠　　曾入龍

此地風柔月亦柔。一祠靈氣立潮州。
盛名久與文章在，厚德長同江水流。

澤世精神今不絕，關民事業古難休。
身懷佛骨兼忠骨，幸有真言百代留。

謁潮州韓文公祠　　　陳瑋琳

南雲三啟認潮州。謫路八千炎瘴收。
韓木①佔花科甲盛，蘇碑②鎮廟海天秋。
已扶正氣開衡嶽，尚有文光射斗牛。
贏得江山同易姓，侍郎亭③上數風流。

作者自註：①古人以韓祠橡木花之繁稀卜科名盛衰。宋王大寶有《韓木贊》。
②蘇軾《潮州韓文公廟碑》："故公之精誠，能開衡山之雲。"
③韓祠之巔有侍郎亭。

潮州韓文公祠　　　呂巧珊

吏部於今何處遊。雙旌石下①水悠悠。
祠前橡木②萌新葉，院後良椽架筆樓。
義膽一身排佛老，清風兩袖遏洪流。
江山巷陌隨韓姓，即化蠻荒比魯鄒③。

作者自註：①雙旌石下：韓江東岸、筆架山中峰"雙旌石"下，正是潮州韓文公祠所在地。
②橡木：韓祠橡木為潮州八景之一。相傳韓愈貶任潮州刺史時，常登筆架山；築亭遊覽，並親手植下橡樹。
③"即化"句：據載，韓愈到潮後，興學育才，遂化民風。後北宋陳堯佐稱潮州為"海濱鄒魯"。

潮州韓文公祠　　羅金龍

一表南遷謫遠陬。投荒萬里刺潮州。
人來蠻陌民風改，澤潤山川姓氏留。
橡木舊昭唐日月，鱷溪長證粵春秋。
起衰八代儀型在，壇坫憑誰再與謀。

（二）研究生詩組

謁潮州韓文公祠　　郭鵬飛

甲午正月，初至潮州，即謁公祠於韓山。

去國投荒暨海濱。江山有待是孤臣。
一封忠義偏罹罪，八月憂紓更恤民。
奕世斯文猶未墜，瓣香此意竟誰陳。
登臨我亦遠來客，肅肅寒風值上春。

觀夫子與點有感　　嚴雪楓

捨瑟鏗然契道真，求由①政事任紛綸。
百年聖學三千士，一路春風五六人。
勢去豈無槎泛海②，時乖何必世生麟③。
逍遙清曠羲皇上，與點高懷造大醇。

作者自註：①求由：即冉求、子路，皆孔門政事科之代表。
②子曰："道不行，乘桴浮於海。"見《論語》。
③西狩獲麟，典出《春秋》。

潮州韓文公祠　　邱　亮

百尺嵯峨衝斗牛。堂前紫氣未曾收。
鐸搖五嶺潮聲應，筆架千年岫色浮。
擒虎才雄澄鱷渚，燃犀吏老溯龍湫。
遍行可歎江湖小，更許桴槎海上遊。[①]

作者自註：①昌黎遠謫，嘗以浮槎自況，《赴江陵》詩云："孤臣昔放逐，血泣追愆尤。汗漫不省識，恍如乘桴浮。"

潮州韓文公祠　　王孫涵之

百里層城一望收。山堂坐對大江流。
至今弦誦文章在，終古追懷祭祀修。
敢辟異端原正道，怒驅睅鱷復清湫。
蹇連命豈關天運，太息宗臣志未酬。

潮州韓文公祠　　胡善兵

一馬踟躕萬里身。天於顛沛校儒巾。
致君敢惜爭臣死，莘月遂教蠻俗醇。
無愧蘇碑傳大筆，重光孔道覺斯民。
山川多感淋灕氣，棠苃柞枝[①]猶作春。

作者自註：①韓祠橡木即柞樹，見曾楚楠先生考證文。又《詩·小雅·采菽》："維柞之枝，其葉蓬蓬；樂只君子，殿天子之邦。"

謁潮州韓文公祠　　朱學博

古祠高樹[①]兩悠悠。坐對韓江走怒流。

百世雄文星北斗，萬山慘色嶺南州。
蒼茫雪擁關前馬②，撩亂風摧海上鷗③。
愁大④難容舒望眼，蕭條異代有同憂。

作者自註：①祠前有橡樹，傳言爲韓文公所植，今"韓祠橡木"爲潮州八景之一。

②韓愈詩云："雲橫秦嶺家何在，雪擁藍關馬不前。"

③韓愈與孟郊《城南聯句》云："將身親魍魅，浮跡侶鷗鶄。"

④"愁大"二字，丘逢甲有詩云："箋天誰爲寫離憂，愁大翻憐隘九州。"

題韓文公祠　　沈宗宇

關河雪滿已迷津。瘴靄初開好卜鄰。
文筆五原①曾對月，榛蕪八代不同塵。
叩閽無計靈脩遠，勸鱷唯誠事業新。
遺愛千秋喬木在，後生奠酒想風神。

作者自註：①五原：指韓愈《原道》、《原性》、《原人》、《原鬼》、《原毀》五文。

讀論語侍坐章　　宋丁羿

栖栖濁世更何求。俟命仁心本不憂。
獨善此時唯與點，兼人當日已譏由。
含經如受春光沐，適道將隨往哲遊。
名教終知存樂地，好從沂泗溯風流。

書論語曾晳等侍夫子問答篇後　　顧一心

獲麟斯世竟何由。滄海無緣渡此浮。
百氏淆然灘聖道，一言鏗爾入春愁。
初從文質因周禮，漸詠風歌過古丘。
大夢唯期夫子笑，平生微意豈封侯。

（三）大學生詞組

蘇幕遮·詠木棉花懷詹無庵先生　　林曉萍

　　詹無庵安泰先生嘗客居潮郡十有二載，其詠木棉有"佇聽花魂咒晚風"之句，斯人長往，木棉尚新，花下誦之，悵惘累日。因有是賦焉。

　　月痕輕，江國寂。愁損檀心，木末聽潮汐。照水柔情空咫尺。和淚辭枝，紅入芸窗槅。　　守更闌，留夢碧。絮掩雙旌①，流昄今何夕。獨往幽人成太息。一樹斑斕，尚認春風筆。

作者自註：①雙旌：韓山舊稱也。

蘇幕遮·詠木棉花　　韋　勇

　　樹摩雲，花沁血。刺甲猙獰，鏖戰千秋雪。慣看人間煙與月。獨立蒼茫，峭拔身如鐵。　　望長天，思俊傑。俠骨丹心，開做枝頭烈。五瓣何曾哀寂滅。縱落塵埃，猶未風華絕。

蘇幕遮·詠木棉花懷仲夷先生　　紀　順

任仲夷先生，曾名任蘭甲。嘗任粵省委第一書記。先生在任期間，㳤風履霜，披荊斬棘，誠一代改革之先行者。李春雷先生名作《木棉花開》即敘其故事。

沁蓉砂，洇蝶淚。①一樹晴紅，嚮晚渾無寐。欲寄朝雲傾況味。又恐春深，零亂人間世。　　夢長焉，秋老矣。慣織丹心，暗呴英雄氣。渺渺幽懷驚節異。飛絮如霜②，都付寒陽裏。

作者自註：①朱祖謀《齊天樂》云："繭蝶移家，蓉砂變景，誰睇孤根嶺外。"

②陳恭尹《木棉花歌》云："願爲飛絮衣天下，不道邊風朔雪寒。"

蘇幕遮·詠木棉　　汪顆輝

晾榴裙，燃蠟炬。還記當時，萬點深紅舉。人面霞枝相栩栩。曾共春風，嚮我千般舞。　　歎遲遲，傷楚楚。檢點殘英，那更香如故。祇道多情皆有絮。不是楊花，莫往天涯去。

蘇幕遮·詠木棉花　　程　悅

感忠義士作。

淺芳菲，輕粉絮，佔盡高枝，誰掩燒雲處。綴焰焚英霞滿樹。萬點成章，直照三春暮。　　斷腸風，吹淚雨。天地飄零，慷慨傾紅舞。爐冷煙銷終不顧。一笑長空，復瞰山河曙。

蘇幕遮·詠木棉花　　楊文鈺

雨音潺，風信緩。萬里南來，祇怕花開晚。啼到鷓鴣聲亦軟。不負東君，一夕春心展。　　護芳城，巡古岸。星角①齊天，何必爭香遠。同作絮飛②慚柳眼。織錦人間，解送蒼生暖。

作者自註：①星角：清陳恭尹《木棉花歌》有句："覆之如鈴仰如爵，赤瓣熊熊星有角。"

②絮飛：宋鄭熊《番禺雜記》載："木棉樹高二三丈，切類桐木，二三月花既謝，芯爲綿。彼人織之爲毯，潔白如雪，溫暖無比。"

蘇幕遮·詠木棉花　　李騰焜

越王烽，南海日。拼褪枯寒，準擬東君筆。十丈珊瑚催綺陌。萬古霓旌，潑作連天赤。　　泛腥潮，追故國。未了浮香，須認雲龍魄。待到新棉飛歷歷。回首春風，指點朱成碧。

蘇幕遮·詠木棉花　　陳曉玲

數英雄，南國樹。拔地而生，刺甲盤虬柱。春夜驚何光勝曙。鐵幹衝天，橫掌燃丹炬。　　墜花時，如擊鼓。蟬鳥齊歌，碧發蒼龍舞。衣被黎民飛雪絮。凜凜朔風，獨與松爲侶。

蘇幕遮·詠木棉花　　楊昊臻

褪青鱗，攢赤翼。肝膽交柯，大野蒼然立。烽火遏雲成上國。血瘀征塵，萬丈燔空跡。　　野棠風，荒蘚色。逝水殘旌，若喟窮朝夕。抵死今春紅與白。發祇憑天，落願英雄惜。

（四）研究生詞組

蘇幕遮·韓江　　沈宗宇

渡滄波，心似噎。蹴浪淘沙，渾似藍關雪。春色隨人湖海闊。君子居之，鄒魯應移粵。　　白鷗沉，蘭楫折。獨立行吟，無使魚龍齧。莫恨中情荃不察。翰藻如潮①，浩氣來天末。

作者自註：①翰藻如潮：李耆卿《文章精義》言："韓如潮，柳如泉，歐如瀾，蘇如海。"

蘇幕遮·木棉　　胡善兵

焰燒春，光映曙。照海丹華，開在珊瑚樹。知是炎靈旌節駐。沉魄浮魂，萬盞呵天語。　　越王臺，遷客路。直幹孤根，百代風兼雨。朱鳳巢空鵠莫訴。別思纏綿，煦暖蒼生去。

蘇幕遮·韓江　　蒙顯鵬

木蔥蘢，波浩渺。江影無情，曾照人枯槁。遙想支笻韓愈老。逐鱷文章，猶帶灘聲嘯。　　舊滄浪，堪網釣。鷓雨瀟瀟，香火存祠廟。一曲煙泓鷗佔了。獨把江蘿，長作甘棠弔。

蘇幕遮・韓江　　　早川太基

湧腥雲，奔紫電。帝降天兵，水底驚紅眼。翻尾怪鱗逃已遠。絕代奇文，不借機頭箭。　　荔枝紅，蕉葉亂。瀲灩長波，撫古吟情滿。遙想羊豚投此岸。夜擬招魂，風急繁星爛。

蘇幕遮・詠木棉花　　　彭敏哲

焰猶明，霞自秀。偏聚枝頭，一霎千山晝。雲外東君舒廣袖。萬樹煙羅，織盡春如繡。　　葉飄零，花似酒。嶺表年年，映照朱顏久。飛絮爲衣天下覆。①不似楊花，嫁與東風瘦。

<small>作者自註：①木棉樹花落後長出蒴果，果莢開裂，果中的棉絮隨風飄落。木棉棉絮質地柔軟，可絮茵褥，是古代中國的重要織衣材料。《宋書・孔靖傳論》："絲棉布帛之饒，覆衣天下。"明末清初的詩人陳恭尹《木棉花歌》："願爲飛絮衣天下，不道邊風朔雪寒。"</small>

蘇幕遮・木棉花　　　胥　奇

久相傾，終得見。落落高冠，火鳳千千萬。惡雨催春誰去勸。一隻驚飛，隻隻驚飛散。　　玉鈴生，顏色換。欲剪愁絲，剪也何曾斷。佇立街頭無處看。聽著車聲，和著簪聲亂。

蘇幕遮·詠木棉花　　歐陽逸風

綠猶稀，紅欲舞。嶺表霞光，沉醉尋春路。何事絕塵開一樹。獨立蒼茫，看盡斜陽暮。　　正濃雲，催驟雨。飄墮憐他，未忍高寒處。亦有離愁千萬絮。短短長長，漫向天涯語。

蘇幕遮·韓江贈別　　郭鵬飛

蕩青煙，翻白鳥。城外寒波，箝鎖波心島。廿四橋邊風色好。隔岸龍吟，依約潮陽調。　　喜初逢，臨晚照。相得唯詩，況是詩人少。涯何杳杳。回首長亭，記取紅裳小。

蘇幕遮·詠木棉花　　張柏恩

燭龍飛，豪氣吐。花國英雄，血沃春城樹。撐住南天桃杏妒。十丈亭亭，慣作干雲語。　　照長空，拋別緒。齊放千紅，莫教春光去。一夜橫風偏帶雨。旋落沉沉，都化滋花土。

蘇幕遮·詠木棉花　　嚴文宇

望韓江，觀海粵。烽火連城，疑是同春別。顏色不須扶桑綠。櫛比群芳，敢問誰豪傑。　　雨瀟瀟，天凜冽。鐵骨錚錚，何懼東風曳。一片丹心爲碧血。灑向人間,肝膽昭日月。

二、大賽點評

一路春風五六人
——潮州詩賽探勝

黃坤堯(香港中文大學　聯合書院)

　　2014年中華大學生研究生詩詞大賽共分四組,分別評審。在詩賽方面亦分兩組,而兩組律詩的題目《潮州韓文公祠》及《讀〈論語·侍坐章〉》完全相同,押韻也一樣限用上平"十一真"及下平"十一尤",都是寬韻,好寫好用。本屆詩賽的主題跟儒學思想及教育理念有關,在題材方面限制很大,怎樣在嚴肅的論題中寫出流動的詩意,可以說是嚴格的考驗。本屆的入圍作品大部分在初選階段已經確定了,未能進入前九名的作品大概總有一些瑕疵,影響整體表現;其後複審及決審主要討論排名高下,然後再抽換一兩首作品而已。至於入圍的作品是否都臻完美呢?其實也還是見仁見智的老話題。評論一首詩的好壞可以從不同的角度切入,大家各有不同的審美理念,不必完全一致。目前的排名次序祇是不同評判之間一種協調的結果,參賽者及同學之間總有不同的看法,精益求精,拓展閱讀及評論的空間,各抒己見,聆聽不同的聲音,而這也是《侍坐章》教育精神的最佳實踐了。至於韓愈在潮州任上雖然祇有八個月,但興利除害,建樹甚多,尤以文教事業影響更大。而《祭鱷魚文》更是轟動民心的大事,可跟《平淮西碑》一文並讀,並表現出強悍的態度,重申中央政府的威權,不肯跟惡勢力妥協,絕不含糊。現在潮州除了韓文公祠之外,韓江北堤中段的鱷渡秋風亦爲潮州八景之一。本屆詩賽以韓文公祠爲題,有機會讓大家重溫這一段地方史乘,韓愈跟韓山、韓江連在一起,這是中國文化史上的盛事,之後就看同學們在詩中的發揮和表現了。

大學生詩組冠軍楊文鈺《讀論語侍坐章有感》摹寫孔門氣象,由"春服"、"杖履"、"捨瑟舞雩",以至"知方有勇",依次帶出教育的成效。頸聯"但從山水求仁智,留得心襟照斗牛",光明磊落,更爲博大。結尾嚮往沂上風流,結構謹嚴,一氣呵成,似不著力的,也就表現了千秋氣象,跟《論語》的原文對讀,抉發淵微,寫出神緒。此詩整體表現最佳,強調個人感覺,刻畫中亦見渾成。

亞軍胡江波《潮州韓文公祠》以"儒臣"作主幹,中間兩聯尤爲淩厲,所謂"絕代華章迎海曙,經風古木慣霜辰"、"筆鋒頻諫朝中事,師道終開嶺外人"等,刻畫韓愈的事功和成就,語言精鍊。可是末聯"隔岸今猶存佛寺,滄浪渡客拜儒臣"語意含糊,令人看不明白。韓愈以諫迎佛骨獲罪,結果卻要靠對岸的佛寺跟韓文公祠相互映襯嗎?這樣的歷史玩笑未免開得太大吧。

季軍陳振燁《夜讀論語侍坐章有作》強調夜讀,其中"落落難期薄海春"、"浮槎每誤舊時津"二句,專寫現實中的失意感覺;末聯"一燈紅接蒼茫外,定有天聲振大鈞",意象優美,振起天聲,卻有禪宗傳燈的意味,或者祇是借用而已,無傷大雅。

第四名謝楊柳《侍坐》以"顛沛歸來恨未酬"爲主調,嚮往儒家的教育理念,從"樂水樂山"、"從狂從狷"中培育出各色的人才。可是第六句"登泰胸懷氣暫收"卻有洩氣之感,而末聯"若許殘生浮海去,星河俯仰覓青牛"在立意上也有些牽強。作者註稱:"孔子若乘桴至於天上,想必會在星河之間上下

253

俯仰，尋覓騎牛而去的老子吧。"關於孔子問禮於老子，祇是文化史上美麗的傳說而已，表現文化包融的氣概，未必真有其事。作者以"覓青牛"作結，在侍坐情節中偷換概念，過度想象，並不踏實。而且在星河中尋覓青牛，可能亦有緣木求魚之憾，必然會落空了。

第五名王熙《潮州韓文公祠》稱許韓愈"平生壯毅"的精神，第二聯立意新穎，對仗工整，"命壓霜顱低復舉"說韓愈永不低頭，但"筆驚溪鱷去還收"就有些費解了，溪鱷既去之後，韓愈還要回收甚麼東西呢？或是說韓愈文筆收放自如，給溪鱷多重選擇嗎？第三聯"乘流擊浪誰千古，越世參天自一樓"，氣韻絕佳，呼應首句的"平生壯毅"，得以落實壯懷。末聯"客子"自喻，更希望能"拋詩卷"爭霸中州，一較高下，自然亦有見賢思齊之意了。

第六名曾入龍《潮州韓文公祠》句句空泛，首聯"此地風柔月亦柔。一祠靈氣立潮州"，祇宜用來寫兒女情長的情詩，跟韓愈作品澎湃雄豪的風格不合，有待斟酌。中間二聯道德文章可以適用於很多名家，不見得一定專指韓愈說的。第七句"身懷佛骨兼忠骨"，文字輕巧，殆不成語，韓愈以闢佛致禍，身後卻懷有佛骨，未免以今日之我打倒昨日之我了，而這也是韓愈的"真言"嗎？運筆之時尚待三思。

第七名陳瑋琳《謁潮州韓文公祠》詩筆雄放，秀句琳瑯，專寫韓愈在潮州的功業，例如"謫路八千炎瘴收"、"蘇碑鎮廟海天秋"、"尚有文光射斗牛"等，用語都很洗煉貼切，第七句"贏得江山同易姓"寫出潮州人對韓愈的熱愛和尊重，連山水都改依韓姓，真的是"風流"之作了。

第八名呂巧珊《潮州韓文公祠》跟前詩作意相近，善於摹寫韓祠周圍的景色"雙旌石"、"橡木"等，傳神寫意，比較精準。第五句"義膽一身排佛老"用語準確，不留妥協餘地。末聯"江山巷陌隨韓姓，即化蠻荒比魯鄒"，用陳堯佐"海濱鄒魯"之喻，也就達成潮州的文教事業，人才輩出。

第九名羅金龍《潮州韓文公祠》移風易俗，立意相近。中間二聯"人來蠻陌民風改，澤潤山川姓氏留"、"橡木舊昭唐日月，鱷溪長證粵春秋"，警句疊出，令人歎服。唯詩中"陌"字疑爲"貊"字，"蠻陌"表現空泛，對仗亦欠工整。大抵後三首構思相類，語意精工，各有各的精彩，目前的排名還是恰當的。

至於研究生詩組方面，立意造境，議論深刻，規行矩步，落落大方，自然更上層樓了。冠軍作品郭鵬飛《謁潮州韓文公祠》二首其一，前四句概括韓愈的生平際遇，頸聯"一封忠義偏罹罪，八月憂紆更恤民"，因事立言，寫實亦具深度；末四句寫個人對前賢的敬仰之情，表現了古今互動的感覺。可惜意猶未盡，或者要在第二首中才能有所表現了。

亞軍作品嚴雪楓《觀夫子與點有感》，專寫孔子認同曾點的生命哲學。首句"捨瑟鏗然契道真"，即有蓄勢千鈞之力，而次聯"百年聖學三千士，一路春風五六人"，句法靈動，同時也再現孔門教學的場景，生機勃發，令人神往。結語直探"逍遙清曠"以至"大醇"的精神氣象，在"紛綸"的俗世中超凡入聖，抉發儒學的精粹所在。

季軍作品邱亮《潮州韓文公祠》氣衝斗牛，中間二聯"鐸搖五嶺潮聲應，筆架千年岫色浮"、"擒虎才雄澄鱷渚，燃犀吏老溯龍湫"，氣酣墨飽，彩色斑斕，亦爲力作，結語"更許桴槎海上遊"稍嫌不振。

第四至七名均以《潮州韓文公祠》爲題，表現平穩。王孫涵之頸聯"敢辟異端原正道，怒驅睅鱷復清湫"，義正辭嚴，末聯氣衰力弱。胡善兵結語"山川多感淋灘氣，棠苐柞枝猶作春"，考證引曾楚楠說，認爲韓祠所植橡木即《詩經》中的柞樹，有安邦定國之意。朱學博前四句激發怒濤，甚具氣勢，"古祠高樹兩悠悠。坐對韓江走怒流。百世雄文星北斗，萬山慘色嶺南州"。可是後四句表現一般，所謂"愁大難容舒望眼，蕭條異代有同憂"，草草收結，自然相對失色了。沈宗宇頸聯"叩閽無計靈脩遠，勸鱷唯誠事業新"，亦具新意，惜亦以結語慘淡收場。

第八名宋丁羿《讀論語侍坐章》，刻畫沂泗的名教樂地，說理太多，過於嚴肅，頸聯"含經如受春光沐，適道將隨往哲遊"，輕輕過去，未免流於平淡。第九名《書論語曾皙等侍夫子問答篇後》全篇流麗，乃論道中的佳製，中間二聯"百氏淯然灘聖道，一言鏗爾入春愁。初從文質因周禮，漸詠風歌過古丘"，乃證道之作，令人振起。可惜結句"平生微意豈封侯"之句瀟灑不成，又落俗套，"封侯"問題難免亦褻瀆性靈了。

總的來說，本屆詩賽的兩組作品表現甚佳。全國高手雲集，吸引大家作高水平的角力，在同一的命題之下，無論刻畫主題、結構佈局、修辭技巧，以至思想感情等，都有恰當的表現，各具風采。上文的批評稍為嚴苛，其實祇想跟大家切磋詩藝，討論高下而已。

嚴羽論詩有"夫詩有別才，非關書也"之說，究竟詩人與學力之間有沒有關係呢？詩人自然也是要讀書的，但詩人更重要的還是要有一種獨具敏感的氣質和才識，無以名之，有時祇能說是靈氣和天分了。平心而論，在本屆詩賽的兩組作品中，我還是偏愛大學生組的作品，吸納不同科系的人才，奇峰疊起，佳句琳瑯，自然是優於表現了。研究生組以中文系本科生為主，學養功深，井井有條，坐而論道，可惜就是拙於表現了，除了三甲之作表現平穩之外，其他各首的結筆一般都流於拘謹，好像有一種無形的束縛，逼人就範，多了些教化意味，非這樣寫不行的，可能就流於程式化了。如果大家有興趣，不妨將獲獎的十八首作品再作匿名的評審，那麼，哪幾首才是真正的三甲之選呢？

讀詩，是一種享受，也是挑戰。我們渴求人才，追求新意。

在獲獎之後，還是期待諸君作不斷的努力，突破高峰，精益求精。讀書不見得一定能提升詩境，但不讀書肯定更會停滯不前，千首如一面，再好的作品讀多了也令人生厭。詩人最大的對手不是別人，一定是自己，變幻纔是永恆，而世上更沒有一成不變的道理。求新求變，從有限中追求無限。

第四屆中華大學生研究生詩詞大賽片語獲獎作品評點

鍾振振（南京師範大學）

2014年中華大學生研究生詩詞大賽圓滿結束，組委會囑爲評點片語獲獎作品。屍位評委，義不容辭，乃就管窺所及，略陳淺見。顧"愛美之心，人皆有之"；而何以爲美，則言人人殊。孟軻氏所謂"口之於味，有同耆（嗜好）焉"，殆未必然。蓋北人嗜鹹，粵人嗜甘，湘人嗜辛，蜀人嗜麻辣。果"同耆焉"，則庖者安得有"眾口難調"之歎哉！雖然，既奉將令，分無退怯；如箭在弦，不得不發。"師不必賢於弟子，弟子不必不如師"，昌黎公語，如是我聞。卑之無甚高論，謹以質於諸學弟，善則從之，否則嗤之可也。甲午夏至後三日，南京師範大學鍾振振記。

大學生詞組冠軍林曉萍《蘇幕遮·詠木棉花懷詹無庵先生》借花詠人，詞筆溫婉，人花綰合緊密，語言純熟流暢。其可議處：無庵先生乃一代宗師。作者年輩相去甚遠，或未謀面，故詞之所當述者，唯後學之景仰耳。顧景仰者何，詞未之及，但敘其嘗客潮州，曾詠木棉而已，似有空泛之嫌；木棉之特徵，詞中亦稍言及，如"紅"，如"絮"，如"筆"。唯心紅花品類繁多，以致"紅"竟成爲"化"之代名。"絮"則一般專屬楊柳，"筆"則通常視爲辛夷之專利，皆不足以切定"木棉"也。《蘇幕遮》調，宜用上去聲韻。獲獎作品用入聲韻者，此非僅見。茲予總提，下不一一。

亚军韦勇《苏幕遮·咏木棉花》扣题甚紧，得咏物之正体。"树摩云，花沁血"，"刺甲狰狞"，"峭拔身如铁"，"开做枝头烈"等句，堪称精切，颇能道出木棉"英雄树"之风采。其可议处："鏖战千秋雪"，句意虽好，却不符实。盖木棉生于岭南，而岭南通常无雪也；"望长天，思俊杰"，"侠骨丹心"，"犹未风华绝"等句，过于发露，有欠隽永，不耐咀嚼；结尾二句，"负隅顽抗"，终嫌吃力。不若"以进为退"。"死诸葛能走生仲达"，细玩此三国故事，自当有悟。

季军纪顺《苏幕遮·咏木棉花怀仲夷先生》亦借花咏人。所咏之人刚毅果决，故词风亦苍劲健举。其可议处：词意笼统，于所咏人物具体事迹无所印证。故小序可删，词题可减，祇作木棉词读可耳；"泅蝶泱"三字似属游词，无根、无谓，不必有也；"倾况味"语不甚通，有生造及凑韵之嫌；"梦长焉，秋老矣"，语气词当慎用，若非出彩，则赘字趁韵矣；"纤丹心"语似嫌生造。

第四名汪颖辉《苏幕遮·咏木棉》"成也萧何，败也萧何"。好在情思缠绵，能得词之初体言情之长。结尾"祇道多情皆有絮。不是杨花，莫往天涯去"，"絮"谐音"绪"。三句不唯切物理，且风神摇曳，便置之宋人词中，亦是佳句。所憾者，木棉乃花中丈夫，而非静女。即以红粉为喻，亦属北地胭脂，自饶英气，风韵固与吴姬有别。今乃拟之以夭桃秾李，惜哉惜哉！

第五名程悦《苏幕遮·咏木棉花》胜处与第二名之作略同，而互有短长。结以"炉冷烟销终不顾。一笑长空，复瞰山河曙"三句，较第二名为气盛，以进为退，堪称豹尾。此殆所谓"死诸葛能走生仲达"也。其可议处：序曰"感忠义士作"，不唯空泛，而且多余，可删也；"烧"、"焰"、"焚"等，修辞重复，宜改一二处以避之；"倾红舞"语不甚通，嫌于生造。

第六名杨文钰《苏幕遮·咏木棉花》下片词、意俱佳。"星角"用陳恭尹詩切木棉花，是謂淵雅。"同作絮飛"，挽入楊柳，便無鳩佔鵲巢之嫌。其可議處：上片泛泛，凡春花皆可用，不必定是木棉也。"慚柳眼"是愧不如柳，而非使柳慚愧之意。此"慚"作動詞之一般用法。作使動詞用，雖無不可，然既可兩用，則語意模棱，不精確矣。"眼"字略嫌趁韻。"織錦"語有未安。"錦"以花紋、色彩爲特徵，功不在"暖"。若改"被覆人間"，則與下"解送蒼生暖"句相照應矣。

第七名李騰焜《蘇幕遮·詠木棉花》上片氣勢淩厲，與木棉花相稱。末三句筆亦健舉。其可議處："萬古霓旌，潑作連天赤"，"霓旌"與"潑"，主謂搭配不當；"泛腥潮，追故國。未了浮香，須認雲龍魄"，似以龍涎香擬木棉花香。然木棉不以香著稱，故有獎譽過當之病。

第八名陳曉玲《蘇幕遮·詠木棉花》形神兩肖，亦以氣勢勝。其可議處："數英雄"，直說便少詞味；上下片起二句以循例對仗爲宜；"春夜驚何光勝曙"，"驚何"語不甚通；"橫掌燃丹炬"句，主謂搭配不當；"衣被黎民飛雪絮。凜凜朔風，獨與松爲侶"，此結尾三句，若前一句"點"，後二句"染"，就"衣被黎民"一意做足文章，即佳矣。今乃不然，後二句急轉，另出一意，便嫌局促，反有草草收兵之病。況此二句，又屬陳言，務去之而唯恐不及乎！

第九名楊昊臻《蘇幕遮·詠木棉花》上片有氣勢，亦能得木棉之精神。其可議處："褪青鱗"句，不知所謂。如指其葉，則不符實，蓋木棉乃先花而後葉也。"大野蒼然立"句，"蒼然"二字亦不確，理由同上。"烽火遏雲成上國"，前四字與後三字不能接搭。相對於諸侯國、少數民族政權而言，舊稱中央王朝爲"上國"。木棉生於嶺南，其地固不得稱"上國"也。此尤屬用詞不當。"萬丈燔空跡"，"跡"字湊韻；"逝水殘旌"，"旌"字未安，蓋木棉花型雖大，亦不至於如旌旗也。"發祇憑天，落願英雄惜"，結尾無可奈何，詞氣稍嫌衰殺。

　　研究生詞組冠軍是沈宗宇《蘇幕遮・韓江》。就江河而言，韓江不以自然風貌而著稱，獨以人文內涵而蜚聲。詠韓江與詠韓愈，二而一也。此闋人水綰合，緊密無間。起三句言韓愈渡韓江，一筆雙挽。浪花如雪，即以"藍關雪"爲喻，用韓愈"雪擁藍關馬不前"詩，帶出貶潮緣由，不假外求，舉重若輕。末用昔人"韓如潮"之的評，又暗通江潮，回應起處，針縷細密。詠韓愈事跡，不求面面俱到，祇扣緊江畔之潮州，敘其化蠻荒爲"海濱鄒魯"之功績，甚得要領。"獨立行吟"，與屈原作類比，具見其亦忠而見放，則韓江亦汨羅矣。皆有江在，似離而仍合焉。其可議處：起二句，宜循慣例對仗；"莫恨中情莖不察。翰藻如潮，浩氣來天末"三句，後語不搭前言。

　　亞軍胡善兵《蘇幕遮・木棉》以博喻手法渲染木棉花紅，如"焰"、"曙"、"丹華"、"珊瑚"、"炎靈旌節"（火神，其方南，其色紅）、"朱鳳"等皆是。類別能避重複，故語如貫珠而不病於累贅。其可議處，在"鵠莫訴"。"鷓鴣"而省一字作"鵠"，似未見其可也。

　　季軍蒙顯鵬《蘇幕遮・韓江》亦人江雙綰。語意流暢，用典自如。"江影無情，曾照人枯槁"，用《楚辭・漁父》，亦以汨羅比韓江，屈原擬韓愈。結尾"獨把江蘺，長作甘棠弔"，江草、原樹，本不相干，而能牽合無痕，具見筆力。其可議處："遙想支笻韓愈老"，直呼其名，有失恭敬，似可改"韓退老"。"舊滄浪，堪網釣"二句爲流水對。"滄浪"、"網釣"，對法甚活。唯以"舊"對"堪"，稍嫌未工。改"比滄浪，堪網釣"如何？

　　第四名早川太基《蘇幕遮・韓江》攻其一點，不及其餘，筆力集中，亦是妙法。"翻尾怪鱗逃已遠。絕代奇文，不借機頭箭"三句，峭拔勁健。"荔枝"、"蕉葉"，對法亦活，蓋此

"枝"非彼"枝"也。末二句"夜擬招魂，風急繁星爛"，以景結情，頗有餘韻。其可議處："水底驚紅眼"，"紅眼"二字嫌於湊趁；"紅"字兩見。詞雖不忌重字，若非必不可易，究以避之爲宜。

第五名彭敏哲《蘇幕遮·詠木棉花》扣題既緊，語亦流麗。末三句尤爲精警，與大學生組第四名之作"祇道多情皆有絮。不是楊花，莫往天涯去"云云，構思有相似處，而格調較高。其可議者："雲外東君舒廣袖"，"舒廣袖"語出毛澤東詞，謂舞也，非織也，用之不合，有湊韻之弊；"葉飄零，花似酒"，對仗不工，"酒"字湊韻。接以"嶺表年年，映照朱顏久"，語意亦不連貫；"嫁與東風瘦"，"東"字重見。此句甚佳，似不可改。可改者，上文"東君"耳。

第六名胥奇《蘇幕遮·木棉花》就語言而論，可謂本色當行。如"一隻驚飛，隻隻驚飛散"，"欲剪愁絲，剪也何曾斷"，"佇立街頭無處看。聽著車聲，和著簷聲亂"，皆能以淺俗發爲清新，有漱玉風味。其可議處：爲古人下一轉語，此詞可謂"得之桑榆，失之東隅"。蓋有妙語而無精義故也。"久相傾"，"相傾"若略去主語"意氣"，通常爲相傾軋、相傾奪之義。二字未穩，尚須推敲。"惡雨催春誰去勸"，"催春"恐係"摧春"之訛；"玉鈴生，顏色換"，對仗不工；"欲剪愁絲"，"絲"、"棉"究非一類，不當闌入；"聽著車聲，和著簷聲亂"，"車聲"多指車輪，不必爲車鈴；"簷聲"多指簷雨，亦不必爲簷鈴。此二語終非精切不移者也。

第七名歐陽逸風《蘇幕遮·詠木棉花》中規中矩，風調沖和。漫不經心，亦不吃力。雪梨冰藕，咀嚼無澤。或欠警句，鮮有敗筆。其可議處：略無深蘊。刻意求深，固嫌做作。自安於淺，亦不作爲。"飄墮憐他，未忍高寒處"，揆之物理，尚須斟酌。蓋木棉樹雖高大，而低枝亦復有花，實不盡在"高寒處"

也。"短短長長",亦不甚切。木棉之絮,固無長短之分也。

第八名郭鵬飛《蘇幕遮・韓江贈別》一詞絕不及韓,堪稱另類。而云"隔岸龍吟,依約潮陽調",又不可謂無"韓江"在。就"贈別"而言,亦深情款款,清婉可諷者矣。其可議處:全詞旨在"贈別",不在"韓江"。偷換主題,本可黜落。以其情詞俱佳,不忍輕棄,故取置末等,具見評委諸公憐才之意也。"城外寒波,箍鎖波心島",主謂搭配似不甚當。

第九名張柏恩《蘇幕遮・詠木棉花》切題而疏俊,有條不紊。雖未至於佼佼,終不流爲碌碌。其可議者:上下片起二句對仗皆不甚工;"豪氣吐"、"花國英雄"等語,過於發露,殊乏詩味;"旋落沉沉,都化滋花土",即龔自珍之"落紅不是無情物,化作春泥更護花",語意雖好,奈非原創何;"花"字兩見,"春"字亦兩見,可避之。

第十名嚴文宇《蘇幕遮・詠木棉花》佳處略同上首。其可議者:上下片起二句對仗皆不甚工;"敢問誰豪傑"、"鐵骨錚錚"、"一片丹心爲碧血。灑向人間,肝膽昭日月"等句,皆直說而乏詩味;"肝膽昭日月","日"字入聲。詞雖有"入可代平"之說,若從嚴例,究以徑用平聲爲善也。

附　錄

一、大賽公告

由中華詩詞研究院和中華詩教學會主持的中華大學生研究生詩詞大賽旨在促進中華傳統詩詞的創作和中華詩詞文化在全球的傳播交流。

第四屆中華大學生研究生詩詞大賽由韓山師範學院中國語言文學系承辦,廣東崇正拍賣有限公司協辦,韓山師範學院詩歌創研中心協助。賽事於 2014 年 3 月至 6 月舉行。

（一）具體日程

4 月 20—5 月 10 日：接收電子投稿；

5 月 11—17 日：格律審核；

5 月 18—6 月 10 日：通訊評審（兩輪）；

6 月 14、15 日：會議評審；

6 月 16 日—6 月 25 日：網上公示；

6 月 28 日：頒獎典禮。

（二）組委會

委員：陳永正（中山大學）、蔡世平、黃坤堯（香港中文大學）、簡錦松（臺灣中山大學）、張海鷗（中山大學）、趙松元（韓山師範學院）

秘書長：趙松元（韓山師範學院）

通訊評委：

詩組：黃坤堯（香港中文大學）、胡曉明（華東師範大學）、張海鷗（中山大學）、詹驍勇（華中科技大學）、趙松元（韓山師範學院）

詞組：鍾振振（南京師範大學）、簡錦松（臺灣中山大學）、周裕鍇（四川大學）、彭玉平（中山大學）、段曉華（南昌大學）

會議評委：蔡世平、鍾振振、黃坤堯、張海鷗、段曉華、趙松元

（三）獎項及獎金

大賽分研究生、本科生兩級，每級分詩、詞兩組。獎項及獎金如下：每組冠軍一名（五千元）、亞軍一名（三千元）、季軍一名（二千元），優異獎八名（每名一千元）。兩級四組共 36 項獎。

（四）比賽規則

1. 參賽資格、參賽方式。

全球公立、私立大專院校 2014 年 6 月尚在學籍之大學生、研究生均可參賽。參賽者可單獨參加詩賽或詞賽，亦可同時參加詩賽和詞賽。但參加每組比賽之作品僅限一首。參賽者可同時在詩賽和詞賽中獲獎。參賽作品匿名評選。擬獲獎作者須在原居地接受大賽組委會委託教授的面試，確認真實性後方有獲獎資格。未入選者個人資訊保密。參賽作品須爲未在任何紙質或網絡媒體發表之原作，倘發現抄襲，即取消參賽資格。在評審結果公佈之前，參賽者不得向任何評委透露自己的參賽作品。

2. 評審規則。

評審須經過格律審查、通訊初選、通訊複選、會議終評四輪，全程匿名評審。

3. 比賽題目及規則。

詩賽限作七律。題一：

"點，爾何如？"鼓瑟希，鏗爾，舍瑟而作。對曰："異乎三子者之撰！"子曰："何傷乎？亦各言其志也。"曰："莫春者，春服既成；冠者五六人，童子六七人，浴乎沂，風乎舞雩，詠而歸。"夫子喟然歎曰："吾與點也。"（《論語·先進篇第十一》）

閱讀此節文字，自擬題目，作七律一首。

題二：《潮州韓文公祠》。

二題任選其一，韻限《平水韻》或《佩文詩韻》上平聲"十一真"或下平聲"十一尤"。

詞賽限作《蘇幕遮》，題目：《韓江》、《詠木棉花》，任選其一。韻依《詞林正韻》，不限韻部。

蘇幕遮

仄平平，平仄仄。中仄平平，中仄平平仄。中仄中平平仄
碧雲天，黃葉地。秋色連波，波上含煙翠。山映斜陽天接
仄。中仄平平，中仄平平仄。　　仄平平，平仄仄。中仄平平，
水。芳草無情，更在斜陽外。　　黯鄉魂，追旅思。夜夜除非，
中仄平平仄。中仄中平平仄仄。中仄平平，中仄平平仄。
好夢留人睡。明月樓高休獨倚。酒入愁腸，化作相思淚。

句號處表示韻腳。參賽作品請謹依此譜。儘量不用序，必用者請儘量簡短。使用通常典故者不必注釋，生僻典故需要注釋者，須簡明扼要。

（五）投稿

2014年4月20日至5月10日接收電子投稿。

投稿郵箱：shicidasai2014@hotmail.com（郵箱由秘書長指定一位秘書管理。秘書不參賽，身份不公開。在終審結果確定前，秘書不得向任何人披露參賽者資訊）。

詳情可登錄如下網站瞭解大賽資訊：

韓山師範學院中國語言文學系網站 http://zwx.hstc.edu.cn
中山大學中國文體學研究中心網站 http://wtx.sysu.edu.cn
詩教網網站 http://www.shijiao.org/ss
中華詩詞網 http://www.zhsc.net

稿件格式：姓名、所在地、學校院系班級、學生證號、身份證號、手機號、電子郵箱。

詩詞稿件一律使用繁體字，標點祇用逗號、句號兩種。句號表示韻腳。律詩不必標示平仄。詞作必須在譜式之下填詞。

（六）公示

6月16—25日在以下網站公示擬獎作品，接受實名檢舉投

訴。違規者一經查實，即取消獲獎資格：
韓山師範學院中國語言文學系網站 http：//zwx.hstc.edu.cn
中山大學中國文體學研究中心網站 http：//wtx.sysu.edu.cn/

（七）頒獎
6月28日在韓山師範學院舉行頒獎典禮。

（八）查詢及聯絡
1. 可用電子郵件查詢，郵箱：shicidasai2014@hotmail.com。
2. 可登錄以下網站查詢：
韓山師範學院中國語言文學系網站 http：//zwx.hstc.edu.cn
中山大學中國文體學研究中心網站 http：//wtx.sysu.edu.cn

第四屆中華大學生研究生詩詞大賽組委會
2014年3月4日

二、獲獎名單

大學生詩組

冠　軍	楊文鈺	韓山師範學院中國語言文學系二〇一一級卓師班
亞　軍	胡江波	中國農業大學水利與土木工程學院農水一〇二班
季　軍	陳振燁	韓山師範學院數學與統計學系二〇一〇級
優異獎	謝楊柳	廣東外語外貿大學中國語言文化學院對外漢語一二〇二班
	王　熙	華南師範大學文學院一一〇七班
	曾入龍	貴州大學科技學院文學部新聞一三一班
	陳瑋琳	韓山師範學院中國語言文學系二〇一一級卓

     師班
   呂巧珊 惠州學院中文系二〇一一級漢語言文學二班
   羅金龍 湖南文理學院文史學院漢語言一一一〇二班

大學生詞組

冠 軍 林曉萍 韓山師範學院中國語言文學系二〇一一級卓
     師班
亞 軍 韋 勇 廣西科技大學醫學院藥學系藥學二〇一三級
     二班
季 軍 紀 順 陝西師範大學文學院漢語言文學二班
優異獎 汪顆輝 鄭州大學西亞斯國際學院電子信息工程學院二
     〇一一級
   程 悅 北京大學中文系二〇一一級本科生
   楊文鈺 韓山師範學院中國語言文學系二〇一一級卓
     師班
   李騰焜 中山大學地理科學與規劃學院水文班二〇一一
     級本科生
   陳曉玲 廣東工業大學華立學院城建學部二〇一一級排
     水一班
   楊昊臻 復旦大學公共衛生學院預防醫學系二〇一三級
     本科生

研究生詩組

冠 軍 郭鵬飛 中山大學中文系古代文學專業二〇一三級碩
     士生
亞 軍 嚴雪楓 華東理工大學化學與分子工程學院應用化學二
     〇一二級碩士生
季 軍 邱 亮 西南大學文獻所中國古典文獻學二〇一三級博

　　　　　　　士生
優異獎　王孫涵之　北京大學中國語言文學系古典文獻學專業二
　　　　　　　〇一三級碩士生
　　　　胡善兵　澳門大學中文系二〇一〇級博士生
　　　　朱學博　華東師範大學古籍研究所中國古典文獻學專業
　　　　　　　二〇一一級碩士生
　　　　沈宗宇　南京師範大學文學院戲劇戲曲學二〇一三級碩
　　　　　　　士生
　　　　宋丁羿　南京大學歷史系二〇一一級博士生
　　　　顧一心　復旦大學中國語言文學系古代文學專業二〇一
　　　　　　　一級碩士生

研究生詞組

冠　軍　沈宗宇　南京師範大學文學院戲劇戲曲學二〇一三級碩
　　　　　　　士生
亞　軍　胡善兵　澳門大學中文系二〇一〇級博士生
季　軍　蒙顯鵬　四川大學文新學院古代文學二〇一一級碩士生
優異獎　早川太基　日本京都大學博士生（北京大學中文系高級
　　　　　　　進修生）
　　　　彭敏哲　中山大學中文系古代文學專業二〇一二級碩
　　　　　　　士生
　　　　胥　奇　南華大學城市建設學院二〇一三級碩士生
　　　　歐陽逸風　華南理工大學電力學院二〇一一級博士生
　　　　郭鵬飛　中山大學中文系古代文學專業二〇一三級碩
　　　　　　　士生
　　　　張柏恩　臺灣政治大學中文系博士生
特別獎　嚴文宇　俄羅斯國立師範大學藝術系二〇一三級碩士生